L'œil du tigre

MARJORIE M. LIU

L'œil du tigre

Traduit de l'américain
par Nellie d'Arvor

J'AI LU

Titre original :

TIGER EYE
A Love Spell book, published
by Donchester Publishing Co., Inc. New York

À Elfin Mudder, Genghis et Daisy

Remerciements

Sans l'amour, l'aide et les encouragements de mes parents, ce livre n'aurait pu voir le jour. Je ne pourrai jamais les remercier assez. Merci également à Cord Buckner, détective et juriste exemplaire, qui m'a laissée faire appel à lui dans ma recherche – éhontée – de renseignements sans jamais se plaindre. À mes grands-parents, à ma famille, à mes amis : mille mercis pour votre soutien enthousiaste et pour votre compréhension. Et à mon éditeur, Chris Keeslar, ainsi qu'à mon agent, Lucienne Diver, merci encore et encore de vous être montrés si gentils avec moi et d'un si grand soutien.

Enfin, merci du fond du cœur à tous mes merveilleux amis et professeurs du Clarion East 2004. Quel groupe nous formions ! Les amis, vous êtes les plus grands.

1

La nuit qui précéda son acquisition de la boîte à surprise, le sommeil de Dela fut agité de rêves mystérieux. Une prémonition, peut-être, même si elle n'y prêta guère attention. Elle était habituée à faire des rêves étranges, dont seuls quelques-uns se révélaient prémonitoires.

Néanmoins, ce fut d'un pas alerte qu'elle quitta son hôtel, le lendemain matin, pour se fondre dans la chaleur sèche d'une de ces rares journées dégagées que réserve parfois Pékin. Les vents qui avaient soufflé une partie de la nuit avaient balayé brouillard et miasmes urbains. Le ciel bleu s'étendait à perte de vue, et le soleil étincelait sur les façades de verre des gratte-ciel, sur les pare-brise des voitures, sur les baleines en aluminium des ombrelles abritant de jeunes beautés aux yeux sombres. Le monde explosait de lumière, éblouissant Dela.

La grande cité avait bien changé, songea-t-elle. Dix années d'influence capitaliste avaient suffi à répandre dans tout le pays les signes bien visibles du monde moderne, aussi sûrement que les vents du nord transportent le sable du désert de Gobi. Une nouvelle révolution culturelle était en cours, dans la capitale aussi bien que dans le reste de la Chine. Les effets de cette métamorphose ne pouvaient la laisser indifférente. Elle avait l'impression d'entendre le chant de la cité, amplifié par l'acier de ses structures, gagner en puissance. Il lui semblait sentir son âme, nourrie de celles de ses millions d'habitants, s'épanouir progressivement.

Dela n'aimait pas se laisser envahir trop longtemps par ce chant de sirène dangereux et séduisant. Il y avait trop de voracité dans cette voix-là, trop de promesses démesurées, d'espoir mêlé au désespoir le plus noir. C'était une lame à double tranchant. Les rêves des citadins, éveillés ou non, pouvaient virer au cauchemar. Exactement comme dans n'importe quelle mégapole, se dit-elle en fortifiant ses barrières mentales, on trouvait à Pékin anges et démons, rédemption et damnation.

Tels des insectes vrombissants, les taxis passaient en trombe devant l'hôtel, laissant dans leur sillage des traînées de lumière rouge. Dela grimpa dans le premier qui voulut bien s'arrêter et indiqua sa destination au chauffeur dans un mandarin parfait. Il lui avait suffi d'une semaine en Chine pour retrouver le bénéfice de ses vieilles leçons. Il était vrai qu'il lui arrivait de s'entraîner avec Adam, son assistant, ancien citoyen de Nanjing. Mais après des années passées à oublier les études qui l'avaient autrefois menée aux quatre coins du monde, elle avait cru avoir effacé de sa mémoire tout ce qui n'était pas la forge et le métal. Elle était heureuse de constater que ce n'était pas le cas.

Le chauffeur se fraya un chemin d'une rue encombrée à une autre, à grand renfort de ronflements de moteur et de crissements de pneus, tant et si bien qu'il leur fallut moins de temps qu'elle ne l'avait craint pour arriver à destination. Lorsqu'elle aperçut un mur bas et décrépit, dont les fleurs sculptées et les fils de fer barbelés lui étaient familiers, elle cogna du doigt contre l'écran de plastique qui la séparait du chauffeur pour se faire déposer devant l'entrée principale.

Les grandes portes bleues à la peinture éraflée venaient de s'ouvrir. Après avoir louvoyé au sein du labyrinthe de bicyclettes garées sur le parking, touristes et Pékinois étaient admis dans le saint des saints. Les visages brillaient de curiosité et de convoitise. Bienvenue à Pan Jia-Yuan ! Marché aux puces, piège à touristes, caverne d'Ali Baba emplie d'antiquités plus ou moins vraies et de vendeurs affables jusqu'à l'obséquiosité aux sourires plus ou moins faux. Le paradis des chasseurs de trésors – et Dela se sentait d'humeur à se mettre en chasse.

Elle s'engagea sur la plate-forme en béton ombragée par un impressionnant toit en tôle et remonta une allée entièrement réservée à la vente de babioles en jade. Bracelets, statues et colliers lui parurent assez jolis (et très populaires, à en juger par l'affluence devant les étals), mais rien de particulier n'attira son regard. D'éventuels cadeaux, peut-être, pour de vagues connaissances plus que pour les véritables amis qui méritaient mieux, mais elle verrait cela plus tard. Pour l'instant, elle était à la recherche de tout autre chose.

Du regard, elle balaya les éventaires des marchands et ouvrit son esprit, à l'affût de l'appel familier du métal. Et quand elle l'eut repéré, elle n'eut plus qu'à remonter cette piste mentale jusqu'à sa source. Cimeterres et courtes épées, dagues tibétaines aux gardes gravées de crânes empilés, arcs mongols usés par le temps et l'usage, carquois de toile rehaussés de broderies et de parements métalliques. Cet amoncellement de métal teinté, poussiéreux, travaillé grossièrement, n'avait rien pour la séduire. Il n'y avait là que des répliques maladroites, vendues à des prix prohibitifs.

Dela soutint le regard de quelques vendeurs aux aguets et tout sourires devant ses cheveux blonds, sa peau blanche et ses yeux d'un bleu électrique. Rien qu'à leur expression, elle devinait qu'ils la prenaient pour une touriste crédule, à qui ils allaient pouvoir servir leur boniment et fourguer leur camelote. Ravie de pouvoir les décevoir, elle s'éloigna en répondant à leurs protestations par un hochement de tête poli. Ces armes n'avaient rien à lui offrir. Pour quelqu'un qui, comme elle, passait sa vie à plier le métal à sa volonté et à l'entendre chanter dans sa tête, il suffisait d'un regard pour le deviner.

Toujours en quête de merveilles, Dela déambula au hasard des allées, immergée dans la chaleur étouffante, l'odeur d'encens et celle des antiquités confinées depuis trop longtemps. Amusée par leur manège, elle observa de jeunes enfants vanter d'une voix haut perchée leur marchandise, des en-cas composés de nouilles frites et de crêpes aux oignons. Séduite par la sonorité mélodieuse d'une petite flûte en pierre dont jouait un vieil homme, elle lui en acheta une, mais elle ne parvint à en tirer que des sifflements suraigus et elle fit la grimace. En voyant le marchand éclater de rire, elle haussa les épaules et lui sourit avant de reprendre sa déambulation.

Après une petite heure de recherches infructueuses, Dela finit par trouver le cadeau idéal pour sa mère : de grands carrés de lin bleu marine, brodés dans une profusion de couleurs de motifs fleuris stylisés. Le prix n'en était pas excessif, mais elle prit un malin plaisir à marchander tant qu'elle le put, jetant dans la balance tout le charme et tout le vocabulaire qu'elle possédait. À la fin de la transaction, la marchande souriait de plaisir autant qu'elle.

— *Aiii yo*... soupira la vieille femme en lui tendant sa monnaie. Voilà bien longtemps qu'une étrangère ne m'avait pas donné autant de fil à retordre pour une vente !

D'un geste d'une grande élégance, elle repoussa derrière son oreille une mèche de cheveux argentés. Ses yeux pailletés d'or étincelaient de malice, mais il n'y avait aucune trace d'hostilité dans ses paroles ni sur son visage, qui paraissait vingt ans plus jeune que son corps voûté par l'âge.

— Et moi, cela fait une éternité que je n'avais pas pris autant de plaisir à négocier un rabais ! renchérit Dela en riant.

La vieille femme pinça les lèvres et la dévisagea avec attention. Durant un instant, son regard changea, se fit plus vénérable, plus sombre, plus sage.

— Attendez une petite minute, dit-elle enfin. Je crois que j'ai quelque chose d'autre qui devrait vous intéresser.

— Merci, mais c'est inutile, protesta Dela. J'ai trouvé ce qu'il me faut.

Sans tenir compte de son objection, la marchande se plia en deux et fouilla dans l'amas de tapis et de bimbeloterie accumulé à ses pieds. Dela ne sut comment réagir et resta figée sur place, incapable de tourner les talons sans autre forme de procès. Mal à l'aise, elle lança autour d'elle un regard circulaire et aperçut au bout de l'allée où elle se trouvait un homme qui l'intrigua. De race indéterminée et d'une beauté presque inquiétante, il portait des sandales, un ample pantalon noir et une chemise blanche aux manches roulées jusqu'aux coudes. Net, élégant et immaculé, il avait l'air parfaitement déplacé en ce lieu, mais son apparence ne suffisait pas à expliquer cette impression.

Dela crut d'abord qu'il l'épiait – et peut-être l'avait-il fait. Mais à y regarder de plus près, c'était la vieille femme qu'il fixait avec une intensité effrayante. Ses yeux brillaient d'un éclat glacial. Ils trahissaient une froide détermination, une volonté impérieuse, que parvenait à peine à atténuer la beauté classique de ses traits.

Lorsque la marchande finit par se redresser en poussant un soupir triomphant, Dela se pencha vers elle. Sans se soucier d'avoir l'air bizarre, elle murmura sur le ton de la confidence :

— Derrière moi… il y a un homme qui vous regarde.

Le regard perçant de la vieillarde se porta brièvement dans la direction indiquée. Une lueur de mépris passa dans ses yeux dorés et ses traits se durcirent avant qu'elle ne réponde :

— Je suis habituée à le voir. Il s'imagine que je détiens quelque chose qu'il voudrait à tout prix acquérir.

— Il ne me fait pas bonne impression, reprit Dela en réprimant un frisson. Je ne l'aime pas.

Son interlocutrice sourit largement, et l'espace d'un instant Dela crut apercevoir la denture étincelante et acérée d'un prédateur.

— C'est la raison pour laquelle je suis prête à vous faire une faveur, enchaîna la vieille femme. Pour un yuan, cette magnifique boîte à surprise est à vous.

Dela en resta muette de stupeur. Un prix aussi modique, dans un endroit tel que Pan Jia-Yuan où la moindre babiole se vendait une fortune, était inimaginable – surtout quand il était proposé à un chaland étranger. Son regard se porta sur l'objet que la marchande serrait entre ses mains noueuses. Entre les plis du linge qui l'enveloppait, elle distingua des lignes souples, des coins arrondis. La chose était peut-être en bois – bien qu'elle imaginât d'après son aspect une matière plus dure –, mais certainement pas en métal, étant donné qu'aucun appel ne retentissait sous son crâne.

— Une boîte à surprise ? s'étonna-t-elle. Mais de quelle surprise s'agit-il ?

De nouveau, les dents de la vieillarde se découvrirent en un rictus carnassier, et elle susurra d'un air mystérieux :

— On ne vous a jamais dit qu'il ne faut pas trahir une surprise ?

Dela lui répondit d'un regard noir et tendit les mains pour s'emparer du coffret, mais la femme se détourna vivement et lança d'un ton farouche :

— Vendue et achetée ! Cette boîte doit être vendue et achetée ! Un yuan, s'il vous plaît…

L'acuité de son regard, plus magnétique encore que celui de l'homme qui continuait à les observer, frappa Dela de plein fouet. Elle n'avait plus la volonté d'argumenter ni de refuser. En dépit du caractère étrange de cette transaction et de la chair de poule qui hérissait ses bras, elle ouvrit son sac et en tira un billet qu'elle tendit à la vieille femme.

Avec un nouveau soupir satisfait, celle-ci glissa l'objet dans le sac entrouvert de Dela, comme si elle avait voulu le cacher là, et hocha longuement la tête en la fixant de ses si étranges yeux dorés.

— Vous avez fait le bon choix, murmura-t-elle. Vous ne le regretterez pas.

Sur ces mots, elle pivota sur ses talons et lui tourna le dos sans même un au revoir.

Ce soudain changement d'attitude prit Dela de court. Elle faillit protester, mais, du coin de l'œil, elle constata qu'elle était devenue l'unique objet de l'attention de l'homme en chemise blanche. Son regard posé sur elle lui donnait l'impression que des doigts invisibles s'étaient tendus vers elle pour se refermer sur sa nuque. Elle n'écouta que son instinct, qui lui dictait de filer au plus vite.

Sans regarder en arrière, elle se faufila vers la sortie. Dans les allées, la foule se faisait plus compacte de minute en minute et protégeait sa retraite. La sensation d'être prise en chasse lui nouait le ventre, la chaleur dégagée par les corps qui l'entouraient lui donnait la nausée. La prémonition d'un danger imminent ne la quittait plus. Heureusement, quand elle émergea du magma humain au détour d'une allée, elle ne se trouvait plus qu'à quelques pas des portes du marché aux puces.

Le cœur battant, elle courut jusque dans la rue et héla un taxi. Un souffle glacé caressa sa nuque couverte de sueur quand une voix masculine, parfaitement modulée, roucoula derrière elle :

— Eh bien, on peut dire que vous êtes pressée ! Quel dommage...

Dela avait beau être habituée aux mauvaises surprises, elle ne put s'empêcher de tressaillir. L'homme étrange qui l'avait épiée se tenait derrière elle, bien trop proche, d'une mise toujours irréprochable et plus séduisant que jamais. Mais l'inconnu était d'une perfection trop inhumaine pour qu'elle puisse se laisser séduire. Tout était si parfait chez lui qu'il en paraissait faux. Même son accent, manifestement étranger, semblait contrefait. Il n'y avait rien d'aimable dans son sourire, et l'expression de son visage trahissait une voracité qui la fit frémir. Mal à l'aise, elle s'écarta d'un pas pour s'éloigner de lui au moment où un taxi faisait halte devant elle.

Dela ouvrit la porte pour se glisser dans l'habitacle, mais l'homme la retint par le poignet. Le contact de sa main, sèche et parcheminée, était brûlant sur sa peau, et elle dut se retenir pour ne pas crier.

En elle, la surprise céda la place à la colère.

— Bas les pattes ! s'écria-t-elle d'une voix sifflante.

Sans se laisser impressionner, l'inconnu lui sourit.

— Il y a bien longtemps que je n'ai pas eu une petite conversation avec une jolie femme... Je pourrais peut-être partager votre taxi ? Je connais un très agréable restaurant à deux pas d'ici.

Dela aurait pu lui rire au nez, tant la proposition était incongrue, s'il n'avait paru si sûr de lui et si certain qu'elle allait accepter. Sans relâcher son emprise sur son poignet, il tenta même de l'entraîner dans le taxi.

Se cabrant pour lui résister, elle le fusilla du regard et lança sèchement :

— Il n'en est pas question ! Lâchez-moi ou j'appelle à l'aide.

Elle eut la satisfaction de voir son visage se rembrunir et son sourire, si éclatant qu'il semblait être en plastique, se faner sur ses lèvres fines. Toute prétention à la séduction déserta instantanément ses traits. La métamorphose fut soudaine et stupéfiante. Il se pencha vers elle, et elle sentit son souffle brûlant lui caresser la peau. Avec une grimace de dégoût, elle remarqua que son haleine exhalait une odeur d'ail et d'épices. Le regard noir et furieux qu'il posait sur elle suffit à faire se dresser les cheveux sur sa nuque. Son rictus figé, à présent, n'était plus celui d'un play-boy mais d'un tortionnaire.

— Comme c'est intéressant ! lâcha-t-il à mi-voix. Vous pouvez toujours essayer…

Tout en parlant, il avait augmenté la pression de sa main autour du poignet de Dela, si fortement qu'une douleur intense fusa dans son bras. Aussitôt, la rage réduisit sa peur à néant. Elle n'avait jamais laissé personne lui faire du mal en toute impunité, et ce n'était pas aujourd'hui qu'elle allait commencer. Après avoir adressé à son agresseur un sourire enjoué, elle ouvrit la bouche et se mit à crier.

Ce fut un cri merveilleux, puissant, long et perçant, et Dela fut ravie de voir une grimace douloureuse passer sur le visage de l'inconnu. Autour d'eux, il ne manqua pas non plus de faire son petit effet. Des bicyclettes emboutirent des voitures. Les passants se figèrent sur le trottoir. Des dizaines de regards convergèrent instantanément vers eux. Pour faire bonne mesure, elle feignit de se débattre et cria, en mandarin et en anglais :

— Aidez-moi ! Je vous en supplie… Cet homme est en train de m'enlever. Il veut me violer ! S'il vous plaît… À l'aide !

Dela n'avait pas eu à se forcer pour paraître pathétique et effrayée. Il lui avait suffi de voir le visage ravagé par la fureur de l'homme penché sur elle. Il se comportait comme s'il avait pu l'étrangler à mains nues, là, en pleine ville, devant tous ces gens, et il lui serrait maintenant si fort le poignet qu'elle devait se retenir de crier tant il lui faisait mal.

Quelques soldats, heureusement toujours présents dans les rues de Pékin, commencèrent à s'extraire de la foule pour se porter à son secours. Ils agrippèrent son assaillant, et une courte lutte s'ensuivit. D'une force surhumaine, l'inconnu refusait de lâcher prise. Et quand il le fit enfin, un rugissement de rage et de frustration lui échappa.

Dela s'empressa de se glisser dans le taxi. Les yeux rivés sur le visage haineux et grimaçant collé contre la vitre, elle dut s'y reprendre à plusieurs reprises pour verrouiller la portière tant ses doigts tremblaient. Incapable d'articuler le moindre mot, elle cogna impatiemment contre la vitre de séparation. Effrayé par toute cette scène, le chauffeur ne se fit pas prier et démarra en trombe, sans attendre qu'elle lui ait indiqué une destination. Il se fondit en hâte dans la circulation, suscitant sur son passage un concert de crissements de pneus et de coups de klaxon indignés. En quelques secondes, le marché aux puces et l'attroupement qui s'était formé à ses portes ne furent plus qu'un mauvais souvenir derrière eux.

Frissonnante, Dela se frotta les bras. Ses joues étaient brûlantes, mais tout le reste de son corps était glacé. La tête penchée vers ses genoux, elle s'efforça de reprendre son souffle en disciplinant sa respiration. Cet exercice l'aida à surmonter la nausée qui s'était emparée d'elle, mais son cœur continua de battre follement. Au prix d'un gros effort, elle parvint à indiquer au chauffeur d'une voix intelligible le nom de son hôtel.

Puis elle s'adossa au siège et laissa son regard vagabonder par la vitre de la portière en massant son poignet endolori. Il lui semblait sentir encore sur sa peau la main brûlante et sèche de son agresseur, et contre sa nuque cette onde mentale glacée qui avait tenté de s'insinuer dans son esprit. Alors qu'elle se remémorait cette étrange sensation, un grand vide se fit en elle. Elle pouvait compter sur les doigts d'une main les occasions où elle avait connu ce type d'expérience. Et même si ses barrières mentales étaient solides – son frère y avait veillé –, Dela n'était pas pressée de s'en servir pour se protéger de quelqu'un qui lui voulait vraiment du mal.

Pourtant, songea-t-elle, cet homme n'avait pu deviner qu'elle était différente des autres avant leur confrontation finale. Ce qui signifiait qu'il l'avait suivie pour une autre raison que ses capacités paranormales. Avec un frisson rétrospectif, elle se remémora les yeux noirs et glacés de son agresseur, l'insistance avec laquelle il avait observé les moindres gestes de la vieille marchande avant de s'intéresser à elle. Dans quel but ?

La réponse coulait de source. En palpant à travers le tissu de son sac le bibelot qu'elle venait d'acquérir dans de si mystérieuses conditions, Dela se promit de l'examiner de plus près aussitôt que possible. Pour l'heure, le chauffeur de taxi ne cessait de l'épier dans son rétroviseur. Elle avait beau ignorer ce que le coffret contenait, elle ne tenait pas à être vue en train de le manipuler. Il était arrivé que de crédules touristes se retrouvent chargés de convoyer à leur insu hors de Chine un chargement de drogue…

Une fois dans sa chambre, Dela jeta son sac sur le lit et ferma soigneusement la serrure et le verrou de sa porte. La boîte à surprise, toujours enveloppée de son linge, avait glissé de son sac sur le couvre-lit bordeaux. Elle l'observa un instant, indécise, avant de se décider à gagner la salle de bains. Une douche s'imposait, afin d'évacuer sous un jet d'eau brûlant le souvenir de cette horrible matinée. Elle avait l'impression que l'empreinte des doigts de l'inconnu s'était imprimée dans sa chair. Elle avait hâte de s'en débarrasser en se savonnant vigoureusement.

Elle resta sous la douche jusqu'à ce qu'elle ait cessé de trembler. Puis, infiniment plus calme, elle enroula une épaisse serviette autour de son corps, une autre autour de ses cheveux et regagna la chambre. Avec un soupir, elle se laissa tomber sur le lit et se décida à prendre entre ses mains la boîte enveloppée de tissu pour l'examiner. Il lui était difficile de croire que l'achat d'un objet si petit, d'apparence si anodine, ait pu lui valoir cette funeste aventure. Après tout, peut-être l'inconnu était-il fou, tout simplement, et l'avait-il prise pour cible sur un coup de tête. Mais qu'avait dit de lui la vieille marchande, au juste ? Il s'imagine que je détiens quelque chose qu'il voudrait à tout prix acquérir.

Décidée à en avoir le cœur net, Dela défit lentement l'emballage de tissu soyeux et retint son souffle quand la boîte à surprise apparut enfin à ses yeux. Ronde, pas plus large que la paume d'une main, le travail en était exquis et en faisait une œuvre d'art plus qu'un produit d'artisanat exotique. Entièrement en bois de palissandre, elle était d'un beau rouge profond qui confinait au noir, polie jusqu'au brillant et incrustée d'or, d'argent, d'onyx et de lapis. Sur le couvercle était gravée une inscription dans une langue qui lui était inconnue, dont les lettres ressemblaient plus à un système de notation musicale qu'à un alphabet.

Mais plus magnifiques encore étaient les images gravées sur les flancs courbes de la boîte à surprise. Il suffisait de faire tourner l'objet pour constater qu'elles racontaient une histoire. Dans la première, un superbe tigre se frayait un chemin dans la jungle. Puis la bête se métamorphosait en homme armé qui luttait désespérément contre un ennemi invisible. La dernière, enfin, montrait le même tigre résigné, couché dans une cage à peine assez grande pour lui. La finesse et la subtilité du dessin conféraient à cette scène une vérité poignante.

Dela n'avait jamais vu une telle précision dans le rendu des détails. Elle-même, dont les méthodes étaient loin d'être orthodoxes, ne serait pas parvenue à un tel résultat sur du métal. Sous ses doigts qui caressaient l'objet, elle eut l'impression de sentir la fourrure rayée du tigre, et ce fut comme si l'animal lui communiquait sa souffrance d'être retenu prisonnier. Troublée, elle porta la boîte à sa joue et ferma les yeux. En se concentrant, elle perçut enfin un très faible son métallique, si ténu et si lointain qu'il ressemblait à un écho venu d'une époque reculée. Dela le laissa se répercuter en elle, et quand elle perça le mystère de son origine, elle faillit en lâcher le coffret sous l'effet de la surprise. L'ancienneté de celui-ci ne se comptait pas en dizaines d'années, ni même en centaines d'années, mais en millénaires – deux mille ans, au bas mot…

À quoi tout cela rimait-il ? se demanda-t-elle. Comment la vieille Chinoise, qui lui avait donné l'impression d'être une commerçante avisée, avait-elle pu lui vendre à si bas prix un tel trésor ? Mais en songeant à l'individu qui l'avait agressée et aux remarques mystérieuses que la marchande avait faites à son sujet, elle comprit mieux pourquoi il avait pris de tels risques. Un homme pouvait devenir fou, risquer le kidnapping – et pourquoi pas tuer – pour s'approprier une telle merveille. Mais si tel était son but, pourquoi avait-il attendu qu'elle ait acheté l'objet pour tenter de le lui dérober ? Il serait sans doute plus facilement arrivé à ses fins en s'en prenant à la vieillarde…

Les motivations de celle-ci n'étaient pas plus claires. Sans doute avait-elle craint pour sa vie et décidé de se débarrasser de la boîte à surprise au plus vite. Mais dans ce cas, pourquoi la brader pour un yuan alors qu'elle aurait pu rapidement en tirer une petite fortune au marché noir ? Plus elle y réfléchissait, moins tout cela avait de sens.

Dela soupira. Restait à espérer que le contenu de la boîte lui livrerait la clé de l'énigme. Elle tenta de l'ouvrir, mais en vain. Avec un sourire amusé, elle la porta à ses yeux et comprit que dans la grande tradition de ce genre d'objet, elle devrait trouver le ressort d'un mécanisme caché pour satisfaire sa curiosité.

Il lui fallut quinze minutes de patiente exploration, en se servant de son instinct plus que de ses mains ou de ses yeux, pour parvenir à ses fins. En pressant simultanément une feuille d'argent et une griffe d'onyx, un déclic se fit entendre. Le cœur battant, elle marqua un temps d'arrêt avant d'oser enfin soulever le couvercle. Et quand elle le fit... le monde se mit à tourner follement sur son axe autour d'elle.

En proie au vertige, Dela enfouit le visage dans ses oreillers, les yeux fermés, la tête serrée entre ses mains. De puissants effluves lui assaillaient les narines – humus, sève, feu de bois –, comme si toute une forêt venait de jaillir autour d'elle par quelque enchantement. Il faisait aussi noir que dans un sous-bois, mais elle comprit qu'il n'y avait rien de plus normal, étant donné qu'elle gardait les paupières obstinément fermées. Elle avait peur de les rouvrir, peur de constater que sa chambre d'hôtel avait disparu. Dorothy transportée au pays du magicien d'Oz... Connaîtrait-elle la même mésaventure ?

Ce fut en prenant conscience de la fraîcheur des oreillers contre ses joues, de la douceur du couvre-lit contre ses jambes nues, que Dela reprit ses esprits et eut honte d'elle. Elle avait passé l'âge de ces enfantillages, se reprocha-t-elle. Il lui suffisait de se redresser et de jeter un coup d'œil à la boîte à surprise pour comprendre qu'elle avait été le jouet de son imagination.

C'est alors qu'elle constata que le coffret ne se trouvait plus sur le lit. Une prémonition, bien plus qu'un pressentiment, lui coupa le souffle. Surprise par un éclat de lumière à la périphérie de son champ de vision, elle tourna la tête et vit une tornade de lumière fauve qui balayait la pièce en tournoyant, vibrante et éclatante.

Comme une nuée de pixels qui peu à peu s'agglomèrent pour prendre forme, la colonne de lumière se densifia et cessa sa course à travers la pièce. Il y eut comme un coup de tonnerre, mais qui ne produisit aucun son, juste une forte déflagration qui ébranla tous les meubles et que Dela sentit se répercuter dans tout son corps.

L'instant d'après, la colonne de lumière avait disparu. À sa place, devant elle, se tenait un homme.

2

Dela sauta du lit si précipitamment qu'elle faillit perdre la serviette dans laquelle elle s'était enveloppée au sortir de la douche. Mais ce fut à peine si elle s'en rendit compte, tant la haute silhouette qui la dominait à présent monopolisait son attention. Grand et puissamment musclé, l'homme avait la peau si bronzée qu'elle tirait sur l'orangé. Ses cheveux épais, d'un étonnant mélange de couleurs – roux, or, sable –, cascadaient jusqu'à ses larges épaules, encadrant un visage aux traits sculptés, aux yeux dorés, d'une noblesse et d'une beauté presque félines.

Dela avait vu cet homme prendre forme sous ses yeux, émerger inexplicablement d'une colonne de lumière, mais elle ne pouvait accepter la réalité de cette expérience. Son esprit se rebellait et criait à l'impossible, à l'illusion, à l'imposture. Elle était si choquée par ce qui venait de se passer que pas un instant elle ne songea à fuir, pas plus qu'elle ne pensa que cet inconnu pouvait avoir l'intention de la violer, voire de la tuer. Car ce qui la choquait le plus, c'était l'expression de pur dédain qu'affichait son visage depuis qu'il avait posé les yeux sur elle. Sans même la connaître, il la considérait comme si elle n'était digne que de son mépris. Il n'en fallut pas plus pour que sa frayeur et son incrédulité cèdent la place à la colère.

— Qui êtes-vous ? lança-t-elle d'un ton vindicatif.

Elle était vulnérable et à moitié nue devant lui, mais elle s'en moquait. Sous l'empire de la fureur, elle ignorait toute prudence. Si l'inconnu voulait s'en prendre à elle, elle était prête à se battre bec et ongles pour se défendre.

La main posée sur la garde de l'épée pendue à son côté, l'homme ne cilla pas. Il était bardé de nombreuses autres armes d'aspect redoutable, et une sorte d'armure en cuir, manifestement usée au combat, lui protégeait le torse.

Dela s'efforça d'ignorer l'appel que lui lançaient toutes ces armes en métal. Ce qu'elle voulait par-dessus tout, c'était obtenir des réponses à ses questions. Comment ce guerrier qui semblait surgi d'une autre époque s'était-il introduit dans sa chambre ? Pourquoi la méprisait-il aussi ostensiblement ? Elle évalua d'un rapide coup d'œil la distance qui la séparait d'une lampe dont elle aurait pu se servir pour se défendre – même si, de toute évidence, seule une mitraillette aurait eu le pouvoir de la protéger des assauts d'un tel géant.

— Si vous voulez connaître mon nom, répondit-il enfin, vous n'avez qu'à m'ordonner de vous le donner.

Sa voix rocailleuse, grave et profonde, la fit frissonner. Outre que ce n'était pas la voix d'une illusion, il s'était adressé à elle sur un ton glacial qui l'horripilait.

— Ne soyez pas ridicule ! répliqua-t-elle. Je ne sais pas comment vous êtes entré, ni qui vous êtes, mais vous me regardez comme si j'étais la dernière des dernières, et je n'ai pas mérité cela. Alors, s'il vous plaît, un peu de courtoisie ! Vous savez ce que c'est, au moins ?

L'expression d'une surprise intense passa sur le visage de l'inconnu.

— Vous ne voulez pas m'ordonner de vous obéir ? s'étonna-t-il. Alors, que désirez-vous de moi ?

Prise de court, Dela faillit éclater de rire tant la situation était surréaliste.

— Rien du tout, se força-t-elle à répondre. Armé comme vous l'êtes, je vois mal qui pourrait vous ordonner quoi que ce soit.

— Vous n'avez pas de bataille à mener ? poursuivit-il en plissant les yeux pour la dévisager intensément. Aucun ennemi à assassiner ?

Dela n'avait plus envie de rire. Il avait prononcé ces mots avec le plus grand sérieux. Une main accrochée au pli de la serviette qu'elle portait pour tout vêtement, elle tendit l'autre devant elle et recula d'un pas.

— Vous êtes malade ? protesta-t-elle. Je ne souhaite la mort de personne.

Les lèvres de l'homme se pincèrent, et il l'étudia de la tête aux pieds d'un air méprisant avant de conclure :

— Je vois. Vous ne m'avez libéré que pour assouvir votre luxure…

En commençant à se défaire de son armure, comme s'il ne s'agissait pour lui de rien d'autre que de s'acquitter d'une tâche pénible mais indispensable, il marcha sur elle avec la grâce d'un fauve. Il n'était plus qu'à deux pas de Dela quand celle-ci, recouvrant ses esprits, parvint à se réfugier à l'autre bout de la pièce.

— Non ! cria-t-elle. Arrêtez ça tout de suite ! Laissez-moi tranquille ! Ne me touchez pas !

L'homme se figea sur place, tel un automate arrêté en plein élan. Puis il amorça un mouvement de repli et ne cessa de reculer que lorsqu'il vint buter contre un mur. En le regardant faire, Dela regretta de s'être levée ce matin-là. Pourquoi n'était-elle pas restée tranquillement au lit à somnoler, en se laissant bercer par le ronron télévisuel de CNN ?

Décidée à reprendre les choses dans l'ordre – à savoir, comment il se faisait qu'un géant de deux mètres de haut armé jusqu'aux dents était apparu comme par magie dans sa chambre –, elle s'efforça de garder son calme et prit une profonde inspiration.

— Que faites-vous ici ? s'enquit-elle. Que me voulez-vous ?

Il la regarda fixement, comme s'il ne comprenait pas ce qu'elle disait.

— Eh bien ? insista-t-elle.

En silence, l'homme s'approcha du lit et se baissa pour ramasser sur le tapis la boîte à surprise abandonnée. Sur la paume de sa main, elle paraissait plus minuscule encore. Soigneusement, il en referma le couvercle.

— C'est à moi de vous demander cela, répondit-il en la fixant droit dans les yeux. C'est bien vous qui avez ouvert cette boîte, non ?

Dela se mit à rire, mais son rire s'évanouit quand elle le vit marcher sur elle d'un air menaçant, les poings serrés et les yeux étincelants de colère.

— Vous avez de la chance ! lâcha-t-il dans un souffle. Le fait d'être propriétaire de la boîte vous met à l'abri de mon courroux. Il fut un temps où je n'aurais pas toléré qu'on s'amuse à mes dépens.

— Je ne ris jamais aux dépens d'autrui ! protesta Dela. Si je riais, c'est parce que tout cela est complètement dingue. J'ai vu cette lumière tournoyer, puis vous êtes apparu, mais je sais qu'un homme ne peut sortir d'une boîte comme un génie de sa bouteille ! C'est parfaitement ridicule, et je veux savoir ce qui se passe.

L'inconnu lui prit la main et la posa contre son torse.

— Je suis réel, dit-il simplement. Vous ne rêvez pas.

Durant quelques secondes, ils s'affrontèrent du regard. Il fut le premier à détourner les yeux, en secouant la tête d'un air découragé.

— Vous ne me croyez pas, constata-t-il en lui lâchant la main.

Le crâne bourdonnant de l'appel obstiné du métal, Dela baissa les yeux sur l'arsenal qui lui bardait la poitrine et murmura :

— Je ne sais pas. Vos armes, en tout cas, ont l'air vraies.

Incapable de résister à la tentation, elle tendit la main et tira de son fourreau un de ses poignards. Sous ses doigts, elle sentit les petites imperfections du métal et se laissa envahir par la kyrielle d'histoires qu'elles avaient à lui raconter, véritable musée des horreurs qui la fit frémir – tueries, assassinats, tortures et violences en tout genre, encore et encore.

— Cette lame a été forgée il y a plus de deux mille ans, murmura-t-elle. Elle a le même âge que la boîte.

— Comment le savez-vous ? s'étonna-t-il en dardant sur elle un œil suspicieux.

Absorbée qu'elle était par sa conversation silencieuse avec la matière, Dela l'entendit à peine. Le poignard gardait imprimé en lui non seulement le souvenir des atrocités qu'il avait contribué à perpétrer, mais aussi les états d'âme de celui qui s'en était servi – rage, amertume, culpabilité, solitude, regrets. De toute évidence, l'homme qui se tenait devant elle n'était pas un tueur au cœur de pierre. Chaque fois qu'il avait donné la mort, c'était un peu de sa vie qui s'était enfui. Chaque goutte de sang versée l'avait été à cause d'un drame épouvantable qui l'avait marqué à jamais. Plongeant toujours plus loin dans l'âme du poignard et celle de son propriétaire, Dela vit briller une flamme revigorante et pure au sein de tant de noirceur. Mais lorsqu'elle tenta de s'en approcher, la flamme lui échappa, avalée par une plaie sanglante, ouverte, béante, dans la gorge laiteuse d'une jeune femme.

Brusquement, ses jambes flageolèrent. Il fallut que l'inconnu la retienne dans ses bras pour l'empêcher de tomber. Ses mains larges et fermes se refermèrent sur sa peau nue, et Dela se sentit enveloppée par la chaleur réconfortante de son corps. Une vive douleur acheva de la ramener à la réalité. La lame du poignard, qu'elle avait serrée dans son poing sans s'en rendre compte, lui avait entamé la paume. Entre ses doigts, le sang se mit à perler.

— Que vous est-il arrivé ? demanda l'homme, les sourcils froncés. Pendant un instant, vous avez semblé ailleurs, puis vous avez crié.

Machinalement, Dela essuya le poignard sur la serviette qui lui ceignait les reins, y déposant de longues traînées rouges, avant de le ranger dans son fourreau.

— Vous êtes réellement sorti de cette boîte.

Dans sa bouche, c'était une constatation bien plus qu'une question. Elle connaissait à présent la vérité, même si elle n'était pas encore tout à fait prête à l'accepter. L'arme de l'inconnu confirmait ce que la raison de Dela refusait de croire. Le métal ne mentait jamais, même quand il confirmait la possibilité qu'un antique guerrier puisse se matérialiser au sein d'un tourbillon de lumière…

— Si vous n'en êtes pas encore totalement convaincue, dit-il, je peux vous en fournir la preuve.

Sans attendre de réponse, il entreprit une nouvelle fois de se débarrasser de son armure. Quand il la vit lever la main pour l'arrêter, il la considéra avec agacement et dit :

— Je ne peux pas vous faire de mal. Et même si je le pouvais, je ne m'en prendrais jamais à une femme.

Dela n'aurait su dire exactement pourquoi, mais elle était certaine qu'il disait la vérité. Sa sincérité lui semblait aussi évidente et tangible que sa beauté ou sa force. Elle en était d'autant plus sûre qu'en se laissant submerger par les empreintes mentales qu'il avait laissées dans le métal de son arme, elle avait perçu la brillance et la clarté de son âme au cœur de l'ombre qui s'appesantissait sur lui.

— Comment vous appelez-vous ? demanda-t-elle.

Il continuait à se déshabiller et, troublée par ce spectacle, elle regardait les muscles jouer souplement sous sa peau dorée. Elle s'attendait qu'il refuse encore une fois de lui dire son nom, mais à sa grande surprise il lui répondit sans se faire prier.

— Je m'appelle Hari.

Pour lui répondre, il avait rivé son regard au sien. Il y brillait une flamme si intense que Dela faillit baisser les yeux, mais elle se força à ne pas le faire, et il fut le premier à rompre ce contact. Après être venu à bout des lanières de cuir qui maintenaient son armure en place, il la déposa, ainsi que son chargement d'armes, sur le sol. Une chemise en lin, tachée de sang et usée jusqu'à la trame, suivit le même chemin. Et lorsque son torse nu apparut, un long frisson remonta le long de la colonne vertébrale de Dela.

Des mots avaient été gravés à même sa poitrine. Des lignes incompréhensibles, qui formaient un motif hideux sur ses pectoraux. Dela se surprit à en suivre le contour du bout des doigts. De telles cicatrices ne pouvaient avoir été laissées que par un fer rouge, ou une large lame.

Parce qu'elle n'aurait pu les prononcer sans verser des larmes de tristesse et de colère, Dela retint les paroles de compassion qui lui montaient aux lèvres. Bien qu'écrits dans un alphabet mystérieux, les mots gravés dans la chair de Hari lui semblaient étrangement familiers. Elle se rappela alors où elle les avait déjà vus : sur le couvercle de la boîte à surprise.

Hari poussa un gémissement sourd, la tirant de ses pensées. Une faible rougeur était apparue sur ses joues. L'éclat de ses yeux s'était assombri. Dela réalisa soudain où sa main se trouvait et la retira en hâte.

— Qui vous a fait cela ? demanda-t-elle.

— Quelle importance ? grogna-t-il en se détournant. Ce qui est fait est fait. Seul le présent compte. Il est stérile de s'attarder sur le passé.

— Je ne suis pas de cet avis, protesta-t-elle. Personne ne mérite d'être traité ainsi. Personne.

— À vous entendre, je pourrais presque y croire...

— Croyez ce que vous voudrez ! riposta-t-elle en haussant les épaules. Mais vous ne m'avez pas répondu.

Une expression de souffrance passa brièvement sur le visage de Hari.

— C'est le même homme qui m'a emprisonné dans la boîte qui m'a fait ça.

Dela regarda d'un air absent la boîte abandonnée sur le lit. Chaque réponse que Hari lui donnait ne faisait qu'entretenir l'invraisemblance de cette situation. Mais peut-être qu'à force de ténacité elle finirait par découvrir un sens à cette histoire.

— Pour quelle raison cet homme vous a-t-il fait cela ? Tant que vous y êtes, expliquez-moi aussi comment...

Un sourire amer flotta sur les lèvres de Hari.

— Parce qu'il en était capable, tout simplement.

— Votre réponse ne m'apprend pas grand-chose.

— Ordonnez-moi de vous en fournir une meilleure.

— Encore ! Qu'est-ce que vous avez à réclamer sans cesse des ordres ? Vous n'avez donc aucun libre arbitre ?

— Non ! s'exclama-t-il rageusement. Vous le savez très bien, puisque vous avez lu cette inscription sur la boîte et sur ma poitrine.

Dela en resta muette de stupeur. C'était à se demander qui, dans cette pièce, était le plus fou des deux.

— Je ne comprends rien à cette inscription, répondit-elle en fixant les cicatrices qui lui enlaidissaient la poitrine. Pour moi, ce n'est que du charabia.

— Impossible ! Même un simple d'esprit serait capable de la lire. Cela fait partie du sort qui m'a été jeté.

Dela secoua la tête d'un air excédé.

— J'en ai plus qu'assez de discuter avec vous de choses qui me dépassent. Je ne nie pas votre réalité, et s'il le faut, je suis même prête à admettre que vous êtes sorti de cette boîte, mais je vous demande en contrepartie un peu de bonne volonté. Pour l'amour de Dieu, allez-vous enfin me dire qui vous êtes et ce que vous faites ici ?

— Vous êtes vraiment incapable de lire ceci ? s'enquit-il, sans cesser de la dévisager d'un œil méfiant.

— Vraiment.

— Pourtant, vous m'avez libéré.

— Croyez-moi, je ne l'ai pas fait exprès...

Manifestement déstabilisé, Hari s'assit pesamment sur le lit, dont les ressorts grincèrent sous son poids. Les yeux levés vers elle, il la défia du regard.

— Puisque vous y tenez, je vais vous répondre, dit-il d'une voix sourde. Je suis votre esclave. C'est ce que proclame l'inscription gravée dans ma chair. Elle indique également les mots qu'il vous suffit de prononcer, comme des centaines d'hommes et de femmes l'ont fait avant vous, pour m'obliger à vous obéir servilement.

— Ne me les dites pas ! supplia Dela, la gorge nouée. Surtout, ne me les dites pas...

— « Tu dois ! » gronda Hari, les poings serrés, sans tenir compte de son intervention. Voilà ce qu'il vous suffit de dire pour que j'obéisse au moindre de vos ordres. Je ne peux pas vous échapper. Je ne peux pas m'en prendre à vous. Je vous appartiens, corps et âme – à vous seule.

De toute sa vie, Dela n'avait jamais rien entendu de plus haïssable.

— Pourquoi ? protesta-t-elle. Pourquoi me l'avoir dit ? Vous auriez pu garder cela pour vous et vous sauver.

— Qui vous dit que je ne mens pas ? demanda-t-il avec un sourire plus désabusé que triste.

— Parce que vous n'êtes pas un menteur, répondit-elle sans hésiter. Je le sais.

Le sourire de Hari mourut sur ses lèvres.

— Je vous ai dit qui je suis et ce que je fais ici, reprit-il d'une voix neutre. À présent, usez de moi comme il vous plaira.

Saisie de nausée à cette perspective, Dela s'exclama :

— Voilà pourquoi vous me haïssez ! Parce que je suis censée être votre maîtresse... Vous m'avez demandé si j'avais une bataille à mener ou un ennemi à assassiner. C'est à cela que vous ont utilisé ceux à qui vous avez... appartenu ?

— Je suis un guerrier, murmura-t-il farouchement. Je combats et je tue.

— Et si vous m'avez accusée de vous avoir libéré pour assouvir ma « luxure », c'est parce qu'ils vous ont aussi...

Dela ne put achever sa phrase. Une ombre passa sur le visage de Hari.

— Oui. J'ai également été utilisé dans ce but.

Il releva le menton d'un air de défi, et Dela vit le mépris envahir de nouveau son regard. Elle eut envie de crier. À tout prendre, elle préférait sa colère à son dédain.

— Je ne sais pas à quoi vous vous attendez de ma part, expliqua-t-elle aussi calmement qu'elle le put, mais je sais que vous n'êtes en aucun cas mon esclave. Il faut être deux pour jouer à ce petit jeu, et je refuse catégoriquement d'être votre maîtresse. Jamais je ne vous ferai faire quoi que ce soit contre votre volonté.

Hari se contenta de soutenir son regard sans mot dire. Son visage restait de marbre, mais elle n'avait aucun mal à saisir au fond de ses yeux toute la rage, la solitude et l'amertume qu'elle avait perçues dans le métal de son arme.

— Vous ne me croyez pas, dit-elle, en écho à ses propres paroles.

— Pourquoi le devrais-je ?

Dela ne s'accorda pas le temps de réfléchir, ni d'hésiter. Dans sa mémoire flottait le souvenir des feux de camp en forêt de son enfance, et des serments qu'elle avait échangés à leur lueur avec son frère et ses amis de l'agence. Mue par une impulsion, elle rejoignit Hari près du lit, tira de nouveau le poignard de son fourreau, lui saisit le poignet et laissa la pointe de l'arme entailler sa paume. Quand ce fut fait et que la plaie eut commencé à saigner, elle lui serra la main, mêlant au sien le sang de sa propre blessure.

Un fourmillement remonta le long de son bras. Sur sa nuque, ses cheveux se dressèrent. Les narines de Hari palpitèrent, et une lueur de sauvagerie passa dans ses yeux dorés.

— Répétez ce que vous venez de dire ! lança-t-il, autant comme une supplique que comme une menace.

Dela tenta de mettre dans sa réponse toute la conviction qui l'animait.

— Je jure, sur mon sang, que jamais je ne vous ferai faire quoi que ce soit contre votre volonté. Vous n'êtes pas mon esclave, et je ne suis pas votre maîtresse. Vous êtes un homme libre, Hari.

Comme à regret, il lui lâcha la main et répliqua d'une voix rauque :

— Pas tout à fait. Mais c'est un début. Pourquoi faites-vous ça ?

— Personne ne s'est jamais montré aimable avec vous de manière désintéressée ?

Hari ouvrit la bouche, hésita un instant, puis répondit :

— Non. Pas depuis très longtemps, du moins.

— J'en suis désolée, murmura Dela en s'asseyant sur le lit près de lui. Êtes-vous prêt, à présent, à m'expliquer ce qui s'est passé pour que vous vous retrouviez… dans cette situation ?

Hari baissa les yeux sur ses mains, serrées si fort entre ses jambes écartées que les jointures de ses doigts étaient blanches.

— C'est une très vieille et très triste histoire, dit-il après un long silence. Elle débute avec une femme, ma sœur. Un magicien très puissant a voulu avoir un enfant d'elle – pour des raisons égoïstes, et non par amour. Seulement, elle était déjà enceinte d'un autre. Quand le Magi l'a découvert, il a menacé de la tuer. Je suis arrivé avant qu'il puisse mettre sa menace à exécution, et nous avons fait un marché. Je serais son serviteur à jamais. En échange, il laisserait la vie sauve à ma sœur et à son futur bébé. Cela n'a pas empêché le Magi de trahir sa promesse et de tuer ma sœur sous mes yeux. Et lorsque j'ai essayé de me venger de lui, il m'a capturé, a gravé cette malédiction sur ma poitrine et m'a enfermé dans cette boîte. Cela s'est passé il y a deux mille ans. Je suis esclave depuis tout ce temps.

Lorsqu'il se tut, Dela demeura assise à côté de lui, à l'observer sans savoir que dire. Son histoire était tellement étrange et poignante qu'elle appelait bien plus de questions que de commentaires.

Le visage plus fermé que jamais, Hari se leva et alla remettre sa chemise et son armure. Une fois rhabillé, il se mit à arpenter la pièce, examinant chaque objet avec surprise et attention, comme s'il découvrait le monde pour la première fois. Et effectivement, songea-t-elle, cet homme semblait étrange et déplacé dans le décor *design* et fonctionnel de cette chambre d'hôtel. Il suffisait de l'observer pour comprendre qu'il était bien ce qu'il prétendait être : le héros tragique et maudit de quelque conte épique, un homme pétri de magie égaré dans un monde qui n'avait d'autre dieu que la raison.

— À présent que vous voilà libre, dit-elle enfin en se levant à son tour, de quoi avez-vous envie ?

Surpris, il tourna la tête vers elle et haussa les sourcils.

— La dernière fois que j'ai répondu honnêtement à une telle question, répondit-il, mon maître s'est amusé à tailler au poignard des lanières de chair dans mon dos.

Sentant ses jambes se dérober sous elle, Dela se laissa retomber sur le lit.

— Que lui avez-vous répondu ?

— Que j'avais envie de l'enterrer vivant dans le sable jusqu'au cou et de regarder une meute de chiens enragés lui dévorer la tête.

Ce n'était pas drôle – pas drôle du tout –, mais Dela se surprit à éclater d'un rire nerveux, sans doute pour ne pas vomir sur le couvre-lit.

— Ce n'était pas une réponse très intelligente, admit-il avec un sourire glacial. Mais je m'en fichais. Mon maître est mort un an plus tard. Dans l'intervalle, ma condition est devenue… assez pénible.

— Vous n'avez jamais essayé de vous évader ? s'enquit-elle avec un soupir.

— Quand je reste séparé trop longtemps de mon maître, j'éprouve un besoin irrésistible de me retrouver à ses côtés. C'est compulsif. Il n'y a rien à faire pour y échapper.

— Ce qui signifie que vous et moi…

— Jusqu'au jour de votre mort. À moins que vous ne décidiez de me faire retourner d'où je viens.

Il la rejoignit et ramassa la boîte sur le lit. Dela fut troublée de le sentir si proche d'elle. Le souffle court, les joues en feu, elle perçut une forte odeur de forêt, et l'image d'un fauve se glissant souplement entre les arbres s'imposa à son esprit. Hari ne parut pas remarquer son soudain embarras. Il expliqua, tout en tendant la boîte vers elle :

— Tout ce que vous avez à faire pour me répudier, c'est d'ouvrir cette boîte. Je commencerai alors à disparaître. Refermez le couvercle, et je serai parti pour de bon.

Dela saisit la boîte qu'il lui tendait et protesta :

— Vous avez envie que je vous réexpédie là-dedans ?

— Je ne sais pas ce dont j'ai envie, répondit-il avec un haussement d'épaules.

Mais au ton de sa voix, Dela comprit que ce n'était pas tout à fait vrai. D'un bond, elle se leva et alla poser le coffret en bois précieux sur la table de chevet.

— Eh bien, quand vous le saurez, faites-moi signe ! déclara-t-elle en venant se camper devant lui. En attendant, y a-t-il un moyen de briser ce charme qui vous maintient en esclavage ?

Pour la première fois, Dela le vit manifester une émotion sans qu'il cherche à la masquer aussitôt. Un accablement profond s'empara de lui quand il lui répondit d'une voix sourde :

— Le Magi a dérobé ma peau lorsqu'il a tué ma sœur. Il m'a dit que la malédiction serait levée le jour où elle me serait rendue.

— Votre peau ? répéta Dela. Je ne comprends pas.

C'était peu de le dire, songea-t-elle. Mais si elle devait se retrouver plongée dans une histoire à dormir debout, elle essaierait de se montrer aussi courageuse que ces personnages qui accueillent, dans les films et les romans, l'intrusion du fantastique et du merveilleux dans leur vie avec le plus parfait naturel.

— Je n'existe pas que sous mon apparence humaine, expliqua-t-il gravement. Je suis un changeforme. Je peux à volonté me transformer en tigre. Du moins, je le pouvais – avant que le Magi ne me confisque ma peau.

De nouveau, Dela dut s'asseoir pesamment sur le lit.

— Que se passe-t-il ? s'inquiéta-t-il. Vous n'avez jamais entendu parler de mes semblables ?

— Si, j'ai déjà entendu parler des changeformes, répondit-elle tout bas. Mais ils n'existent que dans les légendes.

Mais dès qu'elle eut prononcé ces mots, ils lui parurent dénués de sens. L'idée que Hari puisse être condamné à vivre une éternité d'esclavage au fond d'une boîte était plus invraisemblable encore. Et pourtant, n'avait-elle pas fini par en admettre la possibilité ? Soudain, elle se rappela les flancs gravés de la boîte à surprise et comprit qu'il ne s'agissait de rien d'autre que de l'histoire de Hari mise en images. On y voyait un tigre, puis un homme, puis de nouveau un tigre, quitter l'immensité de la jungle pour le confinement d'une cage, perdre la plus totale liberté pour l'esclavage le plus abject. La tête lui tournait rien que d'y penser...

Elle devait prendre le temps de réfléchir, d'y voir plus clair.

— Je vais m'habiller, annonça-t-elle en se relevant. En attendant, faites comme chez vous.

— Vos désirs sont des ordres !

Consciente de son regard qui s'appesantissait sur elle, Dela prit en hâte quelques vêtements dans sa penderie et alla s'enfermer dans la salle de bains.

Pressé contre la paroi de verre qui l'empêchait de chuter dans le vide, Hari contemplait sans se lasser le panorama merveilleux qui s'offrait à ses yeux. La Rome des Césars ne lui avait pas paru aussi impressionnante la première fois qu'il l'avait vue.

Une cité immense s'étalait à ses pieds. Aussi loin que portait le regard – et le sien portait particulièrement loin –, il ne découvrait que pierre, verre et acier, qui formaient d'invraisemblables et rutilants monolithes dressés vers le ciel. Une infinité de minuscules chars colorés, sans attelage apparent, se déplaçaient à une vitesse stupéfiante sur un lacis de voies noires, artères emmêlées irriguant ce corps de géant. Au pied de la tour au sommet de laquelle il se trouvait, nouvelle Babel narguant les cieux, se pressaient par centaines des silhouettes noires – hommes et femmes, sans doute, réduits à une taille d'insectes, ainsi que les voient les dieux.

Hari s'efforçait de se convaincre qu'il n'avait pas peur. Il en avait suffisamment vu, entendu et subi durant tous ces siècles d'esclavage pour que plus rien ne l'impressionne – du moins l'avait-il cru, jusqu'à ce qu'il rencontre cette femme et découvre cette cité. Bien sûr, chaque fois qu'il sortait d'une phase de sommeil, il trouvait le monde bien changé. Mais jamais jusqu'alors il n'avait éprouvé un tel sentiment d'étrangeté radicale en se réveillant.

S'arrachant à sa contemplation, Hari quitta son poste d'observation et marcha jusqu'à la porte derrière laquelle avait disparu sa maîtresse. Un faible bruit d'eau se faisait entendre, mais ce n'était pas le seul élément à titiller ses sens affûtés de tigre. Le parfum de la jeune femme était partout – jasmin et lavande, mêlés à une odeur plus subtile et nettement plus affolante : celle de sa peau. Le tout composait une fragrance unique et pleine de caractère, à l'image de celle qui en était la source. Avec aplomb et courage, elle avait fait front à sa colère et à son mépris. Il y avait plus d'un millénaire qu'il n'avait pas rencontré une femme dotée d'un tel regard, d'une telle repartie.

Hari tendit l'oreille un moment encore, puis se retourna vers l'autre porte qui s'ouvrait dans le mur opposé – sans doute celle qui donnait sur l'extérieur. Il lui fallut percer les mystères de l'étrange loquet, mais quand il y parvint et passa la tête dans l'entrebâillement, il s'étonna de ne trouver aucun homme armé en faction. Éclairé par d'étranges lampes qui ne dégageaient ni odeur ni fumée, un interminable corridor, régulièrement percé de portes closes, s'enfonçait dans les entrailles du bâtiment. Ce spectacle irréel et inquiétant le mit mal à l'aise. Il se hâta de refermer la porte, au moment où sa maîtresse émergeait de la pièce attenante à la chambre.

— Envie de prendre la poudre d'escampette ? demanda-t-elle, un sourire ironique sur ses lèvres pulpeuses.

Elle avait rassemblé ses cheveux blonds encore humides en une natte qui lui retombait sur l'épaule. Quant à la tenue qu'elle avait revêtue – pantalon bleu moulant et corsage blanc au décolleté vertigineux –, elle était plus révélatrice encore que la serviette dans laquelle il l'avait découverte.

— Vous savez bien que c'est impossible, répondit-il en s'efforçant de ne pas trop loucher sur ses formes.

— Cela ne signifie pas que vous n'ayez pas envie d'essayer...

Toujours souriante, elle marcha jusqu'à lui. Cette fois, il eut beau faire, il lui fut difficile d'ignorer le balancement suggestif de ses hanches, que la toile bleue épousait comme une seconde peau.

— Encore en train de me titiller ? marmonna-t-il. Vous n'avez vraiment pas peur.

— De quoi devrais-je avoir peur ?

— De rien. Je vous l'ai dit : même si j'en avais envie, je ne pourrais vous faire aucun mal.

— En avez-vous envie ?

— Pourquoi me posez-vous toutes ces questions ? Vous cherchez à me mettre hors de moi ?

Le sourire se figea sur les lèvres de la jeune femme, dont le visage se rembrunit brusquement.

— Je ne cherche rien de tel ! répliqua-t-elle sèchement. Je voudrais simplement vous connaître un peu mieux.

Luttant contre l'espoir que ces paroles avaient fait naître dans son cœur, Hari se détourna et croisa les bras en rétorquant d'un ton buté :

— Vous n'avez pas besoin de mieux me connaître.

La réaction de sa compagne ne se fit pas attendre. Elle le contourna pour se planter devant lui, se hissa sur la pointe des pieds, les poings posés sur les hanches, et lui lança avec véhémence :

— De quel droit me dites-vous de quoi j'ai besoin ou non ? Vous apparaissez comme par enchantement dans ma chambre, au risque de me faire mourir de peur, vous me sortez tout un boniment sur le fait que nous sommes liés l'un à l'autre jusqu'à ma mort, et vous avez le culot de me dire que je n'ai pas besoin d'apprendre à vous connaître ? Que les choses soient claires : je ne pense pas avoir mérité votre mépris, et je ne suis pas prête à le supporter sans réagir. Ce n'est pas moi qui vous ai enfermé dans cette boîte. Ce n'est pas moi non plus qui vous ai traité comme un chien depuis deux mille ans. Je n'ai pas cherché à vous faire apparaître. J'ai fait des pieds et des mains pour vous en convaincre, mais qu'est-ce que ça signifie à vos yeux ? Rien du tout, apparemment !

Hari prit le temps de savourer la douceur d'être jugé digne de recevoir une telle harangue. Personne ne s'était adressé à lui aussi longuement depuis deux mille ans... Soudain, il se rendit compte qu'il ne connaissait pas le nom de la jeune femme qui se tenait dressée sur ses ergots devant lui. Puis, aussitôt après, il s'étonna d'être de nouveau accessible à la curiosité. Il y avait longtemps que le nom de ses maîtres l'indifférait. Certains s'étaient montrés plus cruels que d'autres, mais tous, hommes ou femmes, n'avaient vu en lui qu'un moyen de parvenir à leurs fins égoïstes. Il s'efforçait de ne pas penser aux horreurs auxquelles on l'avait contraint durant cette éternité d'esclavage, mais elles ne se laissaient pas facilement oublier. Entre deux phases d'éveil, il était hanté par des cauchemars atroces. Ce qui expliquait qu'il sorte de ces limbes immanquablement enragé.

— Comment vous appelez-vous ?

La question avait spontanément jailli de ses lèvres. Surprise, elle le dévisagea d'un œil suspicieux.

— Delilah, répondit-elle comme à regret. Mais tout le monde m'appelle Dela.

— Delilah... répéta Hari. Delilah.

Son nom roulait sur sa langue, charmait ses oreilles et apaisait son esprit.

Elle ouvrit la bouche, la referma, puis croisa les bras avant de le fixer en fronçant les sourcils.

— Écoutez… reprit-elle. Vous n'avez pas confiance en moi, mais je n'ai pas plus confiance en vous. Je ne sais pas comment nous allons faire, mais vous êtes là, je suis là, et il nous faut nous en accommoder. Alors, mettez-y un peu du vôtre, à moins… à moins que vous ne préfériez retourner dans votre boîte ?

Hari jeta un coup d'œil au petit coffret posé à la tête du lit. Il n'y retrouverait que ténèbres, emprisonnement et rêves sanglants. Delilah lui avait déjà posé cette question, et il avait été incapable de lui répondre. Mais cette fois, il commençait à espérer que cette nouvelle vie qui l'attendait ne serait pas pire que ses cauchemars.

— Non, répondit-il enfin. Je ne souhaite pas retourner là-dedans.

— Parfait ! s'exclama-t-elle. Dans ce cas, puisque vous êtes décidé à rester, au lieu de nous disputer, nous pourrions peut-être nous occuper de choses plus urgentes. Avez-vous faim ? Avez-vous besoin de dormir ? De prendre un bain ?

À présent que toute trace de colère avait déserté son visage, Delilah semblait plus fragile, plus vulnérable. Timide, même. Hari, à sa grande surprise, en conçut un impérieux besoin de la protéger, qu'elle le lui ordonne ou non. Sa sollicitude le touchait également d'une manière étonnante. Une étrange sensation, oubliée depuis longtemps, lui gonflait le cœur. Aucun de ses maîtres, dans le passé, ne lui avait posé de telles questions – ils se souciaient peu de son bien-être, et même de sa santé.

— Je mangerais bien quelque chose, répondit-il. Et je me laverais volontiers.

Delilah ramassa sur la table de chevet un étrange objet qui ressemblait à une sculpture de basalte. Au bout de quelques secondes, elle donna quelques ordres en parlant à l'objet, avant de le reposer. Hari la regarda faire avec un étonnement mêlé d'une sourde appréhension. Plus que jamais, il avait conscience de se réveiller dans un monde entièrement différent de celui qu'il avait laissé, et l'idée de tout ce qu'il aurait à apprendre pour ne plus s'y sentir étranger l'angoissait.

Elle se retourna pour lui faire face et lui sourit.

— Nous serons servis dans une demi-heure, annonça-t-elle. Cela devrait vous suffire pour prendre un bain.

La « salle de bains », ainsi qu'elle l'avait appelée, se révéla extraordinairement petite, mais dotée de commodités tout à fait prodigieuses. Un peu gênée, Dela lui expliqua le fonctionnement d'un siège étrange et immaculé qui faisait office de latrines, ainsi que d'une conque géante où coulait à volonté eau chaude et froide. Hari fit jouer la poignée étincelante de gauche à droite, puis de droite à gauche, émerveillé de sentir l'eau se réchauffer et se refroidir sur ses doigts.

Il hésita à poser la question qui lui brûlait les lèvres, puis décida que le moment n'était pas plus mal choisi qu'un autre.

— Vous pourriez m'expliquer comment de tels miracles sont possibles ? Je n'ai jamais rien vu de semblable.

— Je ne suis pas spécialiste en plomberie, répondit-elle, mais je vais essayer.

C'est ce qu'elle s'efforça de faire durant les quelques minutes qui suivirent, l'initiant aux mystères de la distribution d'eau courante et d'électricité. Et quand elle eut terminé, Hari hocha la tête avec un sourire radieux, satisfait de ces éclaircissements autant que d'avoir été traité comme un être humain digne de respect et d'intérêt.

Les joues empourprées et le souffle court, Dela se laissa tomber de tout son long sur le lit. Elle n'avait laissé Hari dans la salle de bains, gênée de le voir se déshabiller sans façon devant elle, que pour retrouver dans la chambre son parfum entêtant, cette odeur de forêt qui s'était échappée avec lui de la boîte à surprise.

À présent qu'elle se retrouvait seule, l'énormité de ce qui lui arrivait commençait à lui apparaître. Elle aurait pu s'imaginer avoir rêvé si de joyeux bruits d'éclaboussures venus de la pièce voisine ne lui avaient pas rappelé la présence de son hôte encombrant. Elle ne savait ce qui la touchait le plus en lui, de ses deux mille ans d'esclavage ou de l'incommensurable souffrance qui se lisait au fond de ses yeux. Ce qui ne faisait en revanche pas l'ombre d'un doute, c'était qu'elle s'était déjà attachée à lui plus que la simple prudence ne l'aurait voulu. « Ne te laisse pas trop attendrir, souffla en elle la voix de la raison. Ce qui l'intéresse en toi, avant tout, c'est que tu le gardes hors de sa boîte. Les hommes cherchent à manipuler les femmes pour moins que ça. »

Bien sûr, ceux qui l'entouraient n'entraient pas dans ce schéma. Ses amis étaient tous des hommes en or, quoique jugés instables, peu crédibles et, pour tout dire, rendus un peu fous par la société. D'une certaine manière, Hari, qui dissimulait une grande bonté sous des dehors farouches et ombrageux, leur ressemblait.

Les yeux fermés, Dela se força à respirer calmement et tenta de mettre de l'ordre dans ses pensées. Certes, sa vie venait d'être bouleversée par un événement extraordinaire, mais sa grand-mère n'avait-elle pas coutume d'affirmer que l'irrationnel n'était que le reflet de ce que les hommes n'avaient pas encore appris à connaître ?

C'était d'elle que Max, le frère aîné de Dela, avait hérité la faculté d'accueillir sereinement les phénomènes les plus inattendus. En songeant à lui, un sourire se dessina sur ses lèvres. Aux dernières nouvelles, il se trouvait en Amérique du Sud, pour le compte de Dirk & Steele, le nom de l'agence fondée par leurs grands-parents. Pour tenter de retrouver un groupe de touristes retenus en otage, il pistait une bande de guérilleros dans la jungle. Cela avait beau être sa conception d'un travail utile et intéressant, elle ne pouvait s'empêcher de s'inquiéter un peu pour lui.

Quelques coups légers frappés à la porte tirèrent Dela de ses pensées. S'attendant à trouver le garçon d'étage venu livrer leur repas plus vite que prévu, elle alla ouvrir sans se méfier. Elle n'eut le pressentiment de ce qui allait se produire que lorsqu'elle vit étinceler la lame d'un couteau dans l'entrebâillement de la porte.

Comprenant qu'il était trop tard pour empêcher son agresseur d'entrer, Dela cria, fit un bond de côté et lui agrippa instinctivement le poignet. Avant qu'il ne lui donne un vigoureux coup de poing dans l'épaule, elle eut le temps d'apercevoir deux yeux noirs dans une face plate, au nez presque inexistant et aux lèvres réduites à une mince ligne.

Dela n'eut pas le temps de toucher le sol. Alerté par son cri, Hari, dans son dos, venait d'ouvrir la porte de la salle de bains à la volée. Deux bras puissants lui évitèrent de tomber. Un torse rassurant et chaud vint se caler contre son dos. Malgré le danger, un frisson la parcourut quand elle sentit sous ses doigts deux cuisses nues et mouillées. Tout contre son oreille, elle entendit un grondement de fauve, rauque et menaçant, dont il était difficile de croire qu'une gorge humaine l'avait produit.

Revenu de sa surprise, son agresseur se ramassa sur lui-même, son poignard brandi devant lui, prêt à frapper. Ses yeux étaient froids, fixes, déterminés et rivés sur elle. Pour la mettre hors de portée de l'arme, Hari la repoussa dans un coin de la pièce et s'avança au-devant de l'attaque. Il agit si rapidement que l'homme ne se rendit compte de rien. Avant que sa lame ait pu l'atteindre, Hari lui saisit le poignet et le cogna si fort contre le mur qu'un cadre se décrocha.

Il n'avait plus rien à craindre du poignard tombé sur le sol, mais Dela vit étinceler dans la main libre du tueur l'acier d'un *shuriken* [1].

— Hari ! cria-t-elle, voyant que l'homme s'apprêtait à s'en servir. Attention !

Hari recula à temps pour échapper à un coup mortel à la gorge, mais ne put éviter que les pointes acérées de l'étoile ne lui lacèrent la poitrine comme des griffes. Le sang jaillit, traçant des rigoles sur sa peau nue, mais il ne manifesta aucune douleur. Le visage contracté par la rage, il attrapa à bout de bras la gorge de l'inconnu et serra.

En voyant que celui-ci s'apprêtait à frapper de nouveau, Dela n'hésita pas une seconde. D'un bond, elle revint dans la mêlée, saisit sa main armée et enfonça aussi fort qu'elle le put ses ongles dans la chair. Un glapissement étranglé jaillit de la gorge de l'homme. En tombant sur la moquette, le *shuriken* fit un bruit mat. D'un grand coup de pied, Dela l'envoya valser à l'autre bout de la pièce.

Le visage de l'inconnu virait au pourpre. Il se débattait furieusement, mais Hari le maintenait d'une poigne de fer.

— Qui t'envoie ? demanda-t-il. Parle !

Au lieu de s'exécuter, l'individu parvint à libérer sa main, que Dela retenait toujours, et l'agrippa par la nuque pour la projeter violemment contre Hari. Surpris, celui-ci lâcha sa prise. L'homme bondit vers la porte demeurée ouverte et prit la fuite sans demander son reste.

Dela le suivit dans le couloir. Déjà, il disparaissait dans un escalier de secours. Hari, qui l'avait rejointe, fit mine de s'élancer derrière lui. Sans ménagement,

1. *Shuriken* : petite arme parfois en forme d'étoile (*NdT*).

elle le repoussa à l'intérieur de la chambre et ferma la porte.

— Je dois le suivre ! s'écria-t-il. Je suis capable de le rattraper.

— Non ! répliqua-t-elle fermement. Vous êtes blessé.

Qui plus est, elle ne voulait absolument pas attirer l'attention sur eux. Restait à espérer que personne n'avait surpris les bruits de lutte et appelé la sécurité. Si la police mettait son nez dans leurs affaires, Hari aurait bien du mal à produire un passeport qui n'existait pas – pour le moment. Raison supplémentaire de renoncer à la poursuite de leur agresseur : il était nu, ce qui risquait d'autant moins de passer inaperçu que la nature l'avait fort généreusement pourvu…

Dela se précipita dans la salle de bains et en revint avec deux serviettes. Elle tendit la plus grande à Hari et entreprit d'éponger avec l'autre le sang qui coulait abondamment sur sa poitrine.

— Mettez-vous ça autour des hanches, expliqua-t-elle en réponse à son regard interrogateur.

— Il vous a frappée ! gronda-t-il en s'exécutant. Il a voulu vous tuer…

Son inquiétude manifeste pour elle ébranla Dela autant que l'attaque à laquelle elle venait d'échapper.

— Cela n'arrête pas de saigner, dit-elle en soulevant précautionneusement la serviette qu'elle pressait sur la blessure de Hari. Il va falloir appeler un médecin.

— Ce n'est rien, assura-t-il. Dans quelques minutes, il n'y paraîtra plus.

— Ne dites pas de bêtises ! Vous avez besoin de points de suture.

Avec un léger sourire, il lui montra la main qu'elle avait précédemment entaillée pour leur pacte de sang. La paume en était lisse et dépourvue de toute trace de cicatrice.

— Je ne peux pas mourir, Delilah, expliqua-t-il à mi-voix. Mon corps guérit de lui-même dès qu'il est blessé.

L'implication de ce qu'il venait de lui révéler frappa Dela de plein fouet, et la chair de poule hérissa la peau de ses bras. Et pourtant, à bien y réfléchir, rien n'aurait dû lui sembler plus logique. La malédiction dont il était victime ne se serait pas révélée aussi redoutable s'il avait suffi d'une flèche en plein cœur pour y mettre un terme.

— Ainsi, conclut-il, c'était gentil de votre part de venir à mon secours, mais très dangereux et pas du tout nécessaire.

Dela haussa les épaules.

— Il s'en est pris à vous alors que vous me défendiez, pas vrai ? Cela me semble une raison suffisante pour vous rendre la pareille… que vous soyez immortel ou non.

Cette fois, ce fut au tour de Hari de laisser libre cours à sa surprise. Elle en profita pour se hisser sur la pointe des pieds et déposer un baiser sur sa joue.

— Merci de m'avoir sauvé la vie, Hari.

— Ce n'est rien…

Non ce n'était pas rien, et ils le savaient tous les deux.

3

Hari était incapable de s'en prendre physiquement à ses maîtres, mais il lui était arrivé d'en laisser mourir un ou deux pas tout à fait accidentellement… Cela avait été le cas de ce cheik qui lui avait ordonné, alors que pleuvaient sur eux des volées de flèches, de faire un bouclier de son corps à sa royale personne. Si Hari avait dû s'exécuter, se transformant aussitôt en hérisson, il lui avait suffi de bloquer certaines flèches et non d'autres pour que le potentat ne survive pas à l'attaque.

En ce qui concernait la jeune femme qu'il venait de sauver d'une mort certaine, la question ne lui avait même pas traversé l'esprit. Il lui avait suffi de l'entendre ouvrir la porte et crier pour se précipiter à son secours, sans même se soucier qu'elle le lui ait ordonné ou pas. Mais ce qui l'étonnait plus que tout encore, c'était la spontanéité avec laquelle elle s'était à son tour précipitée pour lui venir en aide quand elle l'avait cru menacé. Certaines actions parlaient avec plus d'éloquence que bien des discours, et celles de sa nouvelle maîtresse, jusque-là, lui disaient toutes qu'il lui était de nouveau permis d'espérer.

Assise sur le lit, elle examinait à présent le poignard laissé sur place par son agresseur, posé à plat sur ses deux mains tendues devant elle. Là où de plus forts et de plus aguerris qu'elle auraient tremblé pour leur vie, elle n'avait pas manifesté la moindre frayeur. Hari avait sauvé la vie de dizaines d'hommes arrogants, orgueilleux, drapés dans leur bon droit et leurs certitudes, qui avaient tous pâli d'avoir échappé à la mort. Aucun d'entre eux ne lui avait témoigné de gratitude, et tous avaient collectionné les ennemis ayant de bonnes raisons de leur en vouloir à mort, comme d'autres collectionnent les honneurs.

Delilah n'était pas comme ceux-là. Sa force était une force tranquille, un feu que tempérait la compassion. Du moins le croyait-il. Peut-être, avec le temps, découvrirait-il d'autres facettes de sa personnalité qui pourraient justifier que des ennemis lui en veuillent à mort. Car cette attaque ne devait rien au hasard, il en était persuadé. Quelqu'un avait armé le bras de l'assassin, qui s'était attendu à la trouver seule.

Dela, toujours perdue dans sa contemplation, poussa un petit gémissement étouffé. Sans même penser à ce qu'il faisait, Hari la rejoignit. Il faillit la toucher, mais retint sa main juste à temps. Encouragée par leur intimité forcée, une trop grande familiarité pouvait naître entre eux et se révéler dangereuse. Déjà, il lui faisait bien plus confiance qu'il ne l'aurait dû. La dernière fois qu'il avait baissé sa garde devant l'un de ses maîtres, celui-ci en avait profité pour le trahir de la plus cruelle façon.

— Je connais cette arme, murmura-t-elle d'une voix sourde. Et pour cause ! C'est moi qui l'ai fabriquée.

Hari s'assit doucement près d'elle et s'étonna :

— Vous fabriquez des armes ?

— Cela m'arrive, répondit-elle en tournant la tête vers lui pour soutenir son regard. Mais mon activité principale est de sculpter le métal à des fins artistiques. Vous trouvez cela bizarre ?

Hari ne put s'empêcher de laisser s'épanouir le sourire qui lui montait aux lèvres et plaisanta :

— Vous avez devant vous un changeforme immortel, condamné depuis une éternité à dormir dans une boîte quand il n'est pas réduit en esclavage. En comparaison, votre talent de sculpteur me paraît plutôt ordinaire.

Dela se mit à rire joyeusement, d'un rire cristallin et trop bref qui charma ses oreilles. Ses yeux s'assombrirent en se reportant sur la longue lame, ornée des anneaux entrelacés d'un dragon.

— Ce poignard est une commande d'un collectionneur, reprit-elle. Habituellement, je n'accepte pas ce genre de travail. Pour vaincre mes réticences, il a eu l'habileté de promettre une grosse donation à un programme d'aide à l'enfance si j'acceptais. Je déteste qu'on me force la main, mais il a insisté. Il tenait absolument à avoir une œuvre unique de Dela Reese dans sa collection, et il s'est arrangé pour faire savoir autour de lui que sa donation ne dépendait que de moi. J'ai fini par capituler, mais l'arme a disparu il y a trois mois, durant son transport.

— Celui qui a volé ce poignard devait avoir une idée bien précise en tête, dit-il en le lui prenant des mains.

La lame était presque aussi longue que son avant-bras et en faisait plus une courte épée qu'un poignard. La garde était élégante dans sa simplicité, et la pureté des lignes de l'objet révélait un talent hors du commun, qui ne fit qu'ajouter à son respect pour sa nouvelle maîtresse.

— Quelqu'un a voulu me tuer, conclut Dela d'une voix blanche. Quelqu'un qui dispose de suffisamment d'argent et de relations pour me traquer jusqu'en Chine.

— Vous avez des ennemis ?

Sans la regarder, Hari s'amusait à suivre les anneaux du dragon du bout du doigt.

— Pas que je sache. Je protège farouchement ma vie privée et passe seule la majeure partie de mon temps. J'ai quand même autour de moi un cercle d'amis très proches, mais ils sont au-dessus de tout soupçon.

— Le sourire d'un ami peut cacher de sombres desseins.

En voyant qu'elle s'apprêtait à protester, il précisa :

— Je n'accuse personne, Delilah. Comme vous l'avez dit vous-même, quelqu'un vient d'envoyer un homme pour vous tuer. Quelqu'un qui vous connaît et qui risque de recommencer.

— Vous pouvez m'appeler Dela, grommela-t-elle.

Songeant que ce n'était là ni le nom d'une reine ni celui d'une guerrière, Hari secoua la tête d'un air buté.

— Je préfère Delilah. C'est un nom qui vous va mieux.

Sans rien ajouter, elle se leva et tendit la main pour récupérer l'arme. Hari la lui donna, la poignée en avant, et elle s'en saisit avec habileté.

— Vous paraissez vous y connaître dans le maniement des armes, commenta-t-il en la regardant faire.

— Détrompez-vous. Je n'ai rien d'une experte.

— Mais vous les connaissez suffisamment pour les traiter avec respect et prudence.

— Aucune arme n'est purement ornementale, dit-elle avec un sourire triste. Elles ne sont jamais qu'en sommeil, attendant de remplir leur usage.

— Qui est de blesser et de tuer autrui.

— Je vois que nous nous comprenons.

Elle marqua une pause, avant d'ajouter d'un ton pensif :

— C'est étrange, d'être amené à façonner des outils de mort. Parfois, je me sens coupable et prête à y renoncer, mais quelque chose – une sorte de compulsion – m'y ramène toujours. Pourtant, croyez-moi, j'ai horreur de la violence.

— Je vous crois. Il n'empêche que les armes semblent répondre à un besoin en vous. Peut-être constituent-elles cette part de ténèbres qui est au cœur de toute véritable passion.

Dela hocha la tête et l'observa quelques instants d'un air songeur avant de demander :

— Et vous, quelles sont vos passions et comment se manifeste cette part de ténèbres dont vous parlez ?

— Je n'ai aucune passion, répondit-il en se renfrognant. Quant aux ténèbres… Mes mains sont couvertes de sang depuis deux mille ans. La mort est mon moyen habituel d'expression. Cela vous suffit ?

— Absolument pas, répliqua-t-elle vivement. Je trouve cela… déprimant.

Pour toute réponse, Hari émit un grognement indistinct. Il était beaucoup trop question de lui, et il préférait changer de sujet sans attendre. Pourtant, il ne put s'empêcher de raconter :

— J'ai connu un dragon, autrefois. Le plus aimable des hommes, si vous étiez de ses amis. Ses ennemis ne vivaient pas vieux, en revanche.

Les yeux de Dela, lumineux et innocents, s'agrandirent sous l'effet de la surprise.

— Votre ami… était-ce un dragon ou un homme ? s'étonna-t-elle.

— Les deux. En fait, c'était un changeforme, lui aussi. Un homme qui était capable, à volonté, de se transformer en dragon.

— Vous pouvez réellement changer d'apparence ? C'est si difficile à croire…

Bien loin d'être horrifiée, elle paraissait émerveillée. Hari sentit une onde de plaisir déferler en lui. Il se redressa, la rejoignit et se campa face à elle.

— Regardez au fond de mes yeux, dit-il. Vous y verrez que je ne suis pas seulement humain. Le tigre est toujours là, tapi au fond de moi. Il attend que j'aie retrouvé ma peau.

Elle fit ce qu'il lui demandait et plongea ses yeux dans les siens. Hari en profita pour sonder son regard lui aussi, mais en dépit de ses efforts il ne put percevoir les émotions qui l'animaient. Tout ce qu'il vit, ce fut son image, reflétée dans deux petits lacs bleu ciel. Fasciné, il songea qu'il n'avait jamais vu de regard plus beau ni plus émouvant.

Enfin, sa curiosité reprenant le dessus, Dela recula d'un pas et demanda :

— Y a-t-il beaucoup de changeformes, de par le monde ?

— Autrefois, nous étions nombreux. À présent, je n'en sais rien... À ce propos, en quelle année sommes-nous ? La dernière fois que j'ai regagné ma boîte, l'an 1423 ne s'était pas encore achevé.

— Six cents ans... murmura-t-elle, soudain très pâle. Vous êtes resté prisonnier de cette boîte pendant presque six siècles.

Une très longue sieste, en effet ! Amusé par sa surprise, Hari s'apprêtait à lui demander des précisions sur son époque lorsqu'on frappa de nouveau à la porte. Ce fut instinctif : la saisissant par les épaules, il alla cacher Delilah dans un recoin, près du lit, qui n'était pas visible depuis le seuil.

— Restez là ! lui ordonna-t-il à mi-voix.

Tout en tirant son épée de son fourreau, il rejoignit l'entrée de la chambre sur la pointe des pieds et colla son oreille contre le panneau.

— Je sens une odeur de nourriture, chuchota-t-il.

Le sourire aux lèvres, Dela le rejoignit et colla un œil contre une petite lentille de verre sertie dans le bois.

— C'est le garçon d'étage qui apporte notre repas, dit-elle. Il n'y a rien à craindre.

Cette fois, ce fut elle qui le repoussa fermement, en direction de la salle de bains.

— Il ne faut pas qu'il vous trouve ici. Ce serait le plus sûr moyen pour que la police se mêle de nos affaires.

— La police ? répéta-t-il, perplexe.

— Je vous expliquerai.

— Ce pourrait être un piège !

— Je ne le pense pas, mais je vous promets d'être très prudente. De toute façon, vous ne serez pas loin. En cas de problème, je crierai, et vous n'aurez qu'à surgir – pas complètement nu, cette fois, si possible…

Tout en parlant, elle s'était arrangée pour cacher sous le lit la serviette ensanglantée et pour ranger dans sa penderie le long poignard abandonné par son agresseur. Quand elle eut terminé, elle revint le pousser fermement dans la salle de bains, dont elle referma la porte.

Durant tout le temps que dura sa conversation avec le vieil homme à qui elle ouvrit la porte, Hari demeura aux aguets, l'arme au poing, prêt à bondir à la moindre alerte. Mais rien de tel ne se produisit, et, alléché par l'odeur de nourriture, il ne se fit pas prier quand il l'entendit crier depuis la chambre :

— Vous pouvez venir, c'est prêt.

Hari rengaina machinalement son épée et la rejoignit, l'eau à la bouche. De riches fumets lui assaillirent les narines tandis que Dela découvrait l'un après l'autre les plats qui leur avaient été apportés sur un drôle de plateau roulant. Sans attendre, elle entreprit de leur servir deux assiettes de viande accompagnée de légumes verts et de riz. Dans un plat, une grande variété de fruits attendaient d'être croqués.

Devant cette abondance, une faim dévorante se réveilla en lui. Craignant de se comporter en fauve plus qu'en homme civilisé, il marqua un temps d'hésitation que Dela, qui servait le thé, ne manqua pas de remarquer.

— Allez, venez donc, insista-t-elle en lui souriant gentiment. Voilà six cents ans que vous n'avez rien avalé. Empiffrez-vous !

Hari ne connaissait pas ce mot, mais sa signification lui parut très claire. Trop affamé pour hésiter plus longtemps, il s'assit à table face à elle, saisit à pleines mains l'épaisse tranche de viande qu'elle lui avait servie et mordit dedans à belles dents. Ce ne fut qu'à ce moment qu'il remarqua que Dela utilisait quant à elle avec élégance deux couverts en argent. Sa gêne dut être perceptible, car elle reposa aussitôt les ustensiles, prit dans sa main un bout de légume et le porta à ses lèvres en le fixant droit dans les yeux. Cela fait, elle lécha consciencieusement le bout de ses doigts et déclara :

— Mangez, Hari. Rien de ce que vous faites ne peut m'offenser.

Il lui obéit, et, pendant un très long moment, dévora sans retenue. Quand il releva enfin les yeux sur Dela, après avoir vidé tous les plats et terminé tous les fruits, il la découvrit occupée à l'observer songeusement.

Personne ne l'avait jamais étudié aussi ouvertement. C'était étrange de sentir ses yeux inquisiteurs fixés sur lui, comme si elle pouvait percer les apparences et lire au fond de son âme. Si cruels qu'ils aient pu être, ses maîtres successifs n'avaient jamais osé le regarder droit dans les yeux. Même lorsqu'il était réduit à leur merci par leur cruauté, il les mettait mal à l'aise. Les tortures qu'ils lui avaient infligées n'étaient jamais arrivées à le briser totalement. Il avait toujours gardé en lui un pouvoir qui leur faisait peur et qu'ils ne pouvaient ignorer. Dela, elle, ne semblait pas intimidée par lui, ni par ce qu'il représentait.

— J'aurais dû vous en parler plus tôt, dit-elle enfin. Ce matin, un homme m'a attaquée en pleine rue.

En quelques phrases, elle lui relata les circonstances qui avaient présidé à son acquisition de la boîte à surprise et la tentative de kidnapping qui avait suivi.

— Cela me semble clair, conclut Hari lorsqu'elle se tut. Quelqu'un sait ce que représente cette boîte et a voulu vous la reprendre. À moins que l'on n'ait projeté de régler le problème radicalement en vous tuant. Si vous disparaissez, je regagne ma boîte, prêt à servir un nouveau maître.

Dela fronça les sourcils et secoua la tête.

— Les deux tentatives d'assassinat ne peuvent être liées puisque le poignard dont s'est servi mon agresseur, tout à l'heure, a disparu il y a des mois. Chercher à me supprimer avec une arme que j'ai forgée me paraît relever d'une autre motivation, plus personnelle, que la volonté de me reprendre un objet convoité. De plus, je ne pense pas que le type de ce matin, au marché aux puces, me connaissait.

— Ce qui tendrait à prouver que vous avez deux tueurs à vos trousses. Je vous présente mes excuses, Delilah. Je n'ai fait qu'ajouter à vos difficultés.

— Cessez de dire des bêtises. Vous m'avez sauvé la vie.

Elle avait prononcé ces mots avec un accent de sincérité aussi manifeste qu'était bienveillant le regard qu'elle posait sur lui. Hari commençait à s'y habituer, mais il avait encore du mal à y croire.

— Écoutez, reprit-elle d'un air décidé, il est vrai que nous sommes dans de sales draps, vous et moi, mais nous allons faire le nécessaire pour nous en sortir. À chaque problème, il est possible de trouver une solution. Et la malédiction qui pèse sur vous n'échappe pas à cette règle, j'en suis convaincue.

Hari se mit à rire, d'un rire qui sonna faux à ses propres oreilles, et suggéra :

— Vous pourriez détruire la boîte à surprise.

— Cela suffirait à vous libérer ?

— Je ne sais pas. Cela me tuerait peut-être, mais à tout prendre, je préfère la mort à cet esclavage perpétuel.

Hari fut aussi surpris que Dela par ces paroles. C'était un choix qu'il ne s'était jamais risqué à formuler à haute voix.

— Il me semble que continuer à lutter constitue la seule option possible, lança-t-elle d'un ton sans réplique. Vous ne pouvez renoncer ainsi.

— C'est facile pour vous de dire ça, répliqua-t-il durement. Peut-être verriez-vous les choses d'un autre œil si vous aviez, comme moi, passé des siècles à ne pas vous appartenir, à subir les pires tortures, à commettre contre votre gré des horreurs sans nom. Vous n'avez aucune idée de ce que cela peut représenter.

— Peut-être, admit-elle. Mais je sais reconnaître la couardise quand je la rencontre.

Hari se raidit instantanément.

— M'accuseriez-vous d'être lâche ?

— Oui, si vous me demandez d'abréger votre existence sans avoir tout fait pour reconquérir votre liberté.

Ses paroles firent mouche aussi sûrement qu'une flèche en plein cœur. D'un bond, Hari se dressa sur ses jambes. La pièce lui parut soudain trop petite. D'un pas d'automate, il marcha jusqu'à la paroi vitrée et embrassa du regard la vue saisissante qui s'offrait à lui. La cité inconnue s'étalait à ses pieds, immense, indiciblement étrangère.

— Que voulez-vous que je fasse ? demanda-t-il d'une voix sourde.

— Vivez, répondit-elle en venant se placer derrière lui. Ne renoncez pas à espérer. Battez-vous.

Il tourna la tête vers elle et laissa libre cours à son désespoir.

— Vivre ? Mais pour quoi faire ? Les miens n'existent plus. Ceux que j'aimais sont morts. Je suis seul.

La main de Dela se posa sur son épaule. Hari tressaillit.

— Vous avez tenu le coup durant deux millénaires, dit-elle. Que peuvent représenter quelques années de plus ? Sans compter qu'à présent, vous avez une amie.

— Une amie ?

— Moi-même, pour vous servir ! s'exclama-t-elle d'un ton indigné. À moins que vous ne vouliez pas de mon amitié. Personne ne me semble en avoir plus besoin que vous, mais si vous préférez rester seul...

— Ce n'est pas ce que je préfère. C'est ce à quoi je suis habitué.

Il ne put en dire davantage. Elle lui sourit, et cela suffit à lui ôter tous ses moyens. Dela avait le don de le captiver d'un simple mot, d'un seul regard. Il était deux fois plus imposant qu'elle, et pourtant, il savait que même sans le lui ordonner cette femme aurait pu le mettre à genoux, en n'ayant recours à nul autre charme que son sourire.

Hari se poussa pour lui faire de la place devant la fenêtre, et elle observa un moment la vue en silence.

— Je comprends ce que vous ressentez, dit-elle enfin. Vous devez vous sentir perdu dans notre monde moderne.

Comme elle n'obtenait aucune réponse de sa part, elle enchaîna :

— Le sort sera brisé le jour où vous aurez retrouvé votre peau, c'est bien ce que vous m'avez dit ?

Hari soupira, puis répondit d'un ton las :

— Delilah... je l'ai perdue voici deux mille ans.

— De quoi parlons-nous, exactement ? D'un trophée ? D'une véritable peau de tigre ?

Sa naïveté le fit sourire.

— Non, pas vraiment... Quand je dis que le Magi m'a volé ma peau, cela signifie qu'il s'est emparé d'un morceau de mon cœur en assassinant ma sœur. Pour recouvrer mon identité de changeforme, je dois retrouver l'intégralité de mon cœur.

— Cela vous aiderait-il si nous parvenions à trouver d'autres changeformes ?

— J'en doute.

Dela haussa les épaules et commenta :

— Au moins, nous ne sommes pas à la recherche d'une relique dissimulée au fond de quelque jungle perdue !

— Non, admit-il. Il nous faut dénicher quelque chose de plus insaisissable encore...

— Ne soyez pas défaitiste ! protesta-t-elle en souriant. Je vous l'ai dit : à chaque problème, il est possible de trouver une solution.

— Et en attendant ?

D'un geste de la main, Dela désigna l'immensité de la ville qui s'étendait à leurs pieds.

— En attendant, répondit-elle, je vais vous présenter ce nouveau monde qui s'offre à vous. Et pour commencer, je vais vous emmener chez moi.

— Et si, malgré tout, il n'existe pas de solution ?

Le prenant par surprise, elle leva la main jusqu'à sa joue et la caressa tendrement.

— Alors, il vous restera à vivre, Hari. Vivre la vie qui vous convient, et non celle qu'on vous aura imposée.

Dela se détourna de lui, et Hari dut faire appel à toute sa volonté pour ne pas la retenir en la saisissant par les hanches, pour ne pas la plaquer contre son corps, pour ne pas quémander cette intimité qu'il lui tardait dorénavant de partager avec elle. Elle réveillait en lui des besoins auxquels il pensait avoir définitivement renoncé depuis longtemps, des émotions qu'il avait cru ne plus jamais pouvoir ressentir. Par sa seule présence, elle lui donnait envie de vivre, de se battre, d'espérer. Au fond, songea-t-il en la regardant s'éloigner, contre toute attente il avait peut-être fini, comme elle l'affirmait, par trouver une amie...

Avec un certain soulagement, Dela regarda Hari disparaître dans la salle de bains pour y achever ses ablutions. Elle le soupçonnait de vouloir ainsi mettre un peu de distance entre elle et lui, ce qui n'était pas pour lui déplaire. À mesure que leur compagnonnage forcé évoluait en une relation plus intime, elle sentait grandir en elle l'attirance qui la poussait vers lui. Quand ils s'étaient retrouvés côte à côte devant la baie vitrée, le désir avait circulé entre eux comme une onde électrique. Il s'en était fallu d'un cheveu qu'elle ne cède à son attirance et ne cherche à le consoler autrement qu'en paroles. Elle en était d'autant plus stupéfaite qu'une telle attitude ne lui ressemblait guère. La seule chose qui l'avait retenue de se pendre à son cou comme une midinette, c'était la prise de conscience qu'ils ne se connaissaient pas deux heures auparavant et qu'il restait un étranger pour elle.

Dela secoua la tête et reporta à plus tard son examen de conscience pour passer à des préoccupations plus urgentes. Dans le fouillis de ses bagages, il lui fallut quelque temps pour mettre la main sur son répertoire et sur sa carte de téléphone. Quand ce fut fait, elle composa le numéro de Roland Dirk à San Francisco.

Un tiers ours, un tiers bûcheron, un tiers GI Joe, Roland faisait partie depuis dix ans du premier cercle des intimes de Dela. Ne rechignant ni aux coups bas ni à la ruse – c'était un esprit criminel de premier ordre –, il était l'un des hommes qu'elle estimait le plus sur cette planète. Il était aussi le plus apte à lui rendre le service qu'elle avait à lui demander.

Il était plus de minuit à San Francisco – étonnamment tôt, comme aurait dit Max, son noctambule de frère –, mais elle espérait que Roland ne lui en voudrait pas, étant donné l'urgence de la situation. À la quatrième sonnerie, elle commençait à craindre de ne pas le trouver chez lui quand une voix ensommeillée grogna dans l'écouteur :

— Yo ! Quel est le problème ? Il vaudrait mieux qu'il soit sérieux. J'étais en plein rêve. Plutôt humide, si tu vois ce que je veux dire…

Dela, consciente qu'il savait qui était à l'appareil grâce au visiophone, roula des yeux effarés.

— Arrête ça tout de suite, Del ! N'oublie pas que je te vois, alors n'essaie pas de faire des grimaces dans mon dos.

— Je te déteste ! lança-t-elle avec affection. La cellulite a plus de personnalité que toi.

— Surtout la tienne ! À présent, qu'est-ce que je peux faire pour toi ? Ce doit être urgent pour que tu m'appelles de Chine. À moins que tu ne te sois enfin décidée à céder à mes demandes répétées de sexe par téléphone...

Dela eut un sourire blasé. Les plaisanteries plus ou moins graveleuses étaient aussi indispensables à Roland que l'air qu'il respirait.

— J'ai besoin de papiers pour un ami, expliqua-t-elle. Il lui faut un passeport, un numéro de sécurité sociale, ainsi qu'un visa et un billet d'avion pour sortir de Chine. Je dois être sur le même vol que lui, alors je vais te faire parvenir les références de ma réservation par e-mail. Je te laisse t'occuper des détails.

— Et naturellement, tu veux tout cela pour hier, conclut-il. Y a-t-il quelque chose que je devrais savoir à propos de cet « ami » ?

— Non.

— Tu en es sûre ? Tu sais que je suis toujours à l'affût de nouvelles recrues.

L'idée que Hari puisse travailler pour Dirk & Steele lui parut inconcevable.

— Pour l'agence ? Seigneur, non ! Il s'agit juste d'un ami qui a des ennuis et que j'ai promis d'aider.

— Juste un ami... répéta Roland, dubitatif. Comment s'appelle-t-il ?

— Hari. H-a-r-i. Pas de nom de famille. Sens-toi libre de lui en procurer un. Merci pour tout. Je vais prendre une photo de lui avec mon appareil numérique et je la joindrai à l'e-mail.

Au silence qui suivit, Dela comprit que Roland n'était pas pour sa part décidé à en rester là.

— Tu n'as rien d'autre à me dire ? s'enquit-il enfin. Comment ça se passe à Pékin ?

Dela n'hésita pas plus d'une seconde. Roland devait être mis au courant de ce qui lui arrivait. Les attaques dont elle avait été victime pouvaient ne viser qu'elle-même, mais dans le cas contraire, tous les membres de l'agence étaient en danger.

— Quelqu'un a essayé de me tuer.

Pour échapper à l'explosion verbale que cette annonce fit retentir dans l'écouteur, Dela dut éloigner le combiné de son oreille.

— ... et arrête de tenir ce foutu téléphone à distance ! l'entendit-elle hurler. Je te vois et ça me rend fou !

Dela grimaça et s'empressa de plaquer le combiné contre son oreille.

— Si tu ne te calmes pas tout de suite, protesta-t-elle, tu vas avoir une attaque. Ton médecin t'a prévenu...

— Me calmer ? répliqua-t-il. Bon sang de bois, Del ! Qui a essayé de te tuer ?

Le plus clairement et le plus succinctement possible, elle lui fit un compte rendu des derniers événements, passant sous silence tout ce qui concernait Hari et la boîte à surprise. Lorsqu'elle lui fit part de ses inquiétudes au sujet des autres membres de l'équipe, il la rassura.

— Je ne pense pas que l'agence soit en ligne de mire. Si c'était le cas, je serais déjà au courant. Et toi ? Tu t'es fait des ennemis, dernièrement ?

— Je ne vois pas comment j'aurais pu m'en faire. Les seules occasions que j'ai de rencontrer du monde, c'est lors de vernissages ou d'expositions, au cours desquels je me montre parfaitement charmante.

— Ce qui signifie qu'il peut y avoir une douzaine de personnes qui voudraient te voir morte et qui ont les moyens de leurs ambitions.

— Seulement une douzaine ? Tu me sous-estimes.

— Tu ne sauveras pas ta peau à coups de sarcasmes, Del. Ne crains rien. Dirk & Steele se charge de l'affaire.

— Merci. Quand puis-je compter recevoir les papiers que je t'ai demandés ?

— Demain soir. Après-demain au plus tard. Je vais tirer quelques ficelles et graisser quelques pattes dès que tu auras raccroché. Mais n'essaie pas de noyer le poisson. Je m'inquiète pour toi. Veux-tu que je demande à un homme de confiance sur place de surveiller tes arrières ?

— Inutile. Je vais limiter mes déplacements, et nous prendrons l'avion aussitôt que les papiers seront arrivés. Surtout, ne t'avise pas de prévenir ma famille. Je ne tiens pas à la voir débarquer ici.

— Laisse-moi au moins en parler à Max. S'il t'arrivait malheur, c'est moi que ta famille tiendrait pour responsable. Ta grand-mère serait capable de me crucifier au mur !

— Pas avant de t'avoir rectifié les parties intimes avec le rasoir rouillé de grand-papa…

— Ouille ! gémit-il à l'autre bout de la ligne. Del, tu es diabolique…

Un sourire aux lèvres, Dela raccrocha et se retourna. Debout dans l'encadrement de la porte de la salle de bains, Hari l'observait attentivement. Cela n'aurait pas dû la surprendre ; pourtant, elle en perdit le souffle. Dans la pénombre de la chambre d'hôtel, sa peau hâlée semblait briller doucement. Les cicatrices qui lui couturaient la poitrine ne parvenaient pas à altérer la perfection de son corps d'apollon, habillé d'une simple serviette nouée autour de ses hanches étroites. Ses cheveux humides, rejetés sur les côtés, libéraient son visage et mettaient en valeur ses pommettes hautes et saillantes. Dans ce visage, Dela devinait l'empreinte du tigre, de même que dans ses yeux. Des gouttes d'eau scintillaient sur ses épaules et son torse. L'espace d'un instant, elle regretta de ne pouvoir être l'une d'elles...

De toute évidence, Hari aurait pu se montrer ainsi en public sans la moindre gêne. Non parce qu'il était vaniteux et imbu de lui-même, mais parce qu'il était parfaitement à l'aise dans son corps. Deux mille ans d'esclavage n'étaient pas parvenus à le briser. Il était resté maître de lui pour ce qui importait vraiment : son âme était toujours sienne.

Le cœur battant, Dela tenta de plaisanter pour masquer son trouble.

— Encore en train de m'espionner ?

Cela n'eut pas l'air de l'amuser.

— À qui parliez-vous ? s'enquit-il d'une voix blanche.

— À un vieil ami. Il s'appelle Roland et va se débrouiller pour vous trouver des papiers afin de sortir de ce pays.

— Vous êtes... proche de cet homme ?

Suspendu à ses lèvres, Hari attendait la réponse avec une anxiété manifeste. Surprise et flattée, Dela comprit de quoi il retournait. S'intéressait-il suffisamment à elle pour se montrer... aussi jaloux qu'un tigre ?

— Très proche, répondit-elle. Il fait pratiquement partie de ma famille et je l'aime... comme un père.

Dela ramassa son sac sur le lit, se leva et se dirigea vers la porte tout en expliquant :

— J'ai un plan. Mais avant toute chose, je dois sortir pour vous dénicher quelques vêtements.

— Pour quoi faire ? protesta Hari. J'ai des vêtements.

— Regardez comment je suis habillée, et songez à ce que vous portiez en arrivant. Pensez-vous vraiment pouvoir passer inaperçu en conservant cet accoutrement ?

— Au lieu de me critiquer, parlez-moi de votre plan.

Dela mit son sac en bandoulière, puis croisa les bras et expliqua patiemment :

— Nous pourrons partir demain soir ou après-demain matin au plus tard. Ce qui nous laisse le temps de poser quelques questions. J'ai l'intention de retourner à Pan Jia-Yuan et de retrouver la vieille femme qui m'a vendu la boîte à surprise. Je suis convaincue qu'elle savait parfaitement ce qu'elle faisait, et je veux qu'elle me dise pourquoi elle m'a choisie et ce qu'elle sait. Si la chance est de notre côté, elle pourra peut-être nous apprendre quelque chose qui vous aidera.

Il était déjà 15 heures, et le marché aux puces avait fermé ses portes depuis deux heures. Ils pourraient s'y rendre tôt le lendemain matin tous les deux et attendre que la marchande se montre.

— Mais en attendant, conclut-elle, je dois trouver quelque chose à vous mettre sur le dos.

Ce qui, étant donné sa formidable carrure, se dit-elle, risquait fort de ne pas être une sinécure !

— Vous n'irez nulle part toute seule, décréta-t-il en venant se camper devant elle.

— Je vous demande pardon ? C'est vous qui prétendez me donner des ordres, à présent ?

Un muscle joua sur la mâchoire de Hari, qui protesta, une lueur implorante dans les yeux :

— C'est beaucoup trop dangereux, Delilah... Avez-vous oublié qu'un homme de main vient d'essayer de vous tuer ?

— Je ne risque pas de l'oublier ! répliqua-t-elle en se forçant à soutenir son regard sans ciller. Mais je serai dans un endroit public, noyée dans la foule. De toute façon, avec votre serviette autour des hanches, vous n'êtes pas en état de m'accompagner. Vous allez déclencher une émeute !

Sans se laisser fléchir, Hari croisa à son tour ses bras impressionnants sur un torse qui ne l'était pas moins et déclara d'une voix ferme :

— Si je reste ici, vous y restez aussi.

Une idée dangereuse et saugrenue traversa l'esprit de Dela, mais elle s'empressa de l'écarter. Pour qu'il la laisse passer – et s'il fallait croire ce qu'il lui avait expliqué –, il lui aurait suffi de lui en donner l'ordre en employant les mots qu'il lui avait indiqués. Mais elle savait que si elle s'abaissait à cette facilité, Hari serait déçu et la haïrait pour le reste de sa longue vie. C'était une trahison à laquelle elle ne pourrait jamais se résoudre. Certaines erreurs, une fois commises, ne pouvaient être pardonnées.

— Vous êtes têtu comme une mule, lâcha-t-elle avec un soupir exaspéré, mais je suis aussi déterminée que vous. Nous sommes au XXIe siècle ; les femmes peuvent aller où elles veulent sans avoir à se faire chaperonner par un homme. Je vais sortir de cette pièce, sans vous, et vous ne pourrez rien faire pour m'en empêcher.

Dans la seconde qui suivit, il mit un point d'honneur à lui prouver le contraire. Et quand il la reposa sur le sol après l'avoir laissée vitupérer tant et plus, ils arrivèrent à un compromis. Hari porterait pour sortir ses sandales, son pantalon en cuir, sa chemise en lin, mais il laisserait dans la chambre ses armes et son armure, cachées sous le lit. De toute façon, lui dit-elle lorsqu'il protesta, affirmant qu'il ne pouvait sortir désarmé, sa présence seule suffisait à inspirer le respect. Le moindre de ses mouvements était accompli avec la grâce menaçante d'un prédateur.

Hari dut comprendre qu'il n'aurait pas gain de cause et qu'il lui fallait lâcher du lest à son tour, car il s'habilla rapidement. Dans le couloir, Dela l'étudia d'un œil critique. Les traces de sang sur sa chemise sans manches pouvaient à la rigueur passer pour de l'encre rouge. Les bords en étaient un peu effrangés, mais elle lui allait bien, de même que son pantalon. La foule qui se pressait dans la galerie marchande du sous-sol de l'hôtel pourrait voir en lui un mannequin ou un acteur de cinéma excentrique et très décontracté.

Elle n'eut pas le temps de s'appesantir plus longtemps sur son apparence. Entraîné par elle vers l'ascenseur, Hari la noya tout en marchant sous un flot de questions sur l'absence de gardes dans le couloir, l'étrange monotonie répétitive du motif de la moquette, la hauteur incroyable à laquelle il savait qu'ils se trouvaient, etc.

Mais ce qui le fascinait le plus, c'était la technologie. S'il avait été émerveillé par son initiation aux mystères de la plomberie et de l'électricité, il faillit tomber en pâmoison quand elle lui eut expliqué le principe de l'ascenseur. Du moins jusqu'à ce que les portes d'aluminium de la cabine se referment abruptement devant lui. La métamorphose fut étonnante. Son visage se figea en un masque livide. Un voile de sueur se mit à perler sur son front. Aussi immobile qu'une statue, il paraissait même avoir cessé de respirer.

— Ça va ? s'inquiéta Dela en se reprochant de ne pas avoir pensé qu'il ne pouvait qu'être claustrophobe. Hari, tenez bon ! Plus que quelques secondes…

Ne sachant que faire d'autre, elle lui prit la main et se surprit à respirer pour lui. Enfin, le tintement des portes se fit entendre. Hari se précipita à l'extérieur en inspirant à grand bruit une énorme goulée d'air, entraînant Dela par la main à sa suite.

La carrure de Hari et sa beauté exotique n'étaient pas de nature à leur permettre de progresser avec discrétion, mais leur arrivée précipitée dans la galerie marchande acheva d'attirer l'attention sur eux. Sous le feu des dizaines de regards qui convergèrent sur eux dès qu'ils débouchèrent dans le hall, Dela frissonna et se frotta nerveusement les bras.

— Vous avez froid ? demanda Hari.

Il aurait été plus simple pour elle de répondre oui, mais elle s'entendit expliquer :

— Je préfère l'anonymat. Je me sens tendue lorsque je suis au centre de l'attention.

Un sourire amusé flotta sur les lèvres de Hari.

— Cela vous arrive si souvent que cela ?

Dela haussa les épaules.

— Plus souvent qu'à d'autres. Je suis une artiste assez connue dans certains cercles.

Hari embrassa du regard le vaste espace dallé de marbre au centre duquel ils étaient le point de mire des hommes et des femmes qui passaient.

— Je vous comprends, dit-il au bout d'un moment. Il m'a fallu quelques années pour m'habituer à l'idée d'être une curiosité, un phénomène précieux convoité de toutes parts. Maintenant, je ne remarque même plus l'attention dont je fais l'objet.

— Vous parlez de vous-même comme d'un quartier de viande...

Hari parut y réfléchir un instant et finit par acquiescer d'un hochement de tête.

— Je n'y avais jamais pensé ainsi, dit-il, mais c'est exactement cela. Un quartier de viande... Je n'ai jamais été autre chose pour mes maîtres.

Ravalant la révolte que cette constatation suscitait en elle, Dela prit Hari par le bras et l'entraîna dans la galerie marchande, amusée par l'ébahissement émerveillé qu'il témoignait à chaque nouvelle découverte. Du haut d'un balcon de verre, ils contemplèrent la vaste étendue de carrelage blanc du premier niveau, à leurs pieds, puis, au-dessus d'eux, les énormes lustres aux larmes de cristal suspendus à une hauteur vertigineuse. Tout n'était que verre, acier, lumières étincelantes et bois précieux.

Des vitrines emplies de mannequins arborant des vêtements vivement colorés aux coupes modernes bordaient les allées qu'ils empruntèrent ensuite. L'endroit, très prisé, était fréquenté par la jeunesse dorée de Pékin. C'était le lieu où il fallait être vu. Comparée aux gazelles élégantes qui arrivaient de partout pour se déhancher devant eux, utilisant tous leurs atouts afin d'attirer l'attention de Hari, Dela se sentait positivement cruche et empotée. Elle n'en était pas très fière, mais elle était ravie qu'il ne leur prête pas la moindre attention et qu'il n'ait d'yeux que pour elle…

Peu à peu, tandis qu'ils marchaient côte à côte, le ravissement de Hari laissa la place à une inquiétude manifeste.

— Delilah… murmura-t-il en lançant autour de lui de longs regards suspicieux. Tout a tellement changé ! Nous ne devrions pas rester ici trop longtemps. Je n'imaginais pas qu'il y aurait tant de monde… Il m'est difficile dans ces conditions d'assurer votre protection.

— Ne craignez rien, répondit-elle. Nous n'allons pas nous attarder.

Ce qui se révéla rapidement être un vœu pieux, tant il était difficile de trouver des vêtements à sa taille. Les hommes aussi grands que Hari étaient rarement aussi bien bâtis. Dela commençait à se dire qu'il lui faudrait peut-être se contenter de son pantalon en cuir et de sa chemise en lin effrangée pour rentrer aux États-Unis quand ils dénichèrent enfin, dans un recoin écarté, la boutique idéale.

Ils en ressortirent une demi-heure plus tard. Habillé d'un jean et d'une chemise blanche aux manches roulées jusqu'aux coudes, portant dans plusieurs sacs diverses variations de cette tenue, Hari avait l'air un peu hébété. Au moins était-il définitivement entré dans le XXIe siècle. Il était même plus séduisant encore, si c'était possible. Toutefois, il ne semblait pas apprécier outre mesure sa nouvelle tenue.

En butte à son silence obstiné, Dela finit par demander :

— Il y a quelque chose qui ne va pas ?

Il rumina en silence quelques secondes encore, avant de se décider à lui répondre en évitant son regard :

— Voilà deux mille ans que je suis esclave, Delilah. J'ai appris à ne rien demander, à ne rien espérer, et rien ne m'a jamais été donné. De la nourriture, un abri : c'était tout ce dont j'avais besoin, tout ce que j'ai toujours attendu de mes maîtres.

Il marqua une pause et poussa un profond soupir avant de conclure :

— Vous aviez raison. Ce monde a changé de manière beaucoup plus radicale que je ne l'avais imaginé, et je ne sais pas si j'y trouverai un jour ma place. Je suis dépendant de vous, plus que je ne l'ai jamais été d'aucun de mes maîtres. Cela me met mal à l'aise, car je n'ai aucun moyen de vous rendre vos largesses.

Dela s'arrêta, puis vint se placer face à lui, si près qu'elle devait lever la tête pour le regarder dans les yeux. Habillé au goût du jour ou non, il restait ce qu'il était depuis toujours : une impressionnante montagne de muscles, à la peau aussi dorée et appétissante qu'un pain sorti du four et aux yeux à tomber à la renverse... Les gens les observaient avec curiosité, mais elle n'en avait cure. C'était Hari qui avait besoin de toute son attention, et elle était fermement décidée à la lui offrir.

— Je n'attends aucune contrepartie de votre part, dit-elle en pesant soigneusement ses mots. Et il n'entre pas dans mes intentions de vous rendre dépendant de mes bonnes grâces. Je suis prête à vous apprendre tout ce que vous avez besoin de connaître pour survivre dans ce monde qui vous est étranger. Mais en attendant, vous allez devoir accepter que je vous couvre de « largesses » aussi extravagantes que quelques vêtements.

Dela soupira. Sa voix avait sonné à ses propres oreilles plus durement qu'elle ne l'aurait voulu.

— Ravalez votre fierté, Hari ! lança-t-elle en serrant ses mains dans les siennes. Je ne suis pas dans le besoin. En fait, j'ai bien assez d'argent pour nous deux. Inquiétez-vous plutôt de savoir ce que vous allez faire de votre vie une fois que nous vous aurons libéré du sort qui pèse sur vous !

L'effarement qui passa dans ses yeux quand elle prononça ces mots lui parut presque comique.

— Comment pouvez-vous être si confiante dans nos chances de réussite ?

— Parce que nous n'avons pas d'autre choix que de réussir. Je...

Dela ne put achever sa phrase. Un mouvement, sur sa gauche, venait d'attirer son attention. Le sang reflua de son visage. Une nausée lui souleva le cœur quand elle reconnut l'homme trop élégant, à la beauté outrancière et au sourire faux, qui les observait. Son poignet portait encore la marque qu'il y avait laissée... Elle ne vit pas Hari tourner la tête pour suivre la direction empruntée par son regard. Les sacs qu'il tenait s'écrasèrent avec un bruit sec sur le sol. Au grognement furieux qui s'éleva de sa gorge, elle comprit que leurs ennuis ne faisaient que commencer.

— Magi... gronda-t-il d'une voix étouffée, étrangement semblable à une plainte de fauve. Le Magi est revenu !

4

Dela n'en crut pas ses oreilles. L'individu qui s'en était pris à elle le matin même et le tortionnaire de Hari ne formaient qu'une seule et même personne ? À deux mille ans d'intervalle ? Cela n'avait aucun sens...

Un grondement rauque et menaçant, venu de la poitrine de son compagnon, ne lui laissa pas le temps de s'en étonner plus longuement. Si Hari avait réellement identifié l'inconnu qui continuait à les narguer du regard, il ne fallait pas être un génie pour deviner le sort qu'il comptait lui réserver. Elle n'aurait rien trouvé à y redire si le meurtre en public n'avait été un sport dangereux, tout spécialement en Chine.

Dela s'accrocha à son bras pour le retenir. Le visage tordu par la haine, il tremblait de tous ses membres et semblait prêt à bondir. Comme pour attiser sa colère, le Magi se mit à marcher dans leur direction, tout sourires, avec une grâce insouciante de mannequin défilant sur un podium.

— Hari ! dit-elle d'une voix suppliante. Vous ne pouvez pas faire ça...

Pour toute réponse, il libéra son bras. Surprise, Dela chancela, mais revint aussitôt se camper devant lui, les deux mains posées sur sa poitrine. Comprenant qu'elle ne ferait pas le poids face à sa colère et à sa détermination, elle prit peur. Non pour elle, mais pour Hari, à qui elle ne pouvait donner l'ordre de se calmer, puisqu'elle avait renoncé à ce pouvoir qu'elle possédait sur lui. Étant donné l'urgence de la situation, elle décida d'avoir recours à la seule arme qui lui restait.

Elle sauta sur Hari et s'accrocha à lui de toute la force de ses bras, de toute la puissance de ses jambes. Cela lui fut aussi facile que de grimper à un arbre – à la différence près qu'un arbre n'a pas de hanches ni de pubis... Sans lui laisser le temps de revenir de sa surprise, elle lui donna un baiser urgent, fiévreux, désespéré, mais suffisamment passionné pour le distraire de sa rage aveugle. Bientôt, elle le sentit lui répondre avec la même urgence et sut qu'elle avait gagné. Les larmes aux yeux, elle savoura sa chaleur, son odeur. Une inquiétude étrange naquit en elle. Comment pourrait-elle renoncer à de telles délices, maintenant qu'elle y avait goûté ?

— Je dois tuer ce monstre... murmura-t-il, suppliant, quand leurs lèvres se séparèrent.

— Je sais, répondit-elle. Mais si je vous laisse faire devant tant de témoins, vous allez vous attirer de gros ennuis.

Les lèvres de Hari se rétrécirent jusqu'à ne former qu'une mince ligne blanche.

— Delilah, je vous en prie... Ma vie ne m'appartient pas et je n'ai rien d'autre que la vengeance. Si je ne profite pas de cette occasion, je n'en aurai peut-être jamais d'autre.

Inébranlable, Dela secoua la tête vigoureusement. Il lui en coûtait presque autant qu'à lui, mais c'était à elle de l'empêcher de commettre cette erreur.

— Cela m'étonnerait beaucoup, dit-elle en le fixant droit dans les yeux. C'est lui qui me guettait ce matin au marché aux puces et qui a tenté de m'agresser. Ce n'était pas moi qui l'intéressais, mais la boîte. Et à travers elle, je pense que c'était vous qu'il voulait. Ce n'est donc pas terminé, hélas. Cela ne fait que commencer...

Une ombre passa sur le visage de Hari. Ses lèvres se mirent à trembler. Elle crut qu'il allait ignorer ses conseils, mais contre toute attente il finit par acquiescer d'un hochement de tête, lentement, et par la reposer en douceur sur le sol. Sachant ce qu'il lui en coûtait, Dela appuya son front contre sa joue et déposa un baiser au coin de ses lèvres.

— Merci, dit-elle dans un souffle. Vous ne regretterez pas de m'avoir fait confiance.

Dela entendit applaudir dans son dos. Elle se retourna et se retrouva face au Magi, plus souriant et obséquieux que jamais.

— Merveilleuse performance ! s'exclama-t-il. Et très touchante – surtout si l'on considère le peu de temps que vous avez eu pour faire connaissance… Et moi qui pensais que vous n'aimiez pas les hommes !

— Vous n'êtes pas un homme.

Dela fut soulagée d'avoir pu prononcer ces mots d'une voix ferme.

— Vous croyez ? minauda-t-il avec une grimace peinée. Ce n'est pourtant pas ce que disait la sœur de Hari…

Révoltée par tant de cynisme, Dela faillit en oublier ses bonnes résolutions, si grande était son envie de réduire la cervelle de ce sinistre individu en bouillie. Son regard croisa celui de Hari. Elle ne fit rien pour lui dissimuler la souffrance et la colère qui couvaient en elle. Un courant de compréhension et de sympathie profonde passa entre eux. Avec une détermination nouvelle et un calme étonnant, Hari se tourna vers son tortionnaire.

— Je pensais que tu étais mort, dit-il sans desserrer les mâchoires. Rongé par les vers et réduit en poussière depuis des siècles. Mais je n'aurai même pas cette maigre consolation… Combien d'innocents as-tu sacrifiés pour te maintenir en vie aussi longtemps ?

Sans se départir de son insupportable sourire, le Magi pencha la tête sur le côté et susurra :

— Je ne suis pas venu pour te combattre, Hari. Du moins, pas encore.

De nouveau, Dela eut la sensation qu'un tentacule glacé et visqueux tentait de s'insinuer dans son esprit. Révulsée par ce viol psychique, elle lança sèchement :

— Arrêtez ça tout de suite !

Le Magi ricana et reprit :

— Vous êtes une jeune femme remarquable, comme je n'en rencontre pas souvent... Sais-tu que ta nouvelle maîtresse est magicienne, elle aussi, Hari ?

S'il fut surpris, Hari n'en montra rien.

— Laisse-la tranquille ! ordonna-t-il d'une voix menaçante. Ne t'avise pas de toucher à un cheveu de sa tête, sans quoi je te tuerai.

Un rire grinçant s'échappa des lèvres du magicien.

— Tu tenteras de le faire quoi qu'il arrive. Mais pas devant tant de témoins. Aujourd'hui, toi et moi allons juste bavarder un peu.

Dela regarda la foule, qui s'était écartée pour décrire un large cercle autour d'eux. Personne ne prêtait ouvertement attention à leur discussion, mais plusieurs vieux Chinois les observaient du coin de l'œil en devisant avec animation.

— Que pouvons-nous bien avoir à nous dire ? railla Hari. Tu as trahi ta promesse et assassiné ma sœur et son bébé à naître. Tu m'as condamné à l'esclavage à perpétuité.

Sa voix se brisa sur une note amère. Sans lui répondre, le Magi avança d'un pas. Hari fit de même, venant s'interposer entre Dela et lui. Même ainsi protégée, Dela se sentait exposée et étrangement vulnérable. Prudemment, elle lança une sonde mentale, mais ne découvrit aucune trace de métal sur le Magi. Qu'il ne fût pas armé ne le rendait pas pour autant moins dangereux. Elle se rappelait parfaitement sa force surhumaine, la rage effroyable avec laquelle il l'avait attaquée. Mais la vacuité de ses yeux était ce qui l'effrayait le plus. Un serpent, songea-t-elle, devait avoir un regard plus vivant et chaleureux...

— Voilà longtemps que je te cherche, déclara-t-il d'une voix douce. Pendant près de deux mille ans, j'ai sillonné la terre pour te faire part... de mes regrets. J'étais un autre homme à l'époque des faits dont tu m'accuses. Le temps m'a fait prendre conscience de la nocivité de ma conduite.

— Foutaises ! s'exclama Dela. Un homme tel que vous est au-delà de toute rédemption. Que cherchez-vous ?

Elle avait commis l'erreur de ne pas détourner le regard pour lui parler. Les yeux rivés à ceux du Magi, elle sentit un étrange engourdissement s'emparer de son esprit. Hari, en lui saisissant le menton pour lui faire tourner la tête vers lui, la sauva et mit fin au phénomène.

— Ne le regardez pas ! la prévint-il. Ne lui parlez pas ! Et surtout, ne lui dites jamais votre nom. Toutes les informations que vous lui donnerez, il les utilisera contre vous.

Comme s'il était peiné de tant d'incompréhension, le Magi posa une main sur son cœur et protesta tristement :

— Je ne suis qu'un survivant, Hari. Tout comme toi. Nous différons sans doute par nos méthodes, mais en définitive, que sommes-nous, sinon deux animaux qui tentent de survivre, gouvernés par l'instinct, la faim et...

Il tourna ostensiblement le regard vers Dela et conclut :

— ... le désir !

Hari tressaillit. Pour le tranquilliser, Dela lui prit la main et la serra entre ses doigts.

— Oh, comme il vous aime ! s'exclama le Magi. Voilà qui est très intéressant... et très prometteur.

— Tu gaspilles en vain ta salive, lâcha Hari d'une voix parfaitement calme. Je suis fatigué de tes petits jeux et je peux t'ignorer aussi facilement que je peux te combattre.

— Il y a trop de liens entre nous, Hari. Trop de sang et trop de souffrance. Nous sommes de l'étoffe dont on fait les mythes et nous sommes liés l'un à l'autre jusqu'au dénouement final. Tu ne peux pas plus m'ignorer que tu ne peux mourir.

— Très théâtral, commenta Dela froidement, en glissant son bras sous celui de Hari. Mais vous pourriez peut-être à présent en venir au fait... Que voulez-vous ?

Instantanément, le sourire faux du Magi se fana sur ses lèvres, remplacé par un rictus mauvais.

— J'ai une tâche à confier à votre nouvel ami, dit-il. S'il s'en acquitte convenablement, je lui rendrai sa liberté.

— Seule ma peau peut me rendre ma liberté, objecta Hari en plissant les yeux d'un air méfiant. N'est-ce pas ce que tu m'as dit autrefois ?

— C'est moi qui l'ai. Si tu me rends le service que j'ai à te demander, tu la retrouveras.

Dela sursauta en entendant Hari rire à gorge déployée à côté d'elle.

— Parjure ! s'écria-t-il quand son rire mourut. Assassin ! Je préfère encore rester esclave à jamais plutôt que de t'aider. Le seul service que je te rendrai sera de te trancher la gorge !

Une lueur démoniaque, de cruauté et de voracité pures, flamboya dans le regard du Magi.

— Une vie pour une vie, susurra-t-il. Était-ce un marché si dur à tenir, Hari ?

— Le genre de marché de dupes où seul le diable trouve son compte ! intervint Dela.

À ces mots, le masque d'affabilité feinte du Magi se fissura. Une fureur incontrôlable enlaidit ses traits, qui se figèrent, fondirent littéralement, lui ôtant toute séduction pour en faire un cadavre vivant. De nouveau, Dela sentit flotter dans l'air l'affreuse odeur d'ail et d'épices qu'elle avait remarquée au marché aux puces. D'une brusque saccade, les deux bras du mage se tendirent vers elle, doigts écartés. Une décharge de douleur d'une violence à couper le souffle lui traversa le ventre. Avec un cri bref, elle se plia en deux et se sentit glisser sur le sol.

Elle eut à peine le temps de voir le Magi fendre la foule pour battre en retraite et le visage inquiet de Hari s'approcher du sien. L'instant d'après, les ténèbres se refermèrent sur elle.

Dela fit des rêves, plus cocasses que prémonitoires, qui la travaillèrent sans répit. Un tigre, près d'elle, mangeait une barre chocolatée. Habillée en Alice[1], elle se tenait perchée, les jambes croisées, sur le chapeau d'un gros champignon moucheté, et venait d'échapper aux assauts d'une chenille géante et démoniaque. Elle réfléchissait au meilleur moyen d'éviter un retour de ce monstre quand elle se réveilla en sursaut.

Elle était si désorientée qu'il lui fallut un moment pour comprendre où elle se trouvait. Au lit. Dans sa chambre d'hôtel. Un corps tout chaud était serré contre le sien dans son dos. Le bras lourd et massif d'un homme pesait sur sa hanche. L'odeur indéfinissable de la forêt après la pluie lui emplissait les narines, ainsi qu'une autre, plus troublante, de cuir et d'homme. Une première pensée consciente creva à la surface de son esprit. Hari…

— Comment allez-vous ?

Elle avait senti sa voix, basse et grondante, résonner en elle autant qu'elle l'avait entendue faire vibrer ses tympans.

— Mieux, répondit-elle en frissonnant. Je ne comprends pas ce qui s'est passé. Je ne m'étais jamais évanouie.

1. Il s'agit de l'héroïne d'*Alice aux pays des merveilles* de Lewis Carroll (*NdT*).

— Le Magi vous a donné une petite démonstration de ses talents. Je crois que vous avez réussi à le mettre vraiment en colère…

Avec un soupir de bien-être, Dela ferma les yeux et se coula plus confortablement dans la chaleur délicieuse de son étreinte.

— Que s'est-il passé, après ?

— Je vous ai ramenée ici. Vous étiez inconsciente et paraissiez transie de froid. Je ne suis pas arrivé à vous réchauffer en vous couvrant de tout ce que j'ai pu trouver. Alors, j'ai pensé à vous donner ma propre chaleur. J'espère que vous ne m'en voulez pas ?

— Non, non, bien sûr.

Si cela pouvait lui permettre de renouveler l'expérience, songea-t-elle avec amusement, elle était même disposée à tourner de l'œil plus souvent…

Hari poussa un soupir las et résigné et ajouta :

— Je dois vous remercier, Delilah. Vous aviez raison, ce n'était ni le moment ni l'endroit de chercher à me venger. C'est incroyable… Vous êtes parvenue à me faire entendre raison alors que j'étais gouverné par l'instinct et par une rage aveugle. J'aurais voulu lui déchirer la gorge à mains nues, m'abreuver de son sang – un vieux rêve. Je ne comprends toujours pas comment vous avez réussi à m'en dissuader. Personne ne s'est jamais interposé entre un tigre et sa proie.

— L'ignorance est mère de tous les courages. Moi, ce que je ne comprends pas, c'est pourquoi le Magi n'a pas utilisé ses pouvoirs pour forcer la vieille femme à lui vendre la boîte. S'il est réellement si puissant, cela aurait dû être un jeu d'enfant pour lui.

— Vous avez raison, admit Hari. Mais même s'il ne vous a pas ménagée, ses pouvoirs ont peut-être diminué avec le temps.

Au souvenir des doigts qui s'étaient refermés comme un poing de glace dans son ventre, Dela frissonna.

— Si c'est le cas, je préfère ne pas l'avoir rencontré au mieux de sa forme !

— Autrefois, reprit-il, ses pouvoirs étaient tels qu'il lançait des boules de feu avec ses mains. S'il ne se contrôlait pas, il ne pouvait poser les doigts sur des vêtements ou des meubles sans enflammer aussitôt tissu et bois. Voilà pourquoi il était condamné à vivre dans une caverne et à dormir nu sur un lit de pierre.

— Ça alors ! s'exclama Dela, qui ajouta aussitôt, frappée par une évidence : Est-ce ainsi qu'il a gravé sa malédiction sur votre poitrine ? À mains nues, rien qu'en l'inscrivant du bout des doigts ?

Le bras de Hari se raidit sur sa hanche.

— Oui, reconnut-il d'une voix sourde. Il n'a pas eu besoin d'autre instrument.

— Le salaud ! J'ai peut-être eu tort de vous retenir…

— Non. Un bon chasseur sait attendre son heure. Je suis sûr à présent qu'une autre occasion me sera offerte de le tuer, puisqu'il semble déterminé à me récupérer.

L'incrédulité et la répulsion avaient fait trembler sa voix.

— Mais pourquoi ? demanda Dela. Tant de temps a passé…

— Je ne sais pas, avoua-t-il. Découvrir qu'il a survécu est déjà terrible pour moi. Savoir en plus qu'il souhaite devenir mon maître…

Hari n'eut pas besoin de préciser sa pensée. L'idée qu'un homme aussi détestable puisse tenir dans ses mains la vie d'un autre homme était à hurler d'épouvante.

— Comment a-t-il fait pour me retrouver ? reprit Dela. Je suis sûre qu'il ne m'a pas suivie, et il ne connaît pas mon nom.

— Je n'en sais rien, mais soyez reconnaissante qu'il ne sache votre nom. J'ai soigneusement évité de l'utiliser devant lui. Un mage qui connaît le nom d'une personne a déjà un pouvoir sur elle. C'est une faille par laquelle il peut s'insinuer dans son esprit. Votre nom n'est pas ce que vous êtes, mais il est une des clés de votre personnalité. Une clé qui peut donner accès à votre volonté pour qui sait s'en servir.

Du bout des doigts, Dela caressa le poignet de Hari posé sur son ventre. Rester ainsi blottie contre lui dans la pénombre de la chambre lui semblait irréel, mais elle n'avait aucune envie de rompre le charme de l'instant. Elle aimait le toucher, être touchée par lui. Le contact du corps de cet homme qu'elle ne connaissait pas la veille lui procurait un bien-être qu'elle n'avait jamais éprouvé, un sentiment de sécurité bouleversant.

Ce fut Hari qui rompit la confortable intimité du silence qui s'était installé entre eux.

— Le Magi a dit que vous étiez aussi magicienne... Cela ne m'a pas surpris. J'ai moi-même ressenti la puissance qui est en vous.

Dela se raidit entre ses bras. Une sensation de malaise balaya son euphorie. Sans doute était-ce trop demander, alors qu'elle le bombardait de questions, qu'il ne lui rende pas la pareille...

— C'est un peu compliqué... commença-t-elle d'une voix hésitante. Ce que vous appelez ma puissance est un don qui se transmet dans ma famille depuis des générations, mais de multiples manières. Cela n'a rien à voir avec la magie.

— Ce qui était magie à mon époque ne l'est plus à la vôtre ? s'étonna-t-il.

— En partie, oui... Bien des phénomènes inexplicables autrefois ont été élucidés par la science. Et ceux qui ne le sont pas encore – comme les dons que possèdent les membres de ma famille – le seront peut-être demain.

— Quels sont ces dons ?

— Mon frère, par exemple, peut lire dans les pensées des autres. Et s'il se trouve en présence de gens faibles et influençables, il peut dans une certaine mesure les manipuler en leur imposant ses propres idées.

— Il doit être tentant d'abuser d'un tel pouvoir...

— Vous avez raison, reconnut Dela avec un rire bref. Voilà pourquoi nos parents, avant même que nos dons se manifestent, nous ont inculqué des règles très strictes d'éthique et de respect de la vie privée. Ma mère discerne les auras. Il arrive à ma grand-mère de prévoir l'avenir. Ce sont là des dons qui ne sont pas malsains et ne risquent pas de nuire à autrui. Mais pour prévenir tout risque de dérapage, nos parents ont fait tout leur possible pour que nous acquérions très tôt le sens des responsabilités.

— Vous pouvez lire dans les pensées, comme votre frère ?

Hari avait posé cette question d'une voix douce, qui ne trahissait ni méfiance ni frayeur. Soulagée de le voir réagir ainsi, Dela poussa un soupir et se détendit entre ses bras.

— Non, répondit-elle. Je peux me fier à mon instinct pour jauger les individus et il m'arrive d'avoir des rêves prémonitoires, mais mon véritable talent est de pouvoir entrer en empathie avec le métal. C'est comme s'il me parlait... Cela me permet non seulement de le travailler avec une finesse inégalable, mais aussi de déterminer précisément l'âge et la composition de n'importe quel alliage. Et s'il est entré suffisamment longtemps en contact avec un être humain, je peux capter les souvenirs – une sorte d'empreinte, ou d'écho – que celui-ci y a laissés. Mais cela n'arrive pas souvent. Il faut du temps pour que ce type d'énergie s'accumule dans la matière.

— Mon poignard... murmura Hari d'une voix étouffée. Qu'y avez-vous vu ?

— Beaucoup de sang, avoua-t-elle après un instant d'hésitation. La mort. Les tortures. Les combats. Mais j'y ai également senti votre colère, votre solitude, votre tristesse et vos regrets. Chaque vie que vous avez prise avec ce poignard vous a coûté un peu de la vôtre.

Un long silence suivit, au terme duquel Hari reprit, d'une voix brisée par l'émotion :

— J'ai fait des choses terribles dans ma vie, Delilah. Il est vrai que je les ai faites contre ma volonté, mais le poids de la culpabilité n'en est pas moins lourd. J'ai tué, tué, tué, pendant des jours, infligeant à des gens qui ne m'étaient rien le cauchemar que je vivais moi-même.

— Je sais, répondit-elle en lui caressant le poignet.

— Et pourtant, après avoir vu tout cela, vous ne vous êtes pas détournée de moi. Pour quelle raison ?

Dela prit le temps de choisir soigneusement ses mots avant de répondre. Elle avait entendu tant de peine dans la voix de Hari – de la peine, mais également autre chose, qu'elle avait du mal à définir. Le besoin d'être compris, voire pardonné ?

— Au fond de votre âme, répondit-elle enfin, brille une flamme de bonté pure, que n'ont pu éteindre les horreurs que d'autres vous ont fait commettre.

— De bonté pure ? répéta-t-il, incrédule. Je me sens tout sauf bon...

— Pourtant, vous l'êtes.

Hari écarta doucement ses cheveux et déposa sur sa nuque un baiser qui la fit frissonner.

— Vous êtes étonnante, dit-il. Tellement étonnante que je ne vous comprends pas toujours.

Dela se mit à rire et se retourna entre ses bras pour lui faire face.

— Moi non plus, je ne suis pas sûre de vous comprendre, répondit-elle. Mais nous apprendrons à nous connaître, avec le temps.

Dela retint son souffle. Ils étaient presque nez à nez, et cette intimité la troublait plus qu'aucune autre ne l'avait jamais fait. Dans la pénombre, les yeux de Hari brillaient comme deux soleils en miniature. Lentement, il leva la main jusqu'à ses lèvres, en caressa le contour du bout des doigts et dit dans un souffle :

— J'ai besoin de votre permission.

— Dites-moi d'abord quelque chose... Pourquoi avez-vous changé d'avis à mon sujet ? Pour quelle raison ne me détestez-vous plus ?

La question parut l'embarrasser.

— J'ai essayé de vous haïr comme j'ai haï tous mes maîtres, répondit-il à regret. La haine est un sentiment confortable. J'ai été si souvent trahi et déçu qu'il est plus prudent pour moi de présumer le pire.

— Mais ?

Il soupira et enchaîna d'une voix plus ferme :

— Mais je ne suis pas un homme brisé, et toutes vos actions, toutes vos paroles, n'ont cessé de me le rappeler. Avant aujourd'hui, je ne croyais plus en rien, Delilah. Mais je pense... que je commence à croire en vous.

C'était le compliment le plus touchant que quiconque lui eût jamais fait. Pourtant, Dela avait perçu dans le ton de sa voix un reste de méfiance qui l'incita à demander :

— Mais vous vous attendez toujours à ce que je vous trahisse tôt ou tard, n'est-ce pas ?

— Au fond de moi, sans doute, oui. Une vieille habitude née de l'expérience.

L'aveu de Hari la blessait, mais n'était pas pour la surprendre. Et il renforçait sa détermination à tout faire pour mériter sa confiance.

— Apprêtez-vous à être une fois de plus déçu, plaisanta-t-elle. Car je suis bien décidée à vous donner tort...

— Alors ? insista-t-il en souriant. J'ai votre permission ?

— Vous l'avez.

Il l'embrassa, avec une tendresse et une douceur qui la surprirent. L'effleurement de ses lèvres sur les siennes ne fut pas plus marqué que celui d'une aile de papillon, mais il suffit à l'ébranler jusqu'au tréfonds de son être. Avec la sensation enivrante de rentrer enfin chez elle, elle se serra contre son corps souple, ferme et chaud, impatiente de voir quelle surprise il lui réservait à présent.

— Me ferez-vous confiance un jour? demanda-t-elle, blottie contre sa poitrine.

— Je vous fais déjà confiance, répondit-il gravement. Même si j'ai été trahi de trop nombreuses fois, je suis prêt à prendre ce risque de nouveau. J'en ai assez d'être seul.

À cet instant, la sonnerie du téléphone retentit sur la table de chevet, les faisant sursauter tous les deux. Hari, prêt à sauter sur ses armes, se tenait sur la défensive. Dela le rassura d'une caresse, décrocha et sourit en entendant la voix de son frère Max dans l'écouteur.

— Il paraît qu'on a essayé de te tuer, lança-t-il sans préambule, tandis que pétaradaient des mitraillettes autour de lui.

Dela grimaça en percevant la voix assourdie d'un homme qui criait de douleur et répliqua:

— Apparemment, c'est également ton cas! Tu es sûr que c'était le meilleur moment pour appeler?

— Je n'en ai pas trouvé d'autre. Après, la situation va devenir réellement compliquée. Je voulais juste te dire que je rentre à la maison dans une semaine, dix jours tout au plus. Tu penses pouvoir te débrouiller pour rester en vie jusque-là?

— Ne t'en fais pas pour moi et prends plutôt soin de toi, tu m'as l'air d'en avoir besoin.

— T'inquiète... Oh, ça barde! Je dois y aller. Bisous!

Elle n'eut pas le temps de lui répondre qu'il avait déjà raccroché. Après avoir fait de même, elle s'empressa de retourner dans l'abri des bras de Hari.

— C'était mon frère, expliqua-t-elle.

— Il est soldat? J'ai entendu des bruits de combat.

— Vous avez de bonnes oreilles... Il n'est pas soldat à proprement parler, mais il n'aime rien tant que se fourrer partout où ça chauffe.

La seule lumière à éclairer la pièce provenait de la salle de bains et sculptait d'ombres les reliefs du visage de Hari. Il ferma les yeux, et Dela songea à un gros chat, occupé à méditer quelque rêverie féline. Durant de longues minutes, elle ne fit rien d'autre que l'observer, s'émerveillant des hasards de l'existence et des chemins détournés que prenait la destinée.

Puis son estomac se mit à gronder. Comme Hari ouvrait un œil, elle dit d'un ton d'excuse :

— Je suis désolée, je crois que je suis affamée. Ça vous dirait d'aller dîner à l'extérieur ?

— C'est trop dangereux.

Tout en parlant, il avait laissé ses yeux dériver jusqu'à la fenêtre. La nuit était tombée. À l'extérieur, la ville n'était plus qu'une constellation confuse d'étoiles et de néons.

Dela, qui se sentait coincée entre les murs de sa chambre comme une souris dans un piège et mourait d'envie de respirer un peu d'air frais, poussa un grognement.

— Au point où nous en sommes, cette chambre elle-même est dangereuse, répliqua-t-elle. Tant que nous serons en Chine, nous ne serons nulle part pleinement en sécurité.

— Vous êtes téméraire ! lança Hari, plus amusé que mécontent. Mais vous savez aussi comment arriver à vos fins. C'est d'accord. Nous irons où vous voudrez.

Une petite brise nocturne soufflait sur la ville quand ils sortirent de l'hôtel par une rue parallèle à Jianguomenwai, l'artère principale qui menait à la place Tian'anmen et à la Cité interdite. Accrochées aux tours géantes, les enseignes au néon de marques occidentales éclaboussaient leurs visages de rouge, de blanc et d'or. Une odeur de gaz d'échappement et de graisse chaude flottait dans l'air. Hari fronçait le nez, visiblement incommodé par certaines manifestations du monde moderne.

Les mauvaises odeurs, cependant, ne l'empêchaient pas d'observer son nouvel environnement avec une acuité sans défaut. De temps à autre, il posait des questions précises sur ce qu'il découvrait, des gratte-ciel aux voitures, du régime politique aux habitudes culturelles. Rien ne le laissait indifférent, et Dela éprouvait une certaine euphorie à lui dévoiler les aspects les plus triviaux comme les plus sublimes du monde dans lequel elle vivait. Certaines priorités, pourtant, ne quittaient pas l'esprit de son compagnon.

— Je vous ai cédé, répéta-t-il pour la énième fois, mais je persiste à penser que nous aurions mieux fait de rester à l'hôtel.

Ses yeux balayaient sans relâche les alentours. Aucun des passants qui croisaient leur chemin ne pouvait échapper à un examen sourcilleux de sa part.

— Ce n'est vraiment pas prudent, reprit-il. Ce n'est pas un tueur qui est lancé à vos trousses, mais deux !

— Merci de me le rappeler sans cesse, lâcha-t-elle d'un ton pince-sans-rire.

Mais elle avait beau donner le change, Dela n'était pas suicidaire et, tout en marchant, s'épuisait à lancer autour d'eux des sondes mentales, à la recherche d'armes métalliques. L'effort qu'elle produisait était tel qu'elle ressentait les prémices d'une migraine des plus sévère.

Heureusement, à moins d'un kilomètre de l'hôtel, ils finirent par s'engager dans une allée bien éclairée qui menait à un restaurant qu'elle avait repéré plus tôt dans la semaine. La cuisine – un espace guère plus grand qu'un placard, dont les murs étaient des parois de verre – était située à l'entrée de l'établissement. Chaque client avait ainsi une vue imprenable sur le cuisinier en action, homme mince environné de marmites fumantes dont les mains pâles et délicates voletaient autour des victuailles comme des oiseaux.

La salle était bondée, mais ils dénichèrent dans un coin une table libre sous un ventilateur grinçant. Hari parvint par miracle à se caser sur une chaise beaucoup trop petite pour lui, sous l'œil amusé de Dela. Ainsi perché, il ressemblait à un tigre placide installé sur un tabouret de cirque.

Dans le brouhaha environnant, ils durent élever la voix pour discuter de leur menu. Il fallut qu'elle choisisse pour lui, non seulement parce que la gastronomie chinoise ne lui était pas familière, mais aussi parce qu'il n'était manifestement pas habitué à n'être pas systématiquement affamé par ceux qui étaient chargés de le nourrir.

Mais lorsque leurs plats arrivèrent, il l'étonna en se montrant aussi habile qu'elle dans le maniement des baguettes – apparemment, c'était un ustensile dont il s'était servi dans ses vies antérieures. Cette touche de familiarité dans un monde si étrange à ses yeux parut le réconforter. Amusée, elle le regarda déguster ses boulettes avec une concentration et un sérieux à toute épreuve. Elle en souriait encore quand il releva les yeux et la considéra d'un air interrogateur.

— Ce n'est rien, dit-elle, avant d'ajouter : Je crois que j'aime vous regarder manger.

Elle se rendit compte que c'était une chose étrange à dire dès que ces paroles eurent franchi le seuil de ses lèvres, mais il était trop tard pour les retenir, et elle ne put qu'attendre sa réponse avec embarras. Elle vint sous une forme qui la prit de court. Se penchant par-dessus la table, Hari saisit au bout de ses baguettes une boulette et la porta aux lèvres de Dela.

— Mangez, dit-il d'une voix basse et sensuelle. À mon tour de vous regarder faire.

Troublée par son geste autant que par son regard empli de tendresse, Dela s'exécuta sans protester et mordit la viande à pleines dents. Un filet de sauce coula sur son menton. Confuse, elle voulut l'essuyer avec sa serviette, mais il la retint par le poignet. Avec une lenteur éprouvante, il se pencha vers elle et, d'un rapide coup de langue, répara les dégâts. Un frisson remonta le long de la colonne vertébrale de Dela, qui poussa un petit gémissement. Hari l'étouffa dans un baiser. Elle lui répondit de bonne grâce et s'abîma dans la sensation délicieuse qui prenait sa source dans leurs bouches unies et se répandait dans tout son être.

Quand leurs lèvres se séparèrent enfin, elle se rendit compte que le restaurant s'était fait soudain plus silencieux. Du coin de l'œil, elle remarqua les regards curieux ou scandalisés fixés sur eux. Les joues rouges mais décidée à assumer crânement ce moment d'oubli, elle ramassa ses baguettes sur la table et se remit à manger. Hari, quant à lui, ne paraissait pas gêné le moins du monde, et ce fut avec le plus parfait naturel qu'il reprit la conversation où ils l'avaient laissée en arrivant au restaurant.

— Vous ne voyez vraiment pas qui pourrait avoir des motifs de vouloir votre mort ?

— Pour ce qui est du Magi, répondit-elle, les choses sont claires. Mais en ce qui concerne le tueur au poignard...

Machinalement, elle porta à ses lèvres un ravioli cuit à la vapeur, le mâchonna pensivement et reprit :

— Ceux qui l'ont envoyé – car je ne doute pas qu'il s'agisse d'un homme de main – n'ont pu avoir vent de mes projets de voyage en Chine. Je n'ai écrit ou téléphoné à personne. Les seuls à savoir où je suis sont mes parents, Roland Dirk, mon frère et Adam.

— Adam ?

— C'est mon assistant. Il s'occupe de ma galerie, gère les contacts avec mes fournisseurs et mes clients – tout ce que je n'ai pas le temps de faire. Il est chinois d'origine et a immigré aux États-Unis il y a environ cinq ans. En ce moment, il est en vacances.

— Vous lui faites confiance ?

— Absolument ! Il est exclu qu'il ait pu mettre le tueur au poignard sur ma piste. Par conséquent, les commanditaires de cet homme ont soit suivi ma carte bleue à la trace, soit pisté mon numéro de passeport jusqu'à ce que je m'enregistre à l'hôtel.

En le voyant froncer les sourcils, elle comprit que la notion de passeport devait lui être étrangère. Elle fouilla dans son sac placé près d'elle et en sortit le document, qu'elle posa entre eux sur la table.

— Cet ami dont je vous ai parlé est en train de vous obtenir un passeport comme celui-ci, expliqua-t-elle en feuilletant le livret à son intention. Sans ce document, il est impossible de voyager d'un pays à l'autre, de nos jours.

Hari émit un grognement indistinct et marmonna :

— De mon temps, quand un homme voulait voyager, il n'avait à s'inquiéter que des bandits, de la faim et des maladies.

— Le bon vieux temps, en effet… Mais si ça ne vous dérange pas, je préfère le mien.

— Ce n'était pas si difficile, pour les changeformes. En tant que tigre, je pouvais couvrir d'énormes distances en peu de temps. La nourriture était abondante. Personne ne se risquait jamais à m'attaquer.

— On se demande pourquoi ! Mais comment faisiez-vous pour transporter vos armes et vos vêtements ?

Sa remarque le fit sourire.

— Un changeforme n'a que faire de vêtements ou d'armes, Delilah. Ce n'est que lorsque je me suis retrouvé enchaîné à cette boîte, sans pouvoir me métamorphoser, que j'ai dû me résoudre à en porter.

— Je vois…

Ce que voyait surtout Dela en son for intérieur, c'était une image de Hari dans le plus simple appareil, folâtrant dans la jungle, aussi libre et insouciant qu'Adam au paradis terrestre. Voilà qui expliquait, songea-t-elle, pourquoi la nudité n'était pas un tabou pour lui.

— Et quand vous pouviez encore vous métamorphoser, reprit-elle, dans quel but voyagiez-vous ?

Le regard de Hari se fit distant, aussi lointain que les souvenirs qu'il évoquait.

— La plupart du temps, je voyageais de clan en clan, pour le plaisir. Parfois, je partais en exploration et je découvrais des endroits merveilleux où nul homme n'avait jamais mis les pieds.

Hari fit une pause pour finir le contenu de son assiette. Puis il ouvrit la bouche pour ajouter quelque chose, mais se figea soudain et lança autour de lui un long regard étonné, le menton levé, tel un fauve aux aguets. Dela, fascinée, ne pouvait détourner les yeux de son visage, aussi farouchement beau qu'un masque de tigre.

— Que se passe-t-il ? s'inquiéta-t-elle en posant la main sur la sienne.

— Il me semble avoir senti la présence d'un de mes semblables, répondit-il à voix basse. Un changeforme.

Dela réagit aussitôt. Sans perdre de temps à appeler le serveur, elle déposa un billet sur la table pour payer leur repas, se leva et entraîna Hari par la main vers la sortie.

— Dépêchons-nous ! lui dit-elle. Si c'est le cas, il nous faut absolument retrouver sa piste.

Pendant quelque temps, c'est effectivement ce que Hari parvint à faire. Grâce à son flair, il réussit à suivre une odeur sauvage et familière, qui le mena hélas au fond d'une impasse, d'où il n'était possible de sortir que par la voie des airs.

— Votre changeforme devait avoir des ailes, commenta Dela en observant le mur de brique aveugle devant lequel ils avaient abouti.

Déçus l'un et l'autre, ils regagnèrent l'hôtel. Quand ils y parvinrent enfin, Dela, qui n'avait pas ménagé ses efforts pour déceler un agresseur potentiel, souffrait d'une migraine intense. Hari, comme s'il avait senti que c'était ce dont elle avait besoin, la mena tout droit à la salle de bains. Assise sur le rebord de la baignoire, elle le regarda s'activer à préparer un bain moussant.

À ses côtés, dans un volume si réduit, Dela se sentait toute petite. Il lui semblait que Hari occupait tout l'espace, non seulement par son imposante stature, mais aussi à cause de la vibration particulière qui émanait de lui. Par sa seule présence, il dégageait une énergie réconfortante et pas le moins du monde intimidante.

— Cette journée n'a pas été exactement celle que vous attendiez, commenta-t-il en réglant la température de l'eau. Vous avez besoin de récupérer, Delilah.

Dans sa bouche, son nom sonnait comme celui d'une princesse exotique et voluptueuse – le genre de femme à déambuler chez elle en déshabillé de soie, et non dans un jogging informe…

— Ne pensez à rien d'autre qu'à vous-même, conclut-il en se levant. Ne vous souciez ni d'aujourd'hui ni de demain. Ne songez qu'à cette eau qui va vous réchauffer le corps et effacer tous vos soucis.

Dela se laissait bercer par le son de sa voix. Une douce torpeur commençait à la gagner. En sa présence, elle se sentait bien, et plus rien de ce qui s'était passé au cours de cette journée éprouvante ne lui faisait peur. Elle n'était plus seule, et, pour la première fois depuis longtemps, sa solitude ne lui semblait plus indispensable à son bien-être. Hari et elle se connaissaient à peine, mais son cœur ne la trompait pas : il était l'homme le plus merveilleux qu'elle eût jamais rencontré. Elle ne voulait pas envisager qu'il puisse la décevoir, ni faire preuve d'un excès de prudence pour se protéger. Aurait-elle à le regretter ? Peu lui importait. À cet instant, seul comptait le moment présent.

Avant de sortir, Hari vint déposer un baiser sur son front, puis un autre plus léger sur ses lèvres.

— Prenez votre temps, recommanda-t-il. Détendez-vous. Je vous demanderai si vous n'avez besoin de rien dans un petit moment.

Il la laissa, et après une longue période d'immobilité totale, Dela fit l'effort de se déshabiller et de plonger dans l'eau. Dans la torpeur qui ne tarda pas à s'emparer d'elle, Hari ne la quitta pas tout à fait. Il vint hanter son rêve... avant que celui-ci ne se transforme en cauchemar.

Pendant que Dela prenait son bain, Hari se prépara une couche devant la porte de la chambre. Il rangea son épée à côté de la couverture posée sur le sol, ses poignards près de l'oreiller – une couverture, un oreiller : le luxe ! –, le tout à portée de main et prêt à servir.

Il ne voulait même pas envisager l'éventualité que Dela puisse l'inviter à partager son lit. Le souvenir de son corps de rêve pressé contre le sien suffisait à le rendre fou de désir. Il savait que s'il acceptait de s'allonger près d'elle, d'autres baisers, d'autres caresses suivraient, jusqu'à ce que le contrôle de la situation lui échappe totalement. De toute façon, le lit était situé bien trop loin de la porte à son goût. Camper devant était plus sûr. Quiconque voudrait pénétrer dans la chambre pour s'en prendre à Dela devrait fatalement en passer par lui.

Il ne savait pas à quel moment la sécurité de sa compagne était devenue à ce point importante pour lui. Ce qui lui paraissait évident, c'était que Dela avait réussi à réveiller en lui des élans de tendresse qu'il avait cru ne plus jamais pouvoir éprouver. Il ne cessait de revivre mentalement les différents épisodes de cette journée étonnante à plus d'un titre. Son corps tendre et chaud abandonné contre le sien, sa voix aussi douce que ses lèvres et que les mots qui sortaient de sa bouche, les émotions puissantes que la compassion qu'elle lui témoignait savait susciter en lui...

Tout ce que Hari avait appris du plaisir physique l'avait été dans le cadre dégradant d'un esclavage sexuel. Jamais il n'avait souhaité partager la couche de ses maîtres ou de leurs compagnes et compagnons de lit, mais il n'avait pu que les satisfaire de toutes les façons qu'ils lui avaient ordonnées. La honte et le dégoût que lui inspiraient ces turpitudes resteraient à jamais gravés en lui. Il n'y avait rien de tel dans ce qui le poussait vers Dela. Pour la première fois de son existence, une femme suscitait en lui un désir pur et puissant. Il la désirait corps et âme, et peu lui importait de savoir où et comment cette passion pourrait s'assouvir.

Un cri terrifié venu de la salle de bains, accompagné de bruits d'eau, le tira brusquement de sa songerie. L'instant d'après, il avait rejoint Dela. Assise dans la baignoire, les genoux relevés jusqu'au menton, les bras entourant ses jambes, elle se balançait d'avant en arrière comme une enfant terrifiée. Aussi apeuré qu'elle et incapable de prononcer le moindre mot, il tendit la main pour écarter de ses yeux des mèches de cheveux humides.

— Hari... murmura-t-elle en tournant la tête vers lui, les yeux hagards. J'ai fait un rêve affreux. Quelque chose d'effroyable va se produire.

— Racontez-moi.

Dela secoua la tête et se détourna, s'abîmant dans la contemplation du mur carrelé.

— Ce n'était qu'une vision vague de l'avenir, expliqua-t-elle. Mes prémonitions arrivent toujours ainsi quand elles sont justifiées. J'ignore ce qui va se produire, mais je sais... que nous nous retrouverons bientôt, vous et moi, dans une situation terrible.

De nouveau, elle lui fit face et rougit en serrant plus fort bras et jambes contre sa poitrine. Prenant alors conscience de sa nudité, Hari se retourna vivement.

— Désolé… marmonna-t-il en regagnant la chambre. Je vous laisse.

Adossé à la porte close de la salle de bains pendant qu'à l'intérieur il entendait Dela sortir de la baignoire pour se sécher, Hari laissa la sinistre prophétie résonner en lui. *Quelque chose d'effroyable va se produire…* Le cœur serré par une sourde angoisse, il songea à toutes les menaces qui pesaient sur elle. Allait-il perdre la femme qui avait su lui rendre espoir et lui redonner la vie aussitôt après l'avoir trouvée ?

Si le Magi parvenait à mettre la main sur elle, il ne la supprimerait pas sans l'avoir auparavant fait beaucoup souffrir. L'horreur de cette éventualité le tétanisait. Il ne supporterait pas de voir Dela endurer tout ce que sa sœur avait subi avant de mourir. Il ne supporterait pas de la perdre. Mais le futur n'était pas écrit. Dans le vaste champ des possibles, il était de sa responsabilité de guider leurs pas sur une voie sûre où Dela n'aurait pas à perdre la vie. Une vie pour une vie. C'était à lui de tout faire pour que son rêve funeste ne se réalise pas. En donnant sa vie pour la sauver s'il le fallait.

5

Dela eut un sommeil agité. Des images de mort la tourmentèrent toute la nuit. Le visage tordu par l'angoisse, Hari se penchait vers elle, encore et encore, tandis que retentissait sans relâche à ses oreilles le dernier soupir d'une femme s'abandonnant à la mort – elle-même ?

Ces visions de cauchemar furent si marquantes que lorsqu'ils se levèrent pour se rendre au marché aux puces, tôt le lendemain matin, elle dut puiser dans ses réserves d'optimisme pour se convaincre que la journée qui s'ouvrait devant eux leur serait plus bénéfique que la précédente. Les papiers promis par Roland allaient arriver, et ils pourraient sortir de Chine. Peut-être les menaces qui pesaient sur elle ne disparaîtraient-elles pas comme par enchantement à son retour aux États-Unis, mais au moins, elle y ferait face en terrain connu, entourée d'amis fidèles et sûrs.

Les grandes portes bleues étaient déjà ouvertes quand un taxi les déposa devant Pan Jia-Yuan, mais les marchands installaient encore leurs étals. Dela et Hari se tinrent à l'ombre d'un grand mur de brique et regardèrent hommes et femmes pénétrer dans l'enceinte du marché, tractant derrière leurs bicyclettes des carrioles emplies de marchandises diverses – montagnes de babioles en jade, éventails en papier, statues de Bouddha, bols en pierre, lions en céramique, armes antiques et livres poussiéreux.

Hari, comme la veille, attira sur lui l'attention de la foule. Dela n'en était pas surprise. Dans un pays où la peau pâle et les cheveux blonds représentaient le comble de l'étrangeté, un tel homme était à lui seul un modèle de séduction exotique. Aux yeux des enfants, surtout, qui le dévisageaient sans détour, la bouche ouverte et les yeux ronds, et formaient un cercle autour de lui comme autour d'une star en visite.

Hari, l'ombre d'un sourire sur les lèvres, ne paraissait nullement gêné par cette adulation juvénile. Après avoir adressé un clin d'œil à Dela, il se pencha pour resserrer les lanières de ses sandales, seuls vestiges de son ancienne tenue. Un murmure s'éleva dans les rangs des enfants. Une petite fille aux grands yeux curieux dans un visage en forme de cœur s'approcha à pas comptés du géant accroupi. Alors qu'il continuait à faire semblant d'arranger ses chaussures, elle s'enhardit avec une lenteur d'animal sauvage jusqu'à tendre la main pour toucher ses cheveux.

Après l'avoir laissée faire un instant sans broncher, Hari redressa lentement la tête. Leurs regards se croisèrent, et un sourire se dessina sur le visage de la fillette, si radieux et si pur que Dela en eut le souffle coupé. Il rendit son sourire à l'enfant avec une tendresse qui illuminait tout, ses lèvres comme ses yeux.

Avec un petit gloussement de joie et de plaisir, la fillette tira plus fort sur les cheveux couleur sable, miel et acajou de Hari, qui se laissa faire de bonne grâce. Son visage était parfaitement détendu, une joie profonde brillait au fond de ses yeux, et une gentillesse sincère émanait de toute sa personne. Dela, qui observait la scène, la gorge serrée, sentit ses yeux s'embuer de larmes.

— D'où tu es ? s'enquit la gamine en chinois. Les autres prétendent que tu n'es pas vrai.

— Je suis du pays des montagnes et des forêts, répondit-il dans un mandarin parfait. Et si tes amis s'imaginent que je ne suis pas réel, qu'ils viennent le vérifier! À moins qu'ils n'aient pas autant de courage que toi...

Le nez de la fillette se fronça de plaisir. En un instant, tous les jeunes admirateurs de Hari fondirent sur lui comme une troupe de petits singes sur un baobab, s'accrochant à ses bras, à ses jambes, à ses cheveux. Avec une grâce parfaite et un plaisir évident, il se prêta au jeu et fit de son corps un tourniquet humain autour duquel tournoyaient des grappes d'enfants hurlant de rire. Dela ne pouvait détacher son regard de la scène. De temps à autre, Hari lui lançait des œillades complices qui faisaient bondir son cœur dans sa poitrine.

Au prix d'un gros effort, elle parvint à détourner les yeux et regarda la foule qui ne cessait de grossir. Quelques parents amusés observaient le manège de Hari et des enfants, mais derrière eux, dans le marché, tout était prêt pour accueillir l'afflux de touristes et de clients du milieu de matinée. À l'heure qu'il était, la marchande qui lui avait vendu la boîte à surprise devait déjà être à son poste.

Indécise, Dela reporta son attention sur Hari. Il prenait tant de plaisir à se livrer aux assauts des petits monstres qui ne se lassaient pas de lui grimper dessus qu'elle n'avait pas le cœur de l'interrompre. Devait-elle le laisser là et se lancer seule à la recherche de la vieille Chinoise? Rien ne s'était produit la veille, lorsqu'ils avaient déambulé dans les rues, et il y avait dans cet endroit trop de monde pour qu'un agresseur potentiel se risque à passer à l'action. En tout cas, conclut-elle pour elle-même, cela ne coûtait rien de tenter de s'en convaincre...

Non, décidément, elle ne pouvait se résoudre à mettre un terme à la récréation que Hari s'accordait. Cela avait beau paraître puéril, jouer avec des enfants en toute innocence constituait pour lui, qui n'avait connu que violence et tueries, la plus efficace des thérapies. Il n'en fallut pas plus pour la décider à se passer de lui. Une petite prise de risque, ce n'était pas cher payé pour un moment de bonheur si intense...

Peut-être Hari lut-il dans ses pensées. Toujours est-il qu'il tourna à cet instant la tête vers elle. Son sourire s'évanouit. Se figeant en pleine action, il dit deux ou trois mots. Tous ses assaillants se laissèrent choir aussitôt sur le sol, tels de petits anges aux yeux noirs tombés du ciel. Quand le dernier d'entre eux se fut éloigné avec un ultime signe de la main, il la rejoignit.

— Vous vous apprêtiez à partir sans moi, lui reprocha-t-il avec un regard sévère.

— Eh bien... marmonna Dela en détournant les yeux. Vous vous amusiez tellement avec ces enfants que je ne voulais pas vous priver de ce plaisir.

— Delilah, votre sécurité est tout ce qui compte pour moi, protesta-t-il en secouant la tête d'un air peiné. S'il vous arrivait malheur, je...

— Je sais, je sais, coupa-t-elle en levant une main devant elle. Si je meurs, vous retournez *illico* dans votre boîte. Je suis désolée, Hari.

— Ce n'est pas ce que je voulais dire ! Croyez-le ou non, je me fiche de cette boîte. Ce dont j'ai peur, c'est de vous perdre.

Sa voix avait claqué comme un coup de tonnerre. Avant que Dela ait pu réaliser ce qu'un tel aveu impliquait, il la prit par la main et l'entraîna vers les étals des marchands.

— Venez, dit-il. Nous ne sommes pas ici pour nous amuser.

Ils remontèrent les allées à vive allure. À cette heure matinale, les clients n'étaient pas encore assez nombreux pour les gêner. Dela ignora les sollicitations sonores des marchands qui essayaient de l'appâter. Elle ouvrit son esprit, cherchant à capter la présence d'armes dans leur entourage immédiat, mais il y avait bien trop de métal autour d'eux : ce n'était plus un murmure mais une confuse cacophonie qui retentissait sous son crâne. Elle rétablit précipitamment les écrans derrière lesquels elle se protégeait, et le silence régna de nouveau en elle, total et bienfaisant.

Non sans difficulté, elle reconstitua son périple de la veille, passant de jarres en céramique à des reproductions de tableaux anciens si fraîches que la peinture n'en était pas encore sèche. Enfin, au coin d'une allée, elle aperçut à travers une faille dans la foule un monceau de tapisseries tibétaines aux couleurs vibrantes qu'elle reconnut et qui lui fit battre le cœur. Avec soulagement, elle entraîna Hari dans cette direction. Enfin, ils allaient pouvoir obtenir des réponses à leurs questions.

Avant qu'ils aient pu rejoindre l'étal de la vieille Chinoise, Hari se figea et se raidit, tous ses sens aux aguets.

— Que se passe-t-il ? s'inquiéta Dela.

Elle avait beau scruter la foule environnante, tout lui paraissait parfaitement normal.

— Changeforme… gronda-t-il sans cesser d'observer les alentours. Une piste fraîche. La même qu'hier.

— Qu'attendez-vous ? lança Dela en le poussant en avant. Allez-y, suivez-la.

— Je ne peux pas vous laisser !

Ne sachant quelle conduite adopter, il hésita encore un court instant, avant de lui saisir fermement le poignet pour l'entraîner à sa suite dans la direction opposée. Avec un grognement de protestation, Dela libéra son bras d'un geste sec.

— Allez-y sans moi, dit-elle. Vous ne pouvez être à mes côtés en permanence, et je suis assez grande pour me protéger seule. Puisqu'il le faut, séparons-nous pour plus d'efficacité.

Pour faire bonne mesure, elle ajouta avec un sourire narquois :

— De toute façon, étant donné le sort qui nous lie l'un à l'autre, vous ne pourrez rester éloigné de moi très longtemps. N'est-ce pas ?

Avant d'obtempérer, Hari passa une main derrière sa nuque et attira son visage contre le sien.

— J'étais sérieux, tout à l'heure, lui dit-il, les yeux dans les yeux. Ce n'est pas de devoir retourner dans cette boîte qui m'inquiète.

— Je vous crois, répondit-elle en souriant. Et j'en suis heureuse. À présent, allez rattraper votre changeforme !

Il hocha la tête et s'éloigna à regret. Dela le regarda se fondre avec grâce dans la foule qui encombrait l'allée, puis se retourna pour rejoindre l'étal où la vieille marchande lui avait vendu la boîte à surprise la veille. Mais celle-ci n'était nulle part en vue. Elle scruta chaque visage, fouilla du regard chaque coin d'ombre, chercha en vain dans les étals trace de celle qu'elle cherchait.

— Excusez-moi, dit-elle enfin à la jeune femme qui tenait le stand voisin.

Petite et tout en os, le visage grêlé de cicatrices d'acné, celle-ci délaissa la pile de vêtements brodés qu'elle était occupée à disposer devant elle. Elle se redressa pour lui faire face, et une mèche de cheveux noirs échappée d'une barrette ornée d'un papillon écarlate retomba sur ses yeux étincelants.

Du regard, Dela désigna l'étal voisin. Tout y semblait prêt pour une journée de ventes. Ne manquait que la marchande.

— Je suis passée hier matin et j'ai acheté à votre voisine, une très vieille femme, quelques articles. Elle portait un pantalon rouge et un chemisier noir. Je voudrais lui parler. Savez-vous quand elle va revenir ?

Le regard de la jeune femme se fit hautain et méprisant. Froidement, elle toisa Dela de la tête aux pieds avant de lancer d'un ton dépourvu d'émotion :

— Elle est morte.

C'était tellement inattendu que Dela dut reprendre ses esprits un instant avant de pouvoir protester :

— Morte ? Ce n'est pas possible. Son stand est ouvert.

— Elle est morte, répéta son interlocutrice d'un ton buté, en croisant les bras sur sa poitrine. J'ai racheté son stock et pris sa place.

Comme elle faisait mine de se détourner pour reprendre ses activités, Dela la retint par le bras.

— Je ne vous crois pas ! lança-t-elle sèchement.

La jeune femme se libéra d'un geste brusque et marmonna quelques mots indistincts mais manifestement injurieux envers les étrangers. Le visage rouge de colère, Dela serra les dents, sortit son portefeuille et en tira un gros billet, décidée à jouer son va-tout.

— Je suis prête à payer tout renseignement concernant la vieille femme qui tenait ce stand hier ! cria-t-elle, de manière à se faire entendre de leurs voisins immédiats. Un nom, une adresse, n'importe quoi, mais la vérité ! Il est de première importance pour moi de la retrouver.

Tout d'abord, à en juger par les regards scandalisés ou dédaigneux que lui valut sa proposition, Dela crut avoir commis une grossière erreur et craignit de ne récolter, si toutefois on daignait lui adresser la parole, que des mensonges. Puis elle entendit un bruissement d'étoffe derrière elle, se retourna et découvrit un homme d'une quarantaine d'années, replet et le cheveu gras, un infâme mégot pendu entre ses lèvres. Il s'abstint de la regarder dans les yeux, mais ne protesta pas quand elle lui fourra dans la main le billet de cinquante dollars qu'elle avait sorti.

— Long Nü... dit-il en empochant le billet sous les murmures réprobateurs de l'assistance. C'est ainsi qu'elle s'appelle.

Dela n'entendait pas se contenter de si peu.

— Elle est toujours vivante, n'est-ce pas ? Pourquoi se cache-t-elle ? De quoi la protégez-vous ?

La jeune femme à qui elle s'était adressée lança à son informateur une injure infamante qui le fit tiquer. Puis le regard de l'homme s'égara par-dessus l'épaule de Dela, et une peur panique se peignit sur ses traits.

— Delilah !

C'était Hari qui venait de lancer ce cri de mise en garde angoissé. Dela se tourna juste à temps pour sentir l'acier filer contre son cou. Le poignard poursuivit sa course et alla se ficher, après être passé sous le nez de l'homme terrifié, dans un poteau en bois.

Instinctivement, Dela se jeta au sol. À l'autre bout de l'allée, entouré de spectateurs paniqués, se tenait l'homme qui avait tenté de l'assassiner la veille. Il avait les mains pleines de lames étincelantes et s'apprêtait à en lancer une autre dans sa direction lorsque Hari, comme par magie, atterrit à côté d'elle. Sans perdre une seconde, il lui fit un bouclier de son corps massif. Il la tenait serrée si fort contre lui que Dela pouvait sentir contre son front, à travers sa chemise, les balafres qui lui couturaient le torse.

Avec un bruit mat et effrayant, deux lames, l'une après l'autre, vinrent se ficher dans son dos sans qu'il bronche un seul instant. À la vitesse de l'éclair, il tendit un bras dans son dos et le ramena armé d'un poignard ensanglanté qui fila aussitôt dans les airs. La lame, avec une précision stupéfiante, alla se loger dans la gorge du tueur. Les yeux écarquillés par la surprise et l'effroi, la bouche souillée par une écume sanglante, l'homme eut à peine le temps de porter les mains à son cou avant de s'effondrer comme une masse sur le sol.

Un mouvement de panique fit tanguer la foule. Des gens couraient en tous sens, cherchant à se mettre à l'abri. Des cris fusaient, des pleurs s'élevaient. Indifférent à ce tapage, Hari demeurait parfaitement calme et maître de lui-même. Il prit Dela dans ses bras et courut le long de l'allée en direction de la sortie, se frayant de force un chemin à travers la cohue. Blottie contre son corps massif, Dela ne vit de toute cette agitation qu'un grand flou à la périphérie de son champ de vision, tandis que battait contre son oreille le rythme rassurant du cœur de l'homme qui, une fois de plus, lui avait sauvé la vie.

Quand il la reposa finalement sur le sol, ils se trouvaient dans une stalle vide, à la lisière du marché aux puces, à l'abri des regards derrière un rempart de lions en pierre, de colonnes romaines brisées et de statues géantes de Bouddha. Non loin d'eux, une brèche dans la clôture laissait entrapercevoir la rue voisine encombrée de voitures.

— Vous n'avez rien ? s'enquit Hari.

Sans attendre de réponse, il fit courir ses mains sur le corps de Dela, sur son visage, pour s'assurer qu'elle n'était pas blessée. Finalement, il lui releva le menton et étouffa un juron en examinant attentivement son cou. Dela, prenant soudain conscience d'une sensation de brûlure, y porta les doigts et les ramena secs. La lame, en la frôlant, ne lui avait même pas entaillé la peau.

— Ce n'est rien, assura-t-elle en embrassant la paume de sa main pour mettre un terme à sa pressante sollicitude. Mais vous…

Elle le contourna pour constater les dégâts *de visu*, se mordant le poing pour ne pas crier. De larges traînées de sang maculaient sa chemise. Un court poignard saillait encore sous son omoplate droite.

— Enlevez-le, ordonna Hari. Faites vite, que personne ne vous voie !

Dela examina les alentours. Le refuge qu'il leur avait trouvé était encore épargné par la folie ambiante, mais cela n'allait sans doute pas durer. Les dents serrées, elle empoigna avec répugnance le manche du poignard et, sans s'accorder le temps d'hésiter, tira fortement dessus. Hari n'émit qu'un faible grognement. Pour panser la plaie qui saignait abondamment, elle retira son gilet en coton et en fit une compresse. Un peu plus bas dans le dos de Hari, l'autre blessure avait déjà cessé de saigner.

Le cœur au bord des lèvres, Dela baissa les yeux sur le poignard qui avait failli l'atteindre. Ce n'était pas un couteau qu'elle avait fabriqué. Le manche, très fin, était une simple pièce d'acier percée de cinq trous. Le métal chantait sous son crâne, mais n'avait rien à lui dire. L'instrument de mort était neuf, vierge de toute empreinte.

— La piste du changeforme s'est brutalement interrompue, comme hier, expliqua Hari. Et lorsque je vous ai retrouvée, il était trop tard, ajouta-t-il, les yeux emplis d'une peur rétrospective qui la fit chanceler. L'homme s'apprêtait à lancer son arme sur vous. J'ai bien cru ne jamais arriver à temps.

Dela lui adressa un sourire tremblant. Craignant de fondre en larmes, elle opta pour la plaisanterie.

— Je vous avais bien dit que vous ne pourriez pas vous passer de moi très longtemps...

Hari poussa un long soupir et pressa ses lèvres contre le front de Dela, retenant son visage entre ses larges mains.

— J'ai eu peur de vous perdre, confia-t-il d'une voix voilée par l'émotion. Vous êtes ma seule amie, Delilah...

Dela posa les mains sur les siennes, avant de se rendre compte qu'elle tenait toujours le poignard à bout de bras. Elle s'empressa de l'emballer dans son gilet et fourra le tout dans son sac, en se promettant de s'en débarrasser plus tard. Dans le dos de Hari, les deux plaies avaient à présent cessé de saigner. Mais avec sa chemise déchirée et tachée de sang, il ne pourrait que se faire repérer. Au loin résonnaient déjà les premières sirènes. Personne en Chine ne prenait la police au sérieux – seuls les soldats faisaient vraiment peur –, mais là où arrivaient les policiers, l'armée ne tardait jamais à débarquer elle aussi…

— Il faut qu'on sorte d'ici, lança-t-elle en examinant l'allée entre les colonnes de pierre. Ôtez votre chemise et attendez-moi ici. Je serai vite de retour. Promis !

Dela balaya les étals voisins du regard avant de se risquer à quitter son abri. Il ne lui fallut pas longtemps pour trouver ce qu'elle cherchait. Quelques mètres plus loin, une femme d'âge moyen proposait aux chalands un large choix de tee-shirts. Elle lui acheta le plus grand qu'elle put trouver sans marchander – ce qui parut à la fois réjouir et décevoir la marchande –, ainsi que deux casquettes à visière ornées de l'emblème officiel des Jeux olympiques de 2008.

Torse nu et manifestement sur des charbons ardents, Hari poussa un soupir de soulagement en la voyant revenir. Le tee-shirt noir XXL qu'elle lui tendit se révéla un peu petit – sans parler de la laideur de la Grande Muraille qui en constituait le motif –, mais il dissimulait efficacement le sang séché et les blessures. Enfin, après avoir dissimulé sous leurs casquettes leurs cheveux trop repérables, ils purent sortir de Pan Jia-Yuan en se faufilant par la brèche ouverte dans la clôture.

De l'autre côté, ils s'attirèrent des regards surpris de la part de passants ébahis. Dela leur sourit avec amabilité, en espérant qu'elle paraissait plus insouciante que folle à lier. Sans s'attarder, elle prit la main de Hari pour rejoindre l'artère principale et se lancer à la recherche d'un taxi. Ce n'est que lorsqu'ils l'eurent trouvé qu'ils purent enfin souffler et se détendre, protégés par la vitre qui les séparait du chauffeur.

— Je n'en reviens pas qu'il ait tenté de me tuer au milieu d'une telle foule, et en plein jour ! s'étonna

Dela, les yeux fixés sur la circulation. J'aurais dû être plus méfiante.

— Il était sans doute désespéré, commenta Hari. Il avait déjà échoué une fois, et ses commanditaires ne lui auraient probablement pas pardonné un nouvel échec.

Il avait parlé d'une voix si basse que Dela l'avait à peine entendu. Il se rapprocha d'elle, étendit le bras sur le dossier de la banquette et lui entoura les épaules, laissant ses doigts jouer dans ses cheveux.

Un frisson de plaisir parcourut Dela. Pour mieux savourer le réconfort que lui procurait ce contact, elle ferma les yeux et murmura :

— Vous m'avez une nouvelle fois sauvé la vie, Hari. Je ne vous remercierai jamais assez.

— J'ai tué un homme sous vos yeux, répliqua-t-il. Cela ne vous fait pas horreur ?

Contre son bras, elle secoua la tête.

— Je suis désolée que vous ayez dû le faire. Il y a déjà eu tant de violence dans votre vie... Mais je ne suis pas triste que cet homme soit mort. Il a essayé de me tuer deux fois, et ce genre d'individu, généralement, ne renonce pas tant qu'il n'est pas arrivé à ses fins.

Un silence pensif retomba dans l'habitacle. Hari le brisa quelques instants plus tard en demandant :

— Au fait, avez-vous trouvé la vieille femme qui vous a vendu la boîte ? Elle m'était complètement sortie de l'esprit !

Dela fit la grimace.

— Je me suis heurtée à un mur. À en croire la femme qui tient le stand voisin, elle serait morte.

Hari sursauta.

— Assassinée ?

— Elle ment, expliqua Dela. Pour je ne sais quelle raison, elle la protège. La seule chose que j'ai pu découvrir, c'est son nom.

— Comment s'appelle-t-elle ?

— Long Nü. Vous savez ce que cela signifie, n'est-ce pas ?

— Femme-dragon, murmura-t-il.

— Cela vous dit quelque chose ?

— Je ne pense pas, répondit Hari après y avoir réfléchi un instant.

— Quoi qu'il en soit, la coïncidence me paraît douteuse, reprit Dela. Elle me vend la boîte, et le lendemain, elle meurt ? Je n'y crois pas.

— Le Magi pourrait l'avoir assassinée pour la punir de vous avoir vendu la boîte.

— À moins qu'elle ne se cache pour lui échapper. Je préfère cette hypothèse. Je l'aimais bien.

En arrivant à l'hôtel, Dela s'arrêta à la réception pour y prendre ses messages. Quelques hommes d'affaires à l'air supérieur toisèrent Hari au passage. Les très jeunes femmes court-vêtues qui se pendaient à leurs bras firent de même, mais de manière beaucoup moins discrète. Dela croisa le regard de Hari et désigna du menton ces jeunes demoiselles qui se mettaient en quatre pour capter son attention.

— Vous les faites baver d'envie, plaisanta-t-elle.

— Elles ne sont que de pâles imitations de ce qu'une femme doit être, répondit-il en leur jetant à peine plus qu'un regard. Contrairement à vous.

Dela eut beau agiter les lèvres, rien ne voulut sortir de sa gorge soudain très sèche. À côté d'elle, elle entendit le réceptionniste émettre un toussotement amusé. Au prix d'un gros effort, elle parvint à reporter son attention sur lui.

— Un paquet est arrivé pour vous, dit-il en lui tendant un carton brun.

Aucun signe distinctif. Juste son nom imprimé sur une étiquette. Pas d'adresse d'expéditeur. Livraison par porteur spécial. Après avoir décacheté et ouvert la boîte, Dela sourit en découvrant au verso du couvercle un crâne et deux tibias croisés entourés d'un cœur. Depuis qu'elle le connaissait, c'était la méthode favorite de Roland pour exprimer son affection. Elle n'aurait pas été surprise d'apprendre qu'il portait la même image en tatouage sur ses fesses au-dessus du mot « maman ».

— Qu'est-ce que c'est ? s'enquit distraitement Hari en lui emboîtant le pas en direction des ascenseurs.

— Vos papiers, répondit-elle. Tout ce dont vous avez besoin pour exister en tant que citoyen dans notre monde moderne.

Les yeux de Hari ne s'attardèrent pas sur elle. Tendu comme un arc, il ne cessait de fouiller le hall du regard, terrorisant les malheureux qui avaient la mauvaise idée de les croiser. Il semblait déterminé à ne plus la lâcher d'une semelle, ce à quoi Dela ne trouvait rien à redire. Mais quand ils atteignirent les ascenseurs, son visage pâlit et ses mâchoires se crispèrent si fort qu'elle lui prit la main pour le rassurer en attendant que les portes s'ouvrent.

Une minute plus tard, il jaillit de la cabine à l'étage en inhalant une grande bouffée d'air et en l'entraînant par la main.

— Votre ami a dû tricher pour obtenir ces papiers si vite et sans difficulté, n'est-ce pas ? dit-il.

— Oui, mais surtout, n'en parlez jamais à personne. Pour tous ceux que vous rencontrerez dorénavant, vous êtes né et avez été élevé aux États-Unis. Comme tel, vous possédez les papiers réglementaires dont dispose tout citoyen américain.

— Je vois… dit-il prudemment en s'arrêtant devant la porte de leur chambre. Vous fréquentez donc des criminels, Delilah ?

Dela inséra sa clé magnétique dans la fente de la serrure et protesta :

— Qu'allez-vous imaginer ? Mes amis sont simplement très doués pour s'acquitter des tâches les plus difficiles.

Alors qu'elle s'apprêtait à entrer, Hari la repoussa sans ménagement et se rua dans la pièce. Campé sur le seuil dans une posture de défense, il laissa son regard courir à travers la chambre avec consternation. En le rejoignant, Dela comprit pourquoi. En leur absence, quelqu'un avait tout saccagé. Leurs vêtements déchirés jonchaient le sol. La literie avait été systématiquement éventrée, les oreillers vidés de leur garniture, les couvertures lacérées. Chaque meuble avait été réduit en miettes.

La première chose que fit Dela fut d'aller ouvrir la penderie. Les armes de Hari s'y trouvaient toujours, mais elles avaient été utilisées : à en juger par les fragments de tissu qui s'y accrochaient encore, on s'en était servi pour perpétrer le saccage. Mue par une impulsion, elle les toucha l'une après l'autre, mais sans y découvrir le moindre écho. Celui qui s'en était servi s'était débrouillé pour n'y laisser aucun souvenir. Cela lui arrivait de plus en plus souvent. Et c'était de plus en plus frustrant...

— Eh bien ! lança-t-elle en se retournant vers Hari. On peut dire que c'est du beau travail. Qu'en pensez-vous ? Tueur à gages ou Magi ?

— Magi... grogna-t-il, les narines palpitantes de colère. Je suis sûr qu'il cherchait la boîte.

Avec un sourire satisfait, Dela tapota du plat de la main son sac, dans lequel elle avait glissé l'objet avant de sortir.

— Dommage pour lui. Il s'est donné bien de la peine pour rien.

Elle appela la réception pour se plaindre de la mise à sac de sa chambre et, en attendant l'arrivée du directeur, fourra l'armure et les armes de Hari dans un sac de voyage qui avait miraculeusement échappé à la destruction. Avec les plus plates excuses de la direction, il leur fut aussitôt alloué une des plus belles suites de l'hôtel, dotée de deux immenses lits, d'un jacuzzi de la taille d'une piscine et d'une vue sur la ville qui aurait pu faire pleurer Dela – à l'idée d'avoir si peu de temps pour en profiter. Qui plus est, on lui fit comprendre qu'elle n'aurait pas à payer sa note, ni, bien sûr, le shopping improvisé dans la galerie marchande qui s'imposait pour reconstituer leur garde-robe. En somme, c'était un fort beau cadeau, d'une valeur de plusieurs milliers de dollars, que le Magi venait de leur offrir bien malgré lui...

— Comment le Magi a-t-il fait pour me retrouver ? demanda Dela quand ils se retrouvèrent seuls.

Hari haussa les épaules. Appuyé contre la baie vitrée qui occupait tout un mur, il était perdu dans la contemplation du panorama.

— Peut-être est-ce moi qui le guide sur votre piste, dit-il d'un ton amer. Le Magi a mis énormément de ses pouvoirs magiques dans cette boîte où il m'a enfermé. Peut-être cela a-t-il créé un lien entre nous, une piste qu'il n'a plus qu'à suivre.

— Peut-être. Mais dans ce cas, pourquoi s'intéresse-t-il à vous seulement maintenant ? Deux mille ans ne lui ont pas suffi ?

Hari ne répondit pas. Dela se garda bien d'insister et ouvrit le colis que Roland lui avait envoyé pour en examiner de plus près le contenu. Au fond, sous l'épaisse enveloppe contenant papiers d'identité et billets d'avion, avait été déposée une note dactylographiée.

Yo, baby...

Et voilà le travail, plus vite que je ne l'avais prévu ! Y a pas à dire, l'argent est vraiment le nerf de la guerre. Mes « contacts » ont très bien travaillé, et tu devrais pouvoir lire ces lignes avant le début de l'après-midi.

J'ai pu obtenir pour toi et « Hari » deux sièges voisins sur un vol ce soir. Première classe, naturellement.

Tu trouveras pour t'accueillir à l'aéroport Eddie, une nouvelle recrue pleine d'avenir. Essaie de ne pas trop lui faire peur...

Prends bien soin de toi et appelle si tu as besoin de quoi que ce soit.

Roland

P.-S : Au fait, ce type a l'air d'avoir du potentiel… Tu es sûre que je ne peux pas le recruter ?

6

À peine six heures plus tard, ils quittèrent leur hôtel pour se rendre à l'aéroport. Ce n'était pas ainsi que Dela avait imaginé la fin de ses vacances – loin d'être aussi reposant qu'elle l'avait escompté, ce séjour avait failli lui être fatal –, mais elle n'avait pourtant aucune raison de se plaindre. Outre qu'elle revenait chez elle accompagnée d'un nouvel ami (et plus si affinités), elle avait en partie renouvelé sa garde-robe, ce qui n'était pas pour lui déplaire.

Pour voyager, elle avait opté pour un jean de *designer*, un confortable débardeur bleu ciel parsemé de marguerites et une paire de bottes en cuir souple. Hari, quant à lui, était habillé d'un jean, d'une chemise blanche et d'une veste bleu marine. Elle avait également insisté pour qu'il porte un chapeau. Il était dommage de couvrir une aussi magnifique chevelure, mais elle ne pouvait exclure l'éventualité que la police ait posté à l'aéroport des observateurs munis d'un portrait-robot suite au fiasco de leur visite matinale au marché aux puces. Il en aurait fallu plus, de toute façon, pour que Hari passe inaperçu. Coiffé d'un chapeau ou non, il restait irrésistible.

Personne ne tenta de les tuer durant le trajet. Aucun poignard ne fut lancé dans leur direction tandis qu'ils sacrifiaient aux inévitables formalités d'embarquement. L'armure et les armes de Hari étaient enfouies au fond du sac de voyage de Dela. Il n'avait pas manqué de manifester son désaccord, mais elle était restée ferme. Une seule sonnerie lors de leur passage au portique de détection, et tous les membres de la sécurité fondraient sur eux comme des mouches sur un morceau de viande. Pour plus de sécurité, elle avait pris la précaution de le « fouiller » mentalement pendant le trajet jusqu'à l'aéroport, afin de s'assurer qu'il n'avait pas enfreint ses consignes.

Ainsi passèrent-ils sans encombre tous les barrages et contrôles. Le passeport de Hari ne provoqua de la part du préposé qu'une attention de routine. Mais Dela ne se sentit réellement soulagée qu'après avoir franchi les portes du hall d'embarquement. S'ils avaient été inquiétés suite aux événements de Pan Jia-Yuan, elle n'aurait eu aucun plan en réserve, aucune parade pour leur sauver la mise. Il fallait en conclure que soit les forces de l'ordre chinoises avaient d'autres chats à fouetter, soit les témoins du marché aux puces n'avaient aucun sens de l'observation.

Comme ils disposaient d'un peu de temps avant de pouvoir monter dans l'avion, ils s'installèrent à la terrasse d'un salon de thé. Dela ne tarda pas à regretter ce choix : leur présence – ou, plus exactement, celle de Hari – faillit provoquer une émeute dans les rangs de la gent féminine. Au cours de la petite heure qu'ils passèrent là, elle eut ainsi l'occasion d'assister, mi-furieuse, mi-amusée, à toutes les parades, ruses et diversions qu'une femme peut inventer lorsqu'elle souhaite attirer sur elle l'attention d'un homme. Comme à son habitude, le principal intéressé demeura totalement indifférent à ces manœuvres.

Lorsqu'ils montèrent dans l'avion, ce fut pire encore. Si les hôtesses de l'air ne se précipitèrent pas sur lui, ce fut uniquement parce que l'exiguïté des lieux les en empêchait. Dela ne s'attendait pas moins à voir avant la fin du vol soutiens-gorge et petites culottes voler dans les airs… En remontant l'allée pour gagner leurs places, elle vit même une femme d'un âge certain rajuster le col de son corsage, défaisant ainsi tout à fait « accidentellement » les trois premiers boutons.

Heureusement, Roland leur avait réservé deux places à l'avant de l'appareil, où personne ne s'était encore installé. À la réflexion, elle songea qu'il avait peut-être poussé la prévenance jusqu'à louer tous les sièges environnants pour préserver leur tranquillité.

— Cet endroit est vraiment minuscule, commenta Hari, raide comme un piquet sur son siège, en lançant autour de lui un long regard d'animal traqué.

Dela, qui n'avait pas pensé à ce détail, se remémora avec une certaine appréhension l'épisode de l'ascenseur.

— Vous n'avez qu'à fermer les yeux, suggéra-t-elle. Voulez-vous boire un verre ? Du vin ? Quelque chose de plus fort ?

Serrant ses doigts entre les siens sur l'accoudoir, il les porta à ses lèvres et lâcha dans un souffle :

— Ça va aller. Ne vous inquiétez pas.

Mais il avait prononcé ces mots sur un ton lugubre qui ne présageait rien de bon et n'était pas de nature à la rassurer.

— Détendez-vous, murmura-t-elle en déposant un baiser sur sa joue. Vous pouvez dormir en paix. Les mesures de sécurité sont si strictes que personne ne peut faire monter d'armes à bord. Pas d'armes, pas d'assassin ! Et je doute que le Magi, malgré tous ses pouvoirs, ait deviné que nous allions quitter la Chine aussi vite. Même s'il peut vous repérer à distance, nous avons une longueur d'avance sur lui.

Mais en dépit de toutes ces assurances, Hari n'en menait pas large. Les yeux hagards fixés droit devant lui, il avait le front couvert de sueur, les mains crispées sur les accoudoirs et la respiration courte et sifflante. Ne sachant comment le rassurer autrement, Dela serra fort sa main dans la sienne tandis que se fermaient les portes et que l'appareil commençait à se diriger vers la piste d'envol. La séance de présentation des mesures de sécurité débuta. Deux hôtesses remontèrent l'allée pour s'assurer que les passagers avaient correctement bouclé leurs ceintures. Quand l'une d'elles, particulièrement empressée, approcha la main d'un peu trop près pour s'occuper de celle de Hari, il sortit de sa crise d'angoisse et lui agrippa le poignet.

— Je vais le faire ! déclara-t-il d'une voix ferme, en la fusillant du regard.

La jeune femme eut une moue dépitée, lança un coup d'œil furieux à Dela et repartit vers l'arrière de l'appareil aussi dignement qu'elle le put.

— Bravo, commenta Dela d'un ton ironique, en le regardant batailler avec les deux extrémités de la ceinture. Voulez-vous tout de même que je vous aide ?

— S'il vous plaît. Je me sens aussi empoté avec cette chose que lorsque j'ai manié ma première épée…

Dela sourit de sa remarque et se tourna comme elle le put sur son siège pour boucler la ceinture de Hari. Effectivement, ce n'était pas facile, et elle dut s'y reprendre à plusieurs fois tant ses doigts tremblaient. Une bouffée de chaleur lui monta à la tête lorsqu'elle constata que ses doigts s'agitaient très près de la braguette de Hari. N'était-ce qu'un effet de son imagination, ou celle-ci gagnait-elle en volume ?

— Pourquoi est-ce si long ? grogna-t-il d'une voix rauque.

Dela se sentit rougir et leva les yeux vers lui. Son visage était crispé. Une veine battait le long de son cou. Mais, plus surprenant encore, ses yeux brillaient – littéralement ! –, émettant dans la pénombre une lueur dorée.

Enfin, avec un clic réjouissant, la boucle de la ceinture voulut bien se mettre en place, et Dela put éloigner ses mains en hâte et s'enfoncer dans son siège.

— Combien de temps avez-vous dit que ce voyage allait durer ? s'enquit Hari un instant plus tard.

Ses yeux ne brillaient plus autant, mais elle put constater sans l'ombre d'un doute que ses iris dorés luisaient encore.

— Treize heures, répondit-elle d'une petite voix.

Un grognement rauque, à mi-chemin entre la plainte et le soupir, monta à côté d'elle.

— Delilah ? reprit-il.

— Oui ?

— Puisque nous devons passer tant de temps l'un à côté de l'autre… s'il vous plaît, jusqu'à ce que nous soyons sortis, évitez de me toucher. Sans quoi, je ne réponds plus de rien.

Dela frissonna et sentit la pointe de ses seins durcir sous son tee-shirt. Cela risquait vraiment d'être un très, très long voyage, songea-t-elle.

Treize heures plus tard, lorsque l'avion finit par atterrir, si Hari avait surmonté sa crise de claustrophobie, c'était Dela qui se trouvait dans un état proche de la transe. Plus d'une fois, il lui avait fallu s'agripper aux accoudoirs pour ne pas laisser ses mains s'égarer en direction du siège voisin. Quant à ses pensées, il lui avait été impossible de les empêcher de vagabonder. L'exhibitionnisme n'avait jamais fait partie de ses fantasmes secrets, mais avoir à portée de main durant si longtemps un homme qui savait d'un seul regard lui tourner les sens avait failli la transformer en madone des sleepings. Seule l'idée que les hôtesses de l'air auraient pu réclamer une orgie l'avait retenue.

Hari, qui n'était apparemment plus contre un contact rapproché maintenant qu'ils se trouvaient hors de l'avion, prit sa main dans la sienne et la porta à ses lèvres dès qu'ils furent sur la passerelle.

— Merci d'avoir été si patiente avec moi, Delilah.

— Patiente ?

Un rire hystérique aurait été tout à fait inapproprié. Elle se contenta donc d'un sourire crispé et répliqua :

— C'est plutôt à moi de vous remercier. Il ne m'était encore jamais arrivé de faire briller les yeux d'un homme ainsi...

Le souvenir de ses yeux dorés, brillants comme deux petits soleils, avait hanté ses pensées tout le long du voyage. Loin de l'effrayer, ce phénomène la fascinait. Quelles autres surprises Hari gardait-il encore en réserve pour elle ?

— Mes yeux brillaient ? s'étonna-t-il, frappé de stupeur. Vous voulez dire que la lumière s'y reflétait ?

— Pas du tout ! répondit-elle, surprise par sa réaction. Ils émettaient leur propre lumière. Vous pouvez croire que j'ai rêvé, mais je n'en démordrai pas.

— À quel moment cela s'est-il produit ?

— Quand vous avez eu quelques difficultés... à boucler votre ceinture.

Ils s'étaient arrêtés au milieu du hall de débarquement et laissaient la foule s'écouler autour d'eux comme le flot autour d'un rocher. Une profonde paix semblait s'être soudain emparée de Hari. Son silence persistant mit Dela mal à l'aise.

— Que se passe-t-il ? demanda-t-elle. Il y a un problème ?

Hari secoua la tête et se remit à marcher, le regard toujours distant.

— Rien, rien... marmonna-t-il vaguement. Rien qui ne puisse attendre.

Frustrée par cette réponse, Dela résista néanmoins à l'envie d'insister et lui emboîta le pas. Puisqu'il respectait ses petits secrets, le moins qu'elle pût faire était de ne pas chercher à connaître les siens.

Une fois encore, ils franchirent sans problème tous les contrôles, même si Dela dut faire appel à tout son sang-froid pour affronter le regard scrutateur d'un douanier soupçonneux.

— Joueur de basket ? demanda-t-il en toisant Hari de la tête aux pieds.

— Champion de karaté, répondit-elle du tac au tac.

L'agent fit la grimace et lui rendit leurs passeports.

— Encore plus effrayant, murmura-t-il avant de passer au voyageur suivant.

Une longue série de tapis roulants séparait le hall de débarquement du carrousel à bagages. Hari les emprunta d'abord avec une certaine crainte, qui se transforma vite en émerveillement amusé. Remis de ses frayeurs, il avait retrouvé sa faculté de regarder toute chose avec la fraîcheur d'un enfant qui découvre le monde.

Vingt minutes plus tard, ils pénétrèrent dans le hall principal de l'aéroport en poussant leur chariot. Dela repéra immédiatement un jeune homme entièrement habillé de jean délavé qui scrutait la foule des arrivants. Quand leurs regards se croisèrent, il parut la reconnaître et se dirigea vers eux. Sans lui laisser le temps d'arriver jusqu'à elle, Hari plaqua une main contre sa poitrine pour le repousser et le tint à bout de bras devant lui. Le nouvel arrivant, qui ressemblait à un gringalet à côté de lui, considéra d'un œil craintif cette montagne de muscles aux yeux menaçants.

— Mademoiselle Reese ? appela-t-il d'une voix faible. C'est moi… Eddie. C'est Roland qui m'envoie.

Eddie pouvait avoir une petite vingtaine d'années. Sa voix, fragile et flûtée, correspondait bien à son physique. Avec ses longs cheveux noirs et bouclés, ses yeux sombres et sa bouche charnue, il ressemblait fort à l'un des acteurs favoris de Dela – ce petit elfe si craquant du *Seigneur des anneaux*. Décidant qu'aucun elfe ne perdrait la vie par sa faute ce jour-là, elle contourna Hari et posa une main sur son bras pour qu'il le baisse.

— Tout va bien. Eddie est de notre côté. Il est là pour nous ramener à la maison.

Manifestement soulagé, le jeune homme s'empressa de prendre entre les siennes la large main de Hari et la serra avec effusion.

— Vous êtes Hari, n'est-ce pas ? Roland m'a prévenu que vous accompagneriez Mlle Reese.

Puis, prenant d'autorité possession du chariot à bagages, il les précéda vers les portes coulissantes et jeta par-dessus son épaule :

— Suivez-moi ! Ma voiture est garée de l'autre côté de la rue.

L'après-midi commençait à peine, et le soleil était à son zénith dans un ciel bleu et vide. Malgré le beau temps, il faisait bien plus frais qu'à Pékin, ce qui n'était pas pour déplaire à Dela. Aussitôt sortie de l'aéroport, elle prit une profonde inspiration et embrassa du regard un paysage urbain qu'elle connaissait bien. Qu'il était bon de revenir chez soi, en terre familière, et de retrouver sous son crâne le chant du métal qui la berçait depuis l'enfance ! L'espace d'un instant, elle baissa les écrans derrière lesquels elle se protégeait en permanence.

Des milliers de voix plus ou moins claires, plus ou moins stridentes, s'unirent pour former dans son esprit une cantate échevelée. Le métal était partout – dans le béton des immeubles, les voitures, les équipements électroniques, et même dans certains des corps de passants anonymes autour d'eux. Rapidement, Dela se réfugia derrière ses protections mentales et se félicita de leur fiabilité. Si son frère Max ne l'avait pas aidée à développer cette faculté à s'isoler des vibrations métalliques, il y avait fort à parier qu'elle serait devenue folle.

— Roland a-t-il eu mon message ? s'enquit-elle alors que leur guide les menait vers un parking couvert.

Eddie acquiesça d'un hochement de tête.

— Il vous appellera dès qu'il aura du nouveau.

Elle avait eu le temps, avant de quitter Pékin, d'envoyer à Roland par e-mail une demande d'informations concernant la mystérieuse Long Nü. Roland ne manquait ni de relais ni d'entregent partout dans le monde, et ses contacts dans la capitale chinoise pouvaient se révéler très utiles. Au moins cela valait-il la peine d'essayer. Ils avaient dû se résoudre à laisser derrière eux bon nombre de mystères, mais elle ne renonçait pas pour autant à tenter de les éclaircir.

Le véhicule d'Eddie était un Land Cruiser noir si neuf que les plaques minéralogiques étaient encore provisoires. La carrosserie brillait comme de l'obsidienne, et les vitres étaient toutes teintées.

— Pas mal, commenta Dela en s'installant à l'avant, dans le siège en cuir du passager.

— Merci, dit Eddie, qui se glissait derrière le volant. Mon nouveau job paie mieux que le précédent.

Dela se pencha vers lui et s'enquit sur le ton de la confidence :

— Serait-il indiscret de vous demander ce que vous faisiez avant d'être recruté par Roland ?

— Je travaillais à mon compte, répondit-il en rougissant légèrement. J'étais... dans le business des voitures.

Elle lui sourit, et il lui rendit son sourire. Dans ses yeux brillait une lueur malicieuse qui le faisait plus que jamais ressembler à un elfe. C'était tout Roland, ça, songea-t-elle, de sauver de la délinquance un jeune voleur de voitures en lui faisant rejoindre les rangs de l'agence.

Hari grimpa à l'arrière du véhicule. On eût dit quelque roi exotique de conte de fées prêt à partir en carrosse pour une visite de ses terres. Son masque impassible, pourtant, dissimulait la vigilance d'un fauve. Ses yeux dorés, toujours mobiles, ne rataient rien de ce qui se passait autour de lui, à l'intérieur aussi bien qu'à l'extérieur du Land Cruiser.

Un grondement sourd s'éleva à l'arrière. Dela crut qu'un avion décollait avant de comprendre que c'était Hari qui se manifestait ainsi.

— Un homme nous surveille, prévint-il alors qu'Eddie mettait le contact.

Dans le rétroviseur intérieur, Dela vit qu'il surveillait à travers la vitre arrière un Asiatique en jean, tee-shirt blanc et coupe-vent bleu, adossé à l'entrée du parking. Avec une insistance qui ne pouvait que le faire repérer, il scrutait leur véhicule tout en parlant dans un téléphone cellulaire. S'il n'avait aucune chance de passer inaperçu, il n'avait en revanche pas remarqué qu'il était découvert.

— Vous avez de bons yeux, commenta Eddie en suivant la direction empruntée par le regard de ses compagnons.

— Quel dommage qu'il y ait tant de monde autour de nous ! reprit Dela. Nous aurions pu avoir avec lui une petite conversation sans doute fort instructive.

— La foule peut aussi jouer en notre faveur, remarqua Eddie. Il ne tentera probablement rien en présence de tant de témoins.

Un grognement sarcastique monta à l'arrière.

— N'y comptez pas trop ! lança Hari. Au marché aux puces de Pékin, il y avait des centaines de témoins quand un homme a tenté d'assassiner Delilah. Quant à parler, ce genre d'individu ne le fait jamais… à moins qu'on ne l'y incite fortement.

Eddie tressaillit légèrement et chercha son regard dans le rétroviseur.

— Ah, oui ? fit-il. Vous en parlez en connaissance de cause ?

Hari ne lui répondit pas et se contenta de soutenir son regard sans ciller.

— Puisqu'il nous faut renoncer au kidnapping et à la séance de torture en public, intervint Dela, quel choix nous reste-t-il ?

Eddie fronça les sourcils, et elle sentit une onde de chaleur émaner de lui. Dans le rétroviseur, elle vit le guetteur sauter en l'air et lâcher précipitamment son portable comme s'il lui brûlait les doigts, ce que semblait confirmer la fumée noire qui s'en élevait. Aussitôt, Eddie quitta leur emplacement de parking dans un crissement de pneus, pied au plancher. Au bout de l'allée, il négocia le virage en pilote professionnel et s'engagea sur la voie publique en évitant avec un aplomb sans faille les passants et les autres véhicules. En quelques minutes, ils eurent laissé derrière eux l'aéroport.

Hari, qui n'avait rien dit depuis qu'ils avaient quitté le parking, n'en considérait pas moins leur chauffeur avec un certain étonnement. Sans se retourner, Dela échangea avec lui dans le rétroviseur un regard perplexe et demanda, d'un ton un peu trop détaché :

— Cela fait combien de temps que vous travaillez pour l'agence ?

Sans quitter la route des yeux, Eddie marqua un temps d'hésitation avant de répondre :

— Trois mois en tant que membre à part entière. Mais je suis à l'essai depuis plus d'un an.

Soit une période plus longue que la moyenne, conclut Dela en son for intérieur. Ce qui s'expliquait sans doute par le fait que Roland se montrait extrêmement prudent dans son recrutement et qu'Eddie était jeune et devait avoir des antécédents judiciaires.

— L'agence ? répéta Hari. Quelle agence ?

Il s'était accoudé au siège de Dela. Son odeur à présent familière arrivait jusqu'à elle, douce comme un printemps dans les bois, quand éclosent les premières pousses. Pour lui répondre en le regardant en face, elle fit jouer sa ceinture et se retourna.

— Vous vous rappelez ce que je vous ai expliqué au sujet de ces dons exceptionnels qui se transmettent dans ma famille de génération en génération ?

Sans attendre sa réponse, elle enchaîna :

— Eh bien, il y a très longtemps de cela, mes ancêtres ont fondé une organisation destinée à découvrir et réunir des gens comme eux. Des gens qui ne sont pas... normaux.

— Normaux ? répéta Hari avec un demi-sourire. Qui peut dire ce qui est normal ou pas ?

— Certainement pas moi, répondit-elle en lui rendant son sourire complice. Toujours est-il que mes ancêtres ont eu de la chance. Ils n'étaient pas seuls et ont fini par trouver trace de leurs semblables. Pendant très longtemps, ils n'ont rien fait d'autre que se rencontrer régulièrement et se marier entre eux occasionnellement. Mais quand mes grands-parents ont pris la tête de cette organisation, tout a changé. D'une société secrète connue de ses seuls membres, ils ont fait une agence avec pignon sur rue. Une agence de détectives privés, en quelque sorte, appelée depuis Dirk & Steele.

Nul ne savait ce qui avait motivé la décision des grands-parents de Dela, ni comment ils avaient pu convaincre les autres membres de l'organisation de les suivre dans cette aventure. Nancy Dirk et William Steele refusaient toujours d'en parler, se contentant d'affirmer que « cela devait être fait ». Les rares personnes qui s'étaient risquées à poser la question se satisfaisaient de cette réponse. Nancy et William étaient l'un comme l'autre d'un caractère bien trempé, et personne ne prenait jamais le risque d'encourir leurs foudres. C'était une des raisons pour lesquelles Dela se tenait éloignée d'eux. Elle les aimait de tout son cœur, mais il était difficile de vivre à l'ombre d'une légende – surtout d'une légende qui n'était jamais à court d'un commentaire acerbe et d'un jugement définitif.

— L'agence, poursuivit-elle, a pour but d'exploiter les pouvoirs paranormaux de ses membres pour résoudre des crises auxquelles les forces d'intervention traditionnelles ne peuvent faire face. Mon frère Max, par exemple, est en ce moment en Amérique du Sud, où il tente de libérer un groupe de touristes retenus en otage par des rebelles. La famille ne peut payer la rançon, les forces de l'ordre locales sont impuissantes… À part nous, il n'existe personne pour venir en aide à ces pauvres gens.

— Cette histoire d'agence de détectives privés n'est en fait qu'une couverture, intervint Eddie.

Voyant que Dela l'incitait d'un hochement de tête à poursuivre, il piqua un fard, mais s'exécuta.

— Elle nous permet d'intervenir sur toutes sortes d'affaires, du meurtre au kidnapping en passant par des missions plus conséquentes et plus risquées, comme celle que Max effectue en ce moment. Notre taux de réussite est phénoménal – même si cela ne signifie pas grand-chose quand il s'agit de sauver la vie d'un pauvre gamin brisé pour toujours par un pervers psychopathe.

Hari, qui avait écouté toutes ces explications avec une attention soutenue, se tourna vers Dela pour demander :

— Et vous ? Quel genre de mission effectuez-vous ?

Dela haussa les épaules et se recula contre le dossier de son siège.

— Je ne fais pas réellement partie de l'équipe active. Je suis membre de l'agence de plein droit, mais uniquement parce que j'appartiens à la famille fondatrice. Et s'il arrive à Roland de me confier une mission de temps à autre, c'est uniquement quand il manque de personnel.

— Combien êtes-vous ?

— Vingt-cinq en tout, y compris plusieurs membres retraités. Une moitié de cet effectif est basée à San Francisco, où se trouve notre siège, dirigé par Roland. L'autre est à New York, avec Yancy.

— Roland et Yancy sont vos parents ?

— Grands dieux, non ! s'exclama Dela en riant. Et tant mieux pour moi… Mon père ne possède pas de pouvoirs paranormaux, et ma mère ne tenait pas à s'occuper de l'agence. Roland est un ami, même s'il est apparenté de manière lointaine à notre famille du côté de ma grand-mère. Quant à Yancy, c'est ma tante. Elle et moi ne sommes pas très proches.

Satisfait de sa réponse, Hari reporta son attention sur Eddie. Comme s'il pouvait sentir son regard doré peser sur sa nuque, le jeune homme tourna légèrement la tête dans sa direction avant que le changeforme ne s'adresse à lui.

— Et vous ? s'enquit Hari sans détour. Quel est votre don ?

— J'allume des incendies par la seule force de ma volonté, répondit Eddie sans se faire prier mais en étudiant du coin de l'œil la réaction de Hari. En fait, il s'agit d'une sorte de télékinésie. Je me contente d'agiter à distance des molécules, jusqu'à ce que l'effet de friction enflamme la matière qu'elles constituent.

Un elfe boutefeu ! songea Dela, émerveillée. Mais elle avait beau essayer, il lui était difficile d'imaginer le pâle Eddie usant de ses pouvoirs alors que faisait rage autour de lui une bataille rangée. Pourtant, n'était-ce pas un échantillon de ses talents qu'il venait de leur offrir en neutralisant, uniquement par la force de sa pensée, le portable de l'homme qui les surveillait à l'aéroport ?

— Hari ? demanda-t-elle, mue par une soudaine inspiration. Et si le Magi ne faisait rien d'autre, avec ses mains ? Peut-être n'utilise-t-il qu'une forme puissante de télékinésie…

— Cela ne suffirait pas à expliquer ce qu'il m'a fait.

Mais, à son air songeur, Dela comprit que l'hypothèse ne le laissait pas indifférent.

— Vous avez trouvé un autre de nos semblables ? fit Eddie sans chercher à cacher sa curiosité.

— En quelque sorte, répondit-elle prudemment. Même s'il a versé du côté obscur de la force, si vous voyez ce que je veux dire.

— Nul n'est à l'abri d'un tel risque, murmura Eddie avec une soudaine gravité. Certains ne sont pas taillés pour le pouvoir qu'ils possèdent.

— Alors, la nature humaine n'a pas beaucoup changé en deux mille ans, conclut Hari en baissant sa vitre.

Comme un gros chat languide et mystérieux, plus doré encore qu'à l'ordinaire par les rayons du soleil qui l'éclairaient par le côté, il se mit à observer avec intérêt la circulation chargée et le panorama citadin qui s'offrait à ses yeux. En réponse au coup d'œil interrogateur qu'Eddie lui lançait, Dela haussa les épaules et se contenta d'expliquer :

— Hari a beaucoup vécu.

Ce n'est qu'alors que l'énormité de ce qu'elle venait de faire lui apparut, avec une clarté limpide et effrayante qui lui coupa le souffle. Elle ramenait un quasi-étranger chez elle, pour qu'il vive à ses côtés – à moins qu'elle n'arrive à le délivrer de la malédiction qui pesait sur lui ou qu'elle ne meure... Intellectuellement, elle avait bien sûr accepté cette situation et tout ce qu'elle impliquait. Mais sur un plan émotionnel, il en allait tout autrement. Et à présent qu'elle se retrouvait au pied du mur, elle ne pouvait s'empêcher de ressentir un certain effroi.

Dela était célibataire par conviction et par choix. Allait-elle se transformer en harpie grincheuse dès que sa routine se trouverait bouleversée par la présence quotidienne d'un homme auprès d'elle ? Allait-elle se montrer hargneuse, désagréable et même méchante après quelques semaines – voire quelques jours ! – de cohabitation forcée ? Hari avait-il de mauvaises habitudes ? Et elle, en avait-elle ? Allaient-ils se rendre fous l'un l'autre ? Peut-être finirait-il par la supplier de le faire rentrer dans sa boîte, uniquement pour lui échapper. Pire encore, peut-être serait-elle ravie de lui rendre ce service. Ces perspectives, pour être tirées par les cheveux, ne lui en donnaient pas moins le frisson.

Comme pour se rassurer, Dela étudia Hari à la dérobée. Sa beauté exotique lui parut plus évidente que jamais, mais elle ne concernait qu'une enveloppe corporelle. Autant dire une apparence, un reflet. Il ne l'attirait pas uniquement parce qu'il était séduisant. Le Magi l'était, lui aussi, preuve vivante qu'il était possible de dissimuler un cœur d'une noirceur abyssale derrière un visage d'ange. Mais le cœur de Hari n'avait rien à voir avec celui du mage. Les échos de son âme, qu'elle avait captés au travers de son arme, résonnaient encore en elle, purs et vibrants. Elle avait senti une lumineuse flamme enfouie au sein de l'horreur sans nom qu'était sa vie. Tel était celui qui avait su charmer son cœur : noble, droit, fier, indomptable et bon. Voilà pourquoi elle était si facilement tombée sous son charme, pourquoi elle lui accordait une confiance sans limites.

Hari, qui avait fini par remarquer l'attention dont il faisait l'objet, tourna les yeux vers elle et lui sourit. De nouveau, Dela eut le souffle coupé, mais cette fois ce fut la promesse qu'elle lut dans son regard qui lui fit chavirer le cœur, et non la peur d'un avenir difficile. *Je t'aiderai. Je ferai tout pour cela. Je ne reculerai pas devant la difficulté.*

Émue aux larmes, Dela tendit la main vers lui. Il la prit dans la sienne et effleura ses doigts de ses lèvres sans la quitter des yeux.

— Je suis heureux d'être là, avec vous, dit-il d'une voix très douce.

— Et je suis heureuse que vous soyez là, avec moi, renchérit-elle sur le même ton.

Derrière son volant, Eddie vira au rouge pivoine.

Ils quittèrent la voie express par une bretelle bordée d'arbres qui menait à ce genre d'endroit que les citadins considèrent comme un petit coin de campagne, quand ils décident d'élever leurs enfants dans un lieu plus calme que la grande cité, mais sans renoncer à ses avantages. Car Rose Apple, en dépit de son nom et de sa profusion d'espaces verts, n'avait rien d'une bourgade rurale. Des restaurants, petits ou grands, chics ou bon marché, s'alignaient le long de ses rues, de même que des cafés branchés, des librairies, plusieurs galeries d'art et un nombre conséquent de boutiques d'antiquaires.

L'immeuble dans lequel Dela avait installé ses pénates se trouvait à l'extrémité de la rue principale, où il occupait la moitié d'un pâté de maisons. Les anciens de la ville y faisaient toujours référence en parlant de « l'usine », mais il y avait belle lurette qu'aucun ouvrier n'avait franchi les portes de ses austères murs de brique entourés d'un grand jardin et protégés de la rue par un haut mur. Sans doute les voisins de Dela, quand elle y avait emménagé après une complète et coûteuse restauration, s'étaient-ils demandé comment une jeune femme seule, qui n'avait pas atteint la trentaine, pouvait se permettre un tel luxe. Aucun ne s'était jamais risqué à lui poser la question, et tous avaient sans doute conclu que son art devait lui rapporter des revenus substantiels – ce qui était en partie vrai. À ce stade de sa carrière, elle aurait pu se retirer et vivre confortablement du fruit de son travail… mais pas aussi confortablement qu'elle le faisait.

Ce que les voisins devaient continuer à ignorer, c'était que faire partie d'une famille dotée de pouvoirs psychiques procurait de grands avantages. Jouer en Bourse devenait un jeu d'enfant quand il était possible de prévoir à l'avance les développements de telle découverte médicale ou de telle percée technologique. Max et elle bénéficiaient donc depuis leur naissance de placements à faire pâlir d'envie Bill Gates… Pourtant, aucun membre de la famille n'usait égoïstement de ces facilités. Chaque année, une large part des profits engrangés allait gonfler, sous forme de donations anonymes, les caisses des principales œuvres caritatives du pays. Le reste était mis en réserve sur des comptes discrets pour de futurs... projets spéciaux.

En voyant la familière façade de brique et ses larges baies miroitant au soleil se profiler à l'horizon, Dela sentit son cœur s'épanouir et ouvrit son esprit à l'âme métallique de la vieille bâtisse. Poutrelles, châssis, câblage électrique lui renvoyèrent l'empreinte déformée d'elle-même qu'elle leur avait laissée en dépôt... ainsi que quelques autres, qui ne lui appartenaient pas.

— Eddie ? demanda-t-elle pour en avoir le cœur net. C'est vous qui surveillez la maison ?

— Exact. Nous avons pris la liberté de nous installer dans vos chambres d'amis. Ainsi, il y a toujours quelqu'un pour ouvrir l'œil, à l'extérieur aussi bien qu'à l'intérieur.

— Nous ? répéta-t-elle, le cœur battant. Combien y en a-t-il d'autres, à part vous ?

— Trois. Roland vous a envoyé Artur, Dean et Blue.

— Autrement dit, la fine fleur des mauvais garçons, conclut-elle avec un grand sourire.

— Ils vous attendent avec impatience, répondit Eddie en rougissant de plus belle.

— D'autres amis de la famille, je suppose...

Hari avait lâché cette remarque sur le ton de la plaisanterie, mais il avait posé une main possessive sur l'épaule de Dela, et son intonation suspicieuse n'avait pas échappé à la jeune femme. Après tant d'heures passées à ne pas pouvoir le toucher ni l'approcher de trop près, il lui tardait dorénavant de se retrouver en tête à tête avec lui.

Ils se garèrent sur le petit parking qui occupait l'arrière du bâtiment, sur lequel trois hommes attendaient leur arrivée avec le même sourire radieux. Artur Longinov, Dean Campbell et Blue – dont personne n'avait jamais su le nom de famille – faisaient partie des meilleurs éléments de l'agence. Pour que Roland accepte de se passer de leurs services, il fallait vraiment qu'il juge la situation très grave.

Dela s'empressa de sortir du Land Cruiser, et ce fut Dean, le premier, qui lui donna une accolade à étouffer un ours. Ses cheveux courts avaient la couleur du miel blondi au soleil, et bien qu'il ne fût pas grand, il était svelte et bien bâti.

— Te voilà enfin, dit-il en la tenant à bout de bras pour l'examiner d'un œil attendri. Quand on nous a dit qu'un dingue avait voulu te faire la peau, on a rappliqué ventre à terre.

Originaire de Philadelphie, Dean avait vécu dans le Sud quelque temps. Sa voix en avait gardé l'accent nonchalant. Dela trouvait que cela lui allait bien.

— Vraiment ? fit-elle en feignant l'étonnement. Ce ne sont donc pas les menaces de Roland qui vous ont fait trouver mon modeste logis soudain si attirant ?

— Il y avait cela aussi, admit Blue en s'avançant pour l'embrasser à son tour.

Pour une fois, ses longs cheveux noirs n'étaient pas noués, et il avait l'air groggy d'un homme réveillé en pleine sieste. Sa peau bronzée, aussi appétissante et brune qu'un pain d'épice, luisait au soleil de l'après-midi. Ses yeux noisette, encore chiffonnés de sommeil, clignaient pour résister à la vive lumière.

— Tu aurais dû l'entendre ! reprit-il. S'il t'arrive quoi que ce soit, nous sommes bons pour que les anciens amis d'Artur viennent noyer nos cadavres dans le béton.

— Imbécile, protesta l'intéressé d'une voix à l'accent russe prononcé, en venant saluer Dela à son tour. Nous n'utilisions jamais le béton. Pas assez de chantiers de construction dans notre pays... Nous nous contentions de jeter les corps à la rivière.

Il y avait une lueur de malice dans ses yeux, mais il était possible qu'Artur ne plaisante pas. Pendant des années, il avait été l'un des nervis d'un ponte de la mafia russe. De l'homme de main, il avait la carrure impressionnante et le visage taillé à la serpe. Grand, mince, large d'épaules, les cheveux châtain clair toujours méticuleusement coiffés, il avait hérité de ses ancêtres slaves une peau pâle qui se refusait à bronzer. Ses yeux sombres, presque noirs, pétillaient d'intelligence. Quelque chose en lui attirait le regard – surtout celui des femmes. Sa séduction était due en partie à une sorte de réserve mystérieuse, une aura de danger potentiel, à laquelle Dela s'était elle aussi parfois montrée réceptive.

En voyant que Hari parvenait enfin à s'extraire du Land Cruiser, Dela quitta les bras d'Artur et le rejoignit.

— Les amis, dit-elle, je voudrais vous présenter un ami très cher. Voici Hari. Hari, je vous présente Dean, Artur et Blue.

Lorsque Hari se redressa de toute sa hauteur, les trois hommes marquèrent leur surprise en reculant d'un pas, sous l'œil amusé d'Eddie.

— Sapristi ! s'exclama Dean. Vous êtes un genre de mutant ? Roland va sauter au plafond quand il va vous voir.

— Personne ne recrutera Hari, prévint Dela. Il est trop bien pour traîner en compagnie de voyous comme vous.

— Tu nous fais de la peine, protesta Artur, faussement offusqué. Tu oublies qu'il existe des voyous au grand cœur.

Tout en parlant, il avait ôté un de ses gants et s'était avancé au-devant de Hari pour lui serrer la main. Dela ouvrit la bouche pour les mettre tous les deux en garde, mais il était trop tard. Leur poignée de main ne produisit aucune étincelle, mais il y eut comme une décharge d'électricité entre les deux hommes. Le Russe chancela tandis que ses yeux roulaient dans leurs orbites. Hari secoua la tête, comme un boxeur sonné, et lança un coup d'œil interrogateur à Dela.

— Artur est un psychométricien tactile, expliqua-t-elle en considérant d'un œil inquiet le Russe qui recouvrait difficilement ses esprits. Il possède la faculté d'apprendre l'histoire d'une personne rien qu'en la touchant.

— Exact, approuva Blue, alors qu'Artur semblait surmonter son malaise. Mais cela ne provoque jamais une réaction aussi forte chez lui.

— D'où êtes-vous ? demanda Dean en couvant Hari d'un regard suspicieux.

— Tu ne poses pas la bonne question, intervint Artur d'un ton lugubre. Demande-lui plutôt de quand il est.

Blue, Dean et Eddie le dévisagèrent comme s'il avait prétendu être une réincarnation de Bouddha. Dela intervint d'une voix tranchante :

— Rentrons, nous en parlerons plus tard. Il ne fait pas bon traîner dehors par les temps qui courent.

Chacun obtempéra, mais Dela ne manqua pas de noter les regards méfiants que Blue, Dean et Eddie lancèrent à la dérobée à Hari. Artur, lui, l'observait avec une acuité et une circonspection qui rappelèrent à Dela l'époque où elle avait fait sa connaissance. Il essayait alors de s'habituer à sa nouvelle vie hors de la mafia, une vie dans laquelle il ne fallait pas forcément se méfier des sourires qu'on vous adressait, et où une balle dans la tête ne concluait pas nécessairement une invitation à dîner.

Dela avait passé beaucoup de temps en sa compagnie, à essayer de l'aider. Une aide pas totalement désintéressée… Elle avait eu un véritable béguin pour lui. Artur le savait – elle avait fini par le lui avouer après quelques semaines de compagnonnage platonique fort éprouvantes pour elle. Elle se rappelait encore qu'il avait secoué la tête d'un air désolé, lui avait souri tristement et avait trouvé les mots justes pour lui faire comprendre que son attirance n'était pas partagée, sans toutefois lui donner l'impression de la rejeter. Il s'y était si bien pris qu'il était même parvenu à ne pas blesser son ego. Ils étaient restés les meilleurs amis du monde depuis.

Le rez-de-chaussée du bâtiment était entièrement dévolu aux activités artistiques de Dela. Côté rue, la façade avait été percée de vitrines et une galerie avait été installée. L'atelier et ses deux forges – une très ancienne et l'autre à la pointe de la technologie – se trouvaient à l'arrière, dans un grand hangar dont les deux énormes portes coulissantes donnaient sur le jardin.

Un établi occupait toute la longueur du mur de droite. Chalumeaux et outils méticuleusement rangés, mêlés à diverses œuvres en cours de finition, encombraient toute sa surface. Sur un panneau de liège d'égale longueur collé au mur, notes, plans, photos et croquis s'amoncelaient dans un savant désordre. Contre le mur opposé, le même dispositif avait été installé – à la différence près que ce n'étaient pas des sculptures qui attendaient d'y être achevées, mais des armes.

Les projets les moins aboutis ne quittaient pas la forge, mais plusieurs lames presque achevées étaient posées sur l'établi. Il y avait là une flamberge longue de près de un mètre, avec garde d'acier et poignée recouverte de cuir noir. Sa lame en forme de kriss était ornée de créatures du folklore européen – licornes et dragons –, gravées avec une finesse et un sens du détail que seul rendait possible le don de Dela de dicter sa volonté au métal par la pensée.

Des épées de style Kangxi, des répliques d'armes de Grèce antique ou de Mongolie la côtoyaient, ainsi que d'étincelants cimeterres et des sabres celtiques à double tranchant et aux poignées en bois. Les dagues et poignards abondaient également, tranchants comme des rasoirs, véritables œuvres d'art avec leurs lames couvertes d'arabesques et de motifs géométriques. Tout ce que l'homme avait inventé pour tuer, Dela faisait en sorte de l'embellir.

Elle déambula d'un établi à l'autre, laissant ses doigts s'attarder sur le métal, comme pour se réapproprier le lieu. En son absence, rien n'avait bougé, hormis quelques armes qui n'avaient pas été rangées à leur place.

— Je parie que vous vous êtes un peu amusés, lança-t-elle en jetant à Dean un regard gentiment désapprobateur.

— Comment résister ? répondit-il avec un grand sourire. C'est meilleur qu'un film porno…

Blue émit un grognement dégoûté et ajouta :

— Tu connais Dean : il ne se sent véritablement homme que lorsqu'il est entouré de symboles phalliques.

Hari fut le seul à ne pas rire de la plaisanterie. Il longeait l'établi sur lequel reposaient les armes, perdu dans leur contemplation. Ses doigts couraient avec respect à la surface du métal ouvragé.

— Votre talent est stupéfiant, dit-il enfin en levant les yeux vers elle.

Dela se surprit à rougir de fierté et de plaisir. Flatteries et compliments n'avaient aucune importance pour elle, mais Hari était un guerrier dans l'âme, qui fréquentait les champs de bataille depuis deux mille ans. Si l'avis d'un homme devait faire autorité, c'était bien le sien…

— Merci, répondit-elle en s'approchant de lui. Si vous voyez une arme à votre goût, elle est à vous. Mais je peux si vous le désirez en créer une tout spécialement pour vous, adaptée à votre poigne et à votre force.

Cette proposition lui valut un regard de vénération pure.

— Ce serait le plus beau des présents, dit-il en portant les doigts de Dela à ses lèvres.

— Joli cœur, marmonna Dean, entre ses dents mais de manière tout à fait intelligible.

— Tu as la mémoire courte, intervint Artur. Veux-tu que je te rappelle le petit discours que tu as servi à Dela quand elle t'a offert ta propre lame faite sur mesure ?

Sous les rires de ses compagnons, Dean haussa les épaules et s'éloigna d'un air maussade.

Pour rejoindre l'étage, ils empruntèrent en file indienne l'escalier à vis qui débouchait au fond de l'atelier. Hari, les épaules chargées de leurs bagages, fermait la marche.

Dela avait su convertir ce qui n'avait été jusqu'alors qu'un lieu de travail en lieu de vie confortable, fonctionnel et spacieux. L'appartement comportait quatre chambres, deux salles de bains et un salon géant prolongé par une bibliothèque qui lui servait aussi de bureau et de salle multimédia. Une profusion de tapis colorés égayait les sombres parquets de chêne, sur lesquels tranchait la cuisine d'une blancheur chirurgicale qui faisait également office de salle à manger. Il y avait plus de fenêtres que de murs, et le soleil entrait à flots, illuminant les lieux.

Dela retrouvait sa maison comme elle l'avait laissée. Une agréable odeur de cookies flottait dans l'air, et l'un des occupants des lieux avait poussé la gentillesse jusqu'à rassembler son courrier bien en évidence sur un des comptoirs de la cuisine.

— J'ai pris la liberté de m'approprier ton catalogue de lingerie Victoria's Secret, annonça Dean en allant sortir du réfrigérateur une bouteille d'eau fraîche. Mais je peux te le rendre, si tu veux.

Dela grimaça en faisant défiler les enveloppes sous ses yeux.

— Sans façon ! répondit-elle. Je frémis rien que de penser à l'usage auquel il a pu servir.

— Voyons, Dela ! protesta-t-il d'un air attristé. Je suis un gentleman. Je sais me tenir…

— C'est ça, railla Blue avec un clin d'œil égrillard. Je ne suis pas sûr que ce qui reste de Tyra Banks, page vingt-deux, soit de cet avis.

Une main familière se posa sur l'épaule de Dela, qui se retourna et se retrouva face à Hari. Bien que consciente du feu croisé de regards masculins dirigé sur eux, elle se plaqua contre lui et lui caressa la joue. Il paraissait déboussolé, et elle découvrit une certaine inquiétude au fond de ses yeux. Avec un pincement de culpabilité, elle se rendit compte qu'il devait trouver la situation bien étrange et qu'elle n'avait rien fait pour le préparer à la présence encombrante de ses invités.

— Delilah… dit-il à mi-voix. Si ces hommes sont là pour vous protéger, je pense que nous devrions leur parler de… notre deuxième problème.

— Qu'est-ce qu'il raconte ? s'enquit Blue d'un ton sans aménité. Quel autre problème ?

Dela lui lança un regard noir, qui ne l'impressionna pas. Il avait noué ses cheveux dans le dos, dégageant ainsi ses pommettes hautes et les lignes de son visage et de son cou de taureau. Les autres hommes – à l'exception d'Artur, qui se tenait à l'écart, l'air abattu – attendaient sa réponse avec la même intensité que Blue.

Elle redressa le menton et alla se planter devant eux pour annoncer :

— Quelqu'un d'autre cherche à me tuer. Aucun rapport avec le tueur à gages, mais la détermination à me voir morte est la même.

Seul Artur ne broncha pas. Les trois autres pâlirent brusquement à cette nouvelle.

— J'ai besoin de m'asseoir, annonça Dean en se laissant tomber sur le divan.

Eddie s'assit lourdement à l'autre extrémité. Artur, les bras croisés, échangeait avec Hari un regard d'une étonnante intensité. Un courant de compréhension semblait passer entre eux.

— Il me semble que l'histoire aurait plus de poids si vous la racontiez vous-même, murmura le Russe.

Hari acquiesça d'un hochement de tête. Blue, en allant s'affaler entre ses deux camarades, marmonna entre ses dents :

— Pas trop tôt... Une bonne explication ne serait pas de refus.

— Je vais en profiter pour aller prendre une douche, intervint Dela. Je vous préviens, vous avez intérêt à être gentils avec Hari. Tout ce qu'il vous dira n'est que l'exacte vérité.

Sur ce, elle marcha en souriant jusqu'à lui, se hissa sur la pointe des pieds, empoigna ses cheveux et attira sa tête à elle pour un baiser qui les laissa tous deux pantelants et ravis. Ensuite seulement, satisfaite d'avoir marqué son territoire et préservé Hari des abus des hommes de Roland, elle courut se débarrasser sous la douche des traces de treize heures de voyage, de fatigue et de frustration sexuelle.

7

— Très bien ! lança Dean en tapant dans ses mains, tandis que la porte de la chambre de Dela se refermait en douceur derrière elle. On vous écoute.

Perplexe, Hari ne savait pas bien par où commencer. Ces hommes lui en rappelaient beaucoup d'autres qu'il avait croisés au cours de sa trop longue carrière guerrière. Des hommes à la peau dure, qui avaient dans le regard bien trop de souvenirs pénibles et dans le cœur trop peu d'innocence. Mais, qu'ils le croient ou non, pour le bien de Dela, il ne pouvait que leur faire part de ce qu'il avait vécu. Il avait eu à survivre à bien pire que leur scepticisme…

— Voilà deux mille ans, commença-t-il, j'ai été victime d'un mage très puissant qui a tué ma sœur et son bébé et m'a condamné à une éternité d'esclavage.

Comme il fallait s'y attendre, les autres en restèrent bouche bée, sauf Artur. Toujours à l'écart, les bras croisés, le visage indéchiffrable, ce dernier observait la scène avec attention. Ayant annoncé d'emblée le plus incroyable de ce qu'il avait à leur dire, Hari se sentit plus à l'aise, ensuite, pour leur raconter la totalité de son histoire, ne laissant dans l'ombre que les épisodes les plus intimes vécus avec Dela à Pékin.

Un long moment de silence suivit la fin de son récit. Eddie, les yeux grands comme des soucoupes, ne pouvait détacher son regard de Hari. Dean le considérait avec une incrédulité évidente. Quant à

Blue, il paraissait de tous le moins ébranlé par les révélations qu'il venait de leur faire.

— Ces armes et cette armure, vous les avez toujours ? s'enquit-il.

Sans un mot, Hari se leva et alla chercher le sac de voyage de Dela, qu'il avait déposé près de la porte. Un instant plus tard, entouré des autres hommes, il disposait soigneusement sur la table les différentes pièces de son armement. Eddie parut d'emblée le plus fasciné par cet étalage d'armes anciennes. De toute évidence, il n'en fallait pas plus pour le convaincre. Blue posa la main sur l'épaule de Dean et lui demanda :

— Tu te sens d'attaque ?

— Et comment ! répondit Dean en effleurant du bout des doigts l'épée qui se trouvait devant lui.

Il demeura ainsi un instant sans que rien se passe, puis une lueur étrange fulgura au fond de ses yeux, identique à celle que laisse un éclair dans un ciel nocturne. Soudain, ses traits se creusèrent. Un bruit sourd, presque un gémissement, monta de sa gorge.

— Dean ? s'inquiéta Eddie. Ça va ?

D'un geste brusque, Dean retira sa main. Croisant les bras, il l'enfouit sous son aisselle, comme pour la mettre à l'abri.

— Tu as vu quelque chose ? demanda Blue.

— Ce type dit la vérité, lâcha Dean dans un souffle.

— Vous êtes comme Artur ? s'étonna Hari en laissant son regard courir de l'un à l'autre.

Dean secoua la tête, autant pour se remettre les idées en place qu'en signe de dénégation.

— Je suis clairvoyant, expliqua-t-il. C'est-à-dire que j'ai la faculté de voir des gens ou des objets qui peuvent être distants de plusieurs kilomètres comme si j'étais à côté d'eux. J'ai également un don de voyance rétrospectif : je peux voir des événements passés.

Artur, qui s'était jusqu'alors tenu à distance des autres, les rejoignit et suggéra :

— Si tu nous disais plutôt ce que tu as vu ?

Avant de se résoudre à le leur expliquer, Dean avala une longue gorgée du verre d'eau qu'Eddie venait de lui servir.

— J'ai vu une bataille effroyable, expliqua-t-il enfin. Des cavaliers sabre au clair, des cris, des ruisseaux de sang…

Il tourna les yeux vers Hari et le fixa avec horreur.

— Vous y étiez, vous aussi, poursuivit-il. Je vous ai vu… torturé. Seigneur Dieu ! Je ne sais pas de quoi vous pouvez être fait pour avoir survécu à ce que j'ai vu.

Hari se contenta de soutenir son regard sans chercher à lui répondre. Qu'aurait-il pu lui dire, d'ailleurs ? Qu'il avait cru plus d'une fois voir sa raison sombrer ? Qu'il avait dû endurer, seconde après seconde, les plus insupportables supplices sans jamais en mourir ? Que les pires humiliations qui lui avaient été infligées l'avaient été par des gens qui avaient recherché leur plaisir plus que sa souffrance ?

Blue s'étira et décréta :

— Peu importe ce que tu as vu. La question essentielle est : peut-on lui faire confiance ?

Dean prit une longue inspiration et étudia Hari de la tête aux pieds avant de répondre :

— Ce type est un piège mortel ambulant, mais il ne ferait aucun mal à Dela. Je crois qu'il en est incapable.

— Tu en es sûr ? insista Blue.

— Delilah est mon unique priorité ! protesta Hari, que ces atermoiements commençaient à agacer.

— C'est compréhensible, intervint Artur. Si elle disparaît, vous retournez dans votre boîte.

Hari perçut la crainte sous-jacente à cette remarque comme si Artur l'avait clairement exprimée. Cet homme avait peur qu'il n'utilise Dela à son avantage, et rien n'aurait pu le mettre plus en colère.

Sous le regard des trois autres, il alla se camper devant Artur et chercha son regard avant de lui répondre. Il savait que rien d'efficace ne pourrait être fait pour protéger Dela des dangers qui la menaçaient s'il ne parvenait pas à le convaincre – à les convaincre – de sa bonne foi.

— Il est vrai que mon existence est entre les mains de Delilah, reconnut-il d'une voix posée. Mais il est tout aussi vrai qu'une vie sans elle ne signifie plus rien à mes yeux. Mon désir de la maintenir en vie coûte que coûte n'a rien à voir avec cette maudite boîte. Il est motivé par le fait qu'elle est devenue ma meilleure amie. Elle est la seule personne à m'avoir considéré comme un être humain et non comme une chose en deux mille ans. Je ne trahirai jamais Delilah. Jamais !

Un long silence ponctua ces paroles.

— C'est bon pour moi, dit enfin Dean en soupirant bruyamment. Surtout après ce que j'ai vu dans cette arme.

Eddie, grave et solennel, acquiesça d'un hochement de tête et ajouta :

— Je suis d'accord avec lui.

— *Idem*, lâcha Blue, laconique.

Tous les regards convergèrent vers Artur.

— Qu'il en soit ainsi, murmura-t-il, les yeux rivés à ceux de Hari. Mais vous devez comprendre que Dela est comme une sœur, pour nous...

Hari hocha la tête.

— Je comprends et je respecte votre désir de la protéger. Je ne vous ferais pas confiance s'il en était autrement.

Artur lui tendit une main gantée. Hari la serra sans hésiter, même s'il n'était pas dupe : cette poignée de main était une menace autant qu'un gage de bienvenue. S'il faisait souffrir Dela, volontairement ou non, il aurait à rendre des comptes à ces hommes, qui n'hésiteraient pas à le châtier durement.

— Je connais à présent les dons des uns et des autres, sauf le vôtre, reprit Hari en se tournant vers Blue. Je suppose que vous possédez un talent particulier, vous aussi.

— Je suis électrokinésiste, répondit l'intéressé sans se faire prier. Vous savez ce qu'est l'électricité ?

Cette question prouvait, s'il en était encore besoin, qu'il croyait à présent sans restriction à son histoire. Hari hocha la tête et répondit :

— Dela me l'a expliqué.

— Je peux contrôler les flux électriques à volonté, reprit Blue, les intensifier ou les interrompre à ma guise. C'est très pratique quand je souhaite passer inaperçu.

— C'est-à-dire la plupart du temps ! lança Dela, qui venait de les rejoindre.

Ses cheveux étaient encore humides. Son visage lavé et dénué de maquillage brillait légèrement. Un ample pantalon et une chemise en flanelle épousaient délicatement les courbes de son corps. Elle traversa la pièce pour rejoindre Hari et passa négligemment le bras autour de sa taille, laissant sa hanche reposer contre lui. Une douce et enivrante odeur de jasmin et de peau fraîchement lavée titilla l'odorat de Hari.

— Ces voyous vous ont-ils bien traité ? s'enquit-elle en levant vers lui un regard empli de tendresse

Fasciné, Hari ne pouvait détacher les yeux de ses lèvres. Jamais il n'avait eu autant envie de les embrasser qu'en cet instant.

— Je crois que nous sommes arrivés à nous entendre, répondit-il en lançant aux autres un regard en biais.

— Ouais, fit Dean en toussotant d'un air gêné. Tout cela est bien joli, mais ça ne nous dit pas comment nous allons faire pour protéger Dela des tueurs lancés à ses trousses.

— Avant toute chose, intervint Artur sans se départir de son habituel calme olympien, il convient de savoir à qui nous avons à faire. Vous avez une idée ?

Dela se frappa le front du plat de la main et s'approcha de la table couverte d'armes.

— Suis-je bête ! s'exclama-t-elle. Je n'ai rien pu tirer du poignard que j'ai fabriqué et qui m'a été volé, celui que le tueur a lancé sur moi dans ma chambre d'hôtel à Pékin. Mais peut-être l'un de vous aura-t-il plus de succès que moi. Artur ?

— Pourquoi ne pas demander à Dean ? s'étonna Hari. Il semble posséder à peu près les mêmes dons.

Dean secoua la tête et alla passer un bras autour des épaules du Russe.

— À côté de lui, expliqua-t-il d'un air modeste, je ne suis qu'un amateur. Pour ne rien rater de ce que ce surin a à nous apprendre, c'est à Artur qu'il faut s'adresser. Là où je ne pourrai lire qu'un chapitre, il vous fera un résumé de toute l'histoire.

Artur ne perdit pas de temps en commentaires. Il gagna la table, ôta ses gants de cuir, ferma les yeux et posa ses deux mains à plat sur la lame étincelante ornée d'un dragon. Dans un silence pesant, tous le dévisagèrent avec attention, suspendus à ses lèvres et à ses réactions.

Un long moment s'écoula sans que rien se produise, puis les mains d'Artur se mirent à trembler et son front se couvrit d'une pellicule de sueur. Livide, il poussa un gémissement sourd et laissa brusquement retomber ses bras le long de ses flancs. Lorsqu'il rouvrit les paupières, il observa un long moment le poignard sans rien dire, comme s'il était à ses yeux un objet d'horreur et de répulsion.

— Quelqu'un s'est servi de cette arme pour tuer une enfant, dit-il enfin en regardant Dela avec gravité.

Dans le refuge de sa salle de bains, Dela entendait les voix étouffées des hommes qui discutaient dans la pièce voisine. Après l'atroce révélation qu'Artur lui avait faite, elle avait senti le monde s'écrouler autour d'elle. Le cœur au bord des lèvres, incapable de supporter plus longtemps le regard des autres, elle avait couru se réfugier dans la solitude. Elle préférait encore ne pas entendre ce qu'ils avaient à se dire. L'horreur qui venait de s'abattre sur elle était trop grande, la honte qui la submergeait trop forte. Elle aurait voulu pleurer, mais les larmes se refusaient à couler. Appuyée au lavabo, elle se contemplait dans le miroir et détestait ce qu'elle voyait.

Du goût qu'elle avait toujours eu de forger des armes avait finalement découlé ce drame affreux, insupportable. Cela n'aurait sans doute pas dû la surprendre. Chaque fois qu'une nouvelle arme sortait de ses mains, que faisait-elle d'autre qu'encourager la violence, le meurtre, la douleur, la mort ? Croire qu'un poignard pouvait être uniquement décoratif était une illusion criminelle, elle le savait. Mais une enfant… Pourquoi avait-il fallu qu'une enfant ait à payer le prix de son aveuglement ?

Elle se rendait compte, à présent, qu'elle s'était conduite comme ces scientifiques qui donnent le meilleur d'eux-mêmes, dans leurs laboratoires, pour mettre au point des armes sans cesse plus performantes et meurtrières. Comme eux, qui ne veulent penser qu'aux progrès de la science, elle s'était laissé aveugler par les exigences de son art, négligeant les drames humains qui pouvaient en résulter. Était-elle un monstre pour autant ?

Quelques coups frappés à la porte de sa chambre la firent sursauter.

— Fichez-moi la paix ! lança-t-elle vivement.

La porte s'ouvrit néanmoins, et la tête de Hari apparut dans l'entrebâillement. Leurs regards se croisèrent, et Dela ne put faire autrement que de le laisser venir à elle. Après l'avoir sortie en douceur de la salle de bains, il l'enfouit entre ses bras, la tint serrée contre lui, caressa ses cheveux avec une tendresse bouleversante. Une digue parut se rompre en elle, et soudain, les larmes ne refusèrent plus de couler. Elles jaillirent de ses yeux, brûlantes, urgentes, dévalèrent ses joues pour venir mouiller la chemise de Hari.

Dela se mit à sangloter sans retenue, laissant libre cours à son chagrin. Hari ne l'en berça que plus tendrement contre lui. Instinctivement, elle savait que, contre vents et marées, il resterait près d'elle, qu'il la comprendrait, parce qu'il avait survécu à bien pire que ce qui lui arrivait, parce qu'il était son ami, parce qu'il… l'aimait ?

Même au plus fort de son désespoir, elle pouvait sentir se renforcer ce lien qui s'était si vite établi entre eux et qui s'ancrait au fond de leurs cœurs, si fort, si effrayant, si merveilleux. L'amitié était autre chose que cette force qui exigeait qu'on se livre à elle sans crainte ni réticence. *L'amour est un don de soi. Tu dois te résoudre à sauter dans le vide et croire que Hari te rattrapera avant que tu ne touches le sol. Et s'il ne le fait pas, tant pis pour toi. Tu ne seras pas la première à devoir ramasser les morceaux de ton cœur en miettes pour recommencer de zéro.* Excepté, conclut-elle pour elle-même, que perdre Hari serait pour elle pire que la mort.

— Delilah… murmura-t-il tout contre son oreille. Ce qui s'est passé n'est pas de votre faute. Vous avez forgé cette arme, mais ce n'était pas dans l'intention de tuer une enfant. Seul un esprit dérangé peut concevoir un tel projet. Et ce n'est pas non plus votre main qui a perpétré ce crime. Vous devez être moins sévère avec vous-même. Il faut vous pardonner.

— Je ne sais pas si je pourrai, avoua-t-elle à voix basse, s'écartant suffisamment pour s'essuyer les yeux et le nez.

Hari la retenait toujours entre ses bras. Dans son dos, ses doigts caressaient sa colonne vertébrale, s'attardant dans le creux formé au bas de ses reins. Au prix d'un gros effort, Dela parvint à lever les yeux et plongea son regard dans le sien. Elle y chercha un refuge pour s'y rouler en boule et oublier sa tristesse. Sans difficulté, elle le trouva.

La lumière qui inondait son appartement ne lui avait jamais paru aussi aveuglante que lorsqu'elle se résigna à rejoindre les quatre hommes qui l'attendaient au salon. Elle n'avait ni besoin ni envie de leur pitié, mais elle la devina sur le visage de certains d'entre eux. Elle craignait d'y découvrir aussi de l'horreur ou du dégoût, mais n'en trouva pas trace.

— Je comprendrais que vous vouliez partir, leur dit-elle, reconnaissante de la présence solide et rassurante de Hari dans son dos. Les circonstances ont changé, et aucun d'entre vous ne doit risquer sa peau dans une affaire aussi personnelle. Tout est de ma faute, et je ne supporterais pas que vous soyez blessés – ou pire encore – à cause de moi.

Une bouteille de vodka, plus qu'à moitié vide, avait fait son apparition sur la table basse. Dela ne se rappelait pas avoir chez elle autre chose que du vin ou de la bière. Artur but une large rasade au goulot, comme pour se donner du courage, et se leva avant de protester d'une voix émue :

— Tu dois nous laisser t'aider. C'est nous qui avons demandé à Roland de nous envoyer ici, parce que tu es notre amie. Plus qu'une amie, même. Tu es la seule famille que nous ayons. Comprends-tu ?

Bouleversée, Dela hocha lentement la tête, incapable de prononcer le moindre mot. Artur, qui se laissait rarement aller à montrer ouvertement ses sentiments, s'était exprimé avec une sincérité confondante.

— Bon sang, Dela ! enchaîna Dean. Nous risquons nos vies tous les jours pour sauver des gens que nous ne connaissons pas. Et tu voudrais que nous ne le fassions pas pour toi ?

— Tu ne te débarrasseras pas de nous aussi facilement, renchérit Blue. Et même si tu nous mets à la porte, nous rentrerons par la fenêtre. Pas vrai, les gars ?

Quelques vigoureux hochements de tête saluèrent cette réplique. Au bord des larmes, Dela parvint à se tourner vers Eddie, qui observait la scène en silence, grave et concentré.

— Et toi ? demanda-t-elle. Tu es nouveau, ici. Tu ne me connais pas depuis aussi longtemps que les autres. Tu n'as aucune raison de rester.

Eddie ne chercha ni aide ni encouragement auprès de ses trois aînés. Sa réponse fut catégorique et spontanée.

— Je reste. Et même si les autres voulaient partir, je resterais.

— Fayot... plaisanta Dean à mi-voix.

Eddie ne put s'empêcher de rougir, mais son regard demeura ferme quand il ajouta, sans quitter Dela des yeux :

— Depuis que j'ai rejoint les rangs de Dirk & Steele, je me suis laissé dire que ceux qui y travaillent y ont trouvé le foyer qu'ils n'ont jamais eu ailleurs. À bien y réfléchir, je me rends compte que ce n'est pas l'agence qui est accueillante, mais ceux qui la composent. Vous aussi, vous m'avez accueilli chez vous sans me juger ni me poser de questions. C'est tout ce qui compte pour moi. Je ne partirai pas.

Un lourd silence retomba dans la pièce. Finalement, Blue alla entourer d'un bras amical mais impressionnant les frêles épaules d'Eddie.

— Si vous voulez mon avis, dit-il, ce p'tit gars-là ne va pas faire tache dans le tableau.

En dépit des larmes qui lui embuaient les yeux, Dela s'efforça de rire comme les autres. Vaincue, les jambes tremblantes, elle alla s'asseoir sur le canapé près d'Artur.

— Très bien! lança-t-elle avec un entrain forcé, autant pour mettre tout le monde à l'aise que pour chasser la crise de larmes qui menaçait. Puisque vous êtes décidés à rester, il va falloir vous rendre utiles. Comment allons-nous faire pour retrouver le salaud qui a tué cette gosse?

L'air perplexe, les hommes se consultèrent du regard.

— Nous allons le retrouver, assura prudemment Blue, mais je ne pense pas qu'il représente une menace pour toi. Ce sont les parents qui voudraient te voir morte.

Dela ferma les paupières et inspira à fond.

— Ça, murmura-t-elle, je ne peux pas les en blâmer.

Artur émit un grognement de mécontentement.

— L'arme du crime a changé plusieurs fois de mains, expliqua-t-il. Les premières à l'avoir touchée, ce sont les tiennes. Ensuite, il y a eu celles du meurtrier. Je ne peux pas t'en dire grand-chose, excepté qu'il était motivé par la vengeance. Il voulait faire un exemple. Je ne sais pourquoi ni comment, mais il a jeté son dévolu sur cette petite fille, qu'il a... sacrifiée.

Artur se tut et baissa les yeux. Dela comprit qu'il voulait lui épargner les pires détails auxquels il n'avait pu quant à lui échapper et lui en fut reconnaissante.

— L'arme a été abandonnée sur les lieux du crime, reprit-il enfin avec un soupir. Tu signes toutes tes créations d'un poinçon, n'est-ce pas?

Le cœur lourd, Dela acquiesça d'un hochement de tête. Sa marque était la même depuis le début de sa carrière: un D stylisé, qu'elle apposait toujours à l'endroit où l'acier de la lame s'insérait dans la poignée.

— C'est ainsi que la famille de la victime a retrouvé ta trace et s'est mis en tête de te traquer, conclut Artur. Et c'est pourquoi le poignard s'est finalement retrouvé dans les mains du tueur à gages qui a tenté de t'assassiner à Pékin. Je pense que les parents de la fillette ne t'accusent pas d'autre chose que d'avoir forgé l'arme avec laquelle leur enfant a été tuée. Apparemment, c'est une raison suffisante pour eux – et sans doute à défaut de pouvoir mettre la main sur le tueur – pour chercher à se venger de toi.

— Serait-il possible de les raisonner ? intervint Hari.

Artur fit la grimace et secoua la tête.

— S'ils sont du même acabit que mes anciens patrons, je crains que non. Ils n'arrêteront de poursuivre Dela que le jour où elle sera morte. L'idéal serait de retrouver nous-mêmes le tueur pour le leur livrer. Alors, peut-être... Mais ce n'est pas garanti.

— Es-tu en train de nous dire que cette famille fait partie de la mafia ? demanda Dela, incrédule.

— C'est ce que j'ai ressenti. Cela expliquerait pourquoi elle n'a eu aucun mal à te retrouver à Pékin.

Dean tapa soudain dans ses mains, se leva d'un bond et décréta :

— Assez bavardé ! Il serait peut-être temps de jouer au FBI et de mettre en place un programme de protection des témoins. Dela ? Que dirais-tu de quelques semaines de vacances dans un chouette chalet de montagne perdu dans les Alpes suisses ?

Dela pinça les lèvres et secoua la tête.

— Il n'en est pas question, répliqua-t-elle. Me planquer dans un coin doit rester ma dernière option. De toute façon, si ces gens sont vraiment ce que croit Artur, ils n'hésiteront pas à s'en prendre à mes proches – mes parents, par exemple – pour me faire sortir du bois.

— Dans ce cas, conclut Artur en observant d'un œil pensif ses mains gantées, on va devoir jouer serré. J'ai déjà appelé Roland pour le mettre au courant de la situation et lui demander de prévenir Yancy. Les plus grandes familles de la mafia sont implantées sur la côte Est. Si l'une d'elles a subi un deuil récemment, il devrait être possible de le savoir.

Personne ne crut bon de relancer le débat. Un silence songeur se fit dans la pièce, laissant chacun en proie à ses pensées. Dela s'abîma dans la contemplation du paysage paisible derrière les grandes baies vitrées. La lumière dorée du crépuscule pénétrait à flots dans le salon, tandis qu'à l'extérieur les ténèbres gagnaient du terrain, grignotant peu à peu arbres et immeubles de Rose Apple. Sans même se lever pour actionner l'interrupteur, Blue alluma les plafonniers. Artur, quand à lui, usa de moyens plus traditionnels pour baisser les stores. Laissant les autres se détendre un peu, Dela et Eddie se proposèrent pour préparer à manger.

Tandis qu'elle confectionnait des sandwiches, Dela continua de prêter attention à ce qui se passait autour d'elle. Si elle avait senti au cours de l'après-midi une tension persistante entre Hari et les autres, force lui était de constater que commençaient à se forger entre eux une relation de confiance et une solide camaraderie. Dean et Hari, penchés sur les armes de celui-ci, les examinaient avec une attention pleine de gravité. Le changeforme parlait sans discontinuer, comme s'il avait entrepris de conter l'histoire de ses armes à Dean. Blue, assis près d'eux, les écoutait.

Artur, qui s'était approché d'elle par-derrière, la surprit en train d'observer les autres. Elle lui sourit et indiqua à Eddie où il pourrait trouver des assiettes en carton. Il n'y aurait sans doute personne pour avoir envie de remplir le lave-vaisselle ce soir – et surtout pas elle…

— Je suis contente que tu sois là, dit-elle au Russe.

Il lui répondit d'un sourire aussi triste que ses yeux posés sur elle semblaient inquiets.

— Quand j'ai appris ce qui se passait, dit-il de sa voix à l'accent rocailleux, il m'aurait été impossible de ne pas venir. Aucun de nous ne l'aurait pu.

Il marqua une pause, comme s'il hésitait à poser une question qui lui brûlait les lèvres, puis se décida.

— Comment te sens-tu, Dela ?

— Fatiguée, avoua-t-elle tout bas. Triste et effrayée, aussi. Il s'est passé tant de choses en si peu de temps ! Quand j'essaie d'y voir clair et de donner un sens à tout cela, il me semble que ma tête va exploser.

— Ce n'est pas seulement à cause des menaces qui pèsent sur ta vie, n'est-ce pas ? C'est aussi à cause de Hari.

Dela sentit Eddie se figer à côté d'eux. Une seconde plus tard, il s'éloigna à l'autre bout de la cuisine, sous prétexte de tartiner de mayonnaise une énorme pile de tranches de pain.

— C'est vrai... murmura-t-elle, remerciant d'un sourire le jeune homme pour ce semblant d'intimité. Mais c'est aussi grâce à lui que je tiens le coup. Et grâce à lui que je suis toujours en vie...

Artur s'étira et passa sa main gantée derrière sa nuque.

— Je sais, dit-il. Quand je lui ai serré la main, j'ai senti à quel point ces quelques jours passés près de toi avaient été importants pour lui. Tu as bouleversé sa vie.

À travers la pièce, Dela laissa son regard dériver jusqu'à Hari et sentit son cœur bondir dans sa poitrine.

— La réciproque est vraie, répondit-elle sans le quitter des yeux.

— Tu es amoureuse de lui ?

La franchise de cette question, de la part d'Artur, ne la surprit pas. Elle tourna la tête vers lui et découvrit sur son visage pâle une étrange nostalgie. Elle ne sut que lui répondre, et il ne lui laissa pas le temps de parler. Ses traits se détendirent, et il reprit avec un sourire attendri :

— Je suis heureux pour toi, Dela. Vraiment, je le suis.

— Merci, murmura-t-elle en déposant un baiser sur sa joue. Venant de toi, cela représente beaucoup pour moi.

— Tu as voulu nous donner notre chance, mais je n'étais pas prêt. Ainsi va la vie…

— Tu finiras par trouver quelqu'un, Artur, assura-t-elle en posant la main sur son avant-bras. Et ce sera au moment où tu t'y attendras le moins.

— Comme toi ?

Il y avait deux façons très différentes l'une de l'autre de comprendre cette question. Dela hésita avant de répondre :

— Cela arrivera. Il faut être patient.

De nouveau apparut sur les lèvres d'Artur son sourire triste. Sans rien ajouter, il rejoignit les autres, toujours rassemblés autour des armes de Hari. Celui-ci tourna la tête vers Dela, et elle lut dans son regard une connivence qui la laissa perplexe. Jusqu'à quel point l'ouïe de l'homme-tigre était-elle sensible ?

La table était assez grande pour que tous s'y installent confortablement, et le repas, contre toute attente, fut bruyant et agité. Dela se doutait que chacun faisait de son mieux pour maintenir ses pensées aussi éloignées que possible de l'arme qui lui avait été dérobée, de l'enfant assassinée, de ses parents assoiffés de vengeance et de tout ce qui pouvait s'y rapporter. Chose surprenante, ils y mirent tant d'entrain que, par moments, elle parvint à tout oublier – mais jamais pour longtemps.

Après le dessert, qui dégénéra en un concours destiné à déterminer qui, de Dean ou d'Eddie, réussirait à ingurgiter le plus de crème glacée, Dela invoqua une fatigue bien réelle pour se retirer dans sa chambre. À peine eut-elle refermé la porte qu'elle se roula en boule sur le lit, tout habillée, ferma les yeux et sombra dans l'inconscience.

Lorsqu'elle rouvrit les yeux, la lune avait déposé sur son lit et les murs de sa chambre un voile d'argent. Un mouvement dans un coin de la pièce, près de la porte, attira son attention. Elle y découvrit Hari, vêtu seulement d'une serviette nouée autour des hanches, et crut déceler dans l'air une senteur de savon et de shampoing.

Il ne fit pas mine de s'approcher d'elle, et lorsqu'elle se glissa hors du lit pour le rejoindre, il ne bougea pas et ne dit pas un mot. Lentement, elle leva la main pour effleurer sa peau encore humide. Ses doigts tremblaient, et il n'y avait pas un muscle dans tout son corps qui ne fût tendu. À peine l'eut-elle caressé du bout des doigts que les yeux de Hari se mirent à luire dans l'obscurité. Dela accueillit cette chaude lueur avec reconnaissance. Il lui semblait que tant que cette manifestation de ses pouvoirs l'entourait, il ne pouvait rien lui arriver. Quand elle se tenait ainsi debout devant lui, tous les autres hommes disparaissaient de son horizon et de ses pensées, telles des ombres sans consistance.

— Tu es tellement beau… s'entendit-elle murmurer.

À ces mots, une lueur de voracité pure passa dans le regard de Hari, dont les mains se posèrent doucement sur ses hanches. Après un moment d'hésitation, elle se laissa aller tendrement contre lui. Ses mains étaient fortes et larges, ses doigts longs et élégants. Leur emprise sur ses hanches se fit plus exigeante, rapprochant leurs deux corps l'un de l'autre. La gorge sèche, Dela posa les lèvres sur les cicatrices qui lui couturaient la poitrine. Elle sentit Hari se raidir. Le souffle court, il ferma les yeux et se tint parfaitement immobile.

Du bout d'un ongle, Dela explora le petit creux qui se trouvait au bas de son cou, puis poursuivit son exploration le long d'une clavicule. Il était si grand qu'elle ne pouvait poser ses lèvres sur les siennes, même en se hissant sur la pointe des pieds. Hari, comme s'il avait deviné son intention, se pencha doucement vers elle. Elle eut d'abord l'impression qu'il allait l'embrasser, mais ce fut sur le lobe de son oreille que ses lèvres se posèrent.

— Puis-je te porter jusqu'au lit ?

Sa voix était riche, profonde. Elle caressait la peau de Dela comme une étoffe luxueuse. Incapable de lui répondre, elle acquiesça d'un hochement de tête. Sans effort, Hari la souleva dans ses bras. En douceur, il la déposa sur le lit et s'allongea sur le flanc près d'elle. Dela sentit un de ses genoux s'insinuer entre ses cuisses et ne put retenir un petit cri. Son corps était dur contre le sien – partout.

Pour la rassurer, il lui caressa le visage, avec une retenue et une tendresse que démentaient l'énergie indomptable et le désir farouche qu'elle sentait sourdre de tout son être.

— Ne t'inquiète pas, murmura-t-il. Je veux juste te tenir serrée contre moi. Je suis seul depuis si longtemps, Delilah, qu'être autorisé à poser mes mains sur toi est déjà la plus grande des faveurs.

À ces mots, une ancienne et vague résistance céda dans le cœur de Dela. Elle caressa le visage de Hari, enfouit ses doigts dans ses cheveux. Son regard posé sur elle la réchauffait, suffisait à dissoudre ses dernières craintes. Prudemment, elle goûta ses lèvres. Ce ne fut qu'un effleurement, à peine un baiser, mais un feu intense coula le long de sa gorge, poursuivit sa course vers ses seins et au-delà, fit couler des fleuves de lave dans ses veines.

Soudain, le contact de ses vêtements sur son corps lui devint insupportable. Rien ne lui semblait plus urgent ni nécessaire que de sentir la peau nue de Hari contre la sienne. En un tournemain, sans trop savoir comment, elle parvint à se déshabiller et retourna se lover contre ce grand corps brûlant qui l'attendait. Avec un soupir de bien-être, elle ferma les yeux et se laissa glisser dans un océan de félicité.

Hari enfouit Dela entre ses bras. Tout son corps, dur comme de la pierre, vibrait d'une souffrance exquise. Sentir ses courbes délicieuses contre sa peau faisait naître en lui des vagues d'un plaisir qui se changeait vite en torture. Jamais auparavant il n'avait désiré une femme avec une telle urgence, une telle intensité.

Mais le désir seul ne suffisait pas à expliquer l'élan irrésistible qui le poussait vers elle. Peut-être était-ce l'amour qui faisait battre son cœur à un rythme nouveau… Mais comment aurait-il pu le savoir, lui qui, durant deux mille ans, n'avait eu d'autre choix que d'obéir aux requêtes brutales et sordides d'hommes et de femmes qui ne voyaient en lui qu'un objet de souffrance ou de plaisir ? Le pire était d'imaginer que Dela ne pourrait supporter d'apprendre les écarts auxquels il avait été contraint. Aurait-il un jour le courage de les lui avouer ?

Inconsciente de ses tourments, Dela laissa ses mains descendre le long de son dos, puis plus bas, toujours plus bas.

— Tes yeux brillent comme deux petits soleils, murmura-t-elle en le fixant avec émerveillement.

Hari tressaillit et voulut s'écarter, mais elle ne lui en laissa pas le temps. Encerclant son corps de ses bras et de ses jambes, elle le retint serré tout contre elle et poursuivit :

— Pourquoi ? Pour quelle raison brillent-ils ainsi quand je te touche ?

Instinctivement, Hari baissa les paupières, ce qui eut pour effet de la faire gronder de colère.

— Ne te cache pas ! Réponds plutôt à ma question.

Hari rouvrit les yeux. Ils se tenaient si près l'un de l'autre qu'il vit dans la pénombre le visage de Dela baigné par une lueur dorée dont ses yeux ne pouvaient qu'être la source.

— Cela ne devrait pas se produire, répondit-il enfin de mauvaise grâce. Sans ma peau, c'est impossible.

Les yeux des changeformes émettent de la lumière lorsqu'ils sont... sexuellement excités, mais aussi quand s'amorce en eux une métamorphose. Ma peau m'a été dérobée par le Magi, Delilah. Je ne peux plus me changer en tigre. Mes yeux ne devraient donc plus émettre de lumière.

Pour clore ce débat qui le mettait mal à l'aise, il glissa les doigts dans ses cheveux, attira ses lèvres contre les siennes et s'autorisa à lui donner un baiser délicieux et éprouvant. D'elle-même, sa langue s'aventura dans la bouche de Dela, qui s'ouvrit à lui comme les portes d'un paradis secret. Longuement, il s'y abreuva de toutes les douceurs, de tous les arômes qu'elle avait à lui offrir. Il ne pouvait imaginer de femme plus exquise que celle qui s'abandonnait aussi spontanément à lui, de cœur plus sincère que celui qu'il sentait battre follement contre son torse. Deux mille ans d'enfer, songea-t-il, ce n'était peut-être pas cher payé, après tout, pour vivre un tel moment avec elle.

Il émanait de leurs deux corps soudés une telle énergie qu'il s'étonnait de ne pas voir jaillir d'étincelles. La tension monta encore d'un cran lorsque Dela glissa ses doigts sous la serviette qui lui servait de pagne et posa ses mains sur ses fesses. Hari grogna de surprise et de plaisir. Elle en profita pour approfondir encore leur baiser. Pour ne pas être en reste, il cueillit ses seins au creux de ses mains. Et quand elle émit contre sa bouche un grognement plaintif, il étouffa sous ses lèvres ses cris et ses soupirs. Ses doigts, sans relâche, caressaient les pointes durcies de ses seins. Mettant un terme à leur baiser, elle se raidit et enfouit son visage dans son cou. L'entendre haleter sans retenue contre son oreille ne fit que décupler le désir de Hari. Dans un brouillard de sensations confuses, il délaissa ses seins et alla enfouir une de ses mains entre ses cuisses. Dela se cambra contre lui, serrant très fort les jambes autour de sa main, qui entamait dans le secret de son intimité un ballet affolant. De nouveau, il étouffa ses petits cris sous ses baisers.

Son plaisir ne fut pas long à venir, la laissant pantelante, mais il ne retira pas sa main pour autant, ni ne cessa ses caresses. Il lui offrit ainsi un deuxième orgasme plus puissant encore, puis un troisième une minute plus tard.

— Hari... murmura-t-elle ensuite d'une voix paresseuse.

— Ne parle pas, susurra-t-il au creux de son oreille, tout en lui caressant les cheveux. Voilà très longtemps que j'avais envie de faire cela.

— Si longtemps que cela ? Nous nous connaissons depuis quelques jours à peine...

— J'en ai eu envie à la minute où je t'ai vue, répondit-il en lui mordillant le lobe de l'oreille. Tu ne te rappelles pas ? Tu étais très attirante, nue sous cette serviette.

Dela rit tout bas et renchérit :

— J'en connais un autre qui l'est plus encore.

L'instant d'après, elle le prit totalement de court en se redressant au-dessus de lui et en glissant les mains sous la serviette qui restait accrochée à ses hanches, mais ne cachait plus grand-chose. Habilement, ses doigts longs et fins enserrèrent son sexe dressé. Hari dut se mordre la langue pour ne pas crier.

— À mon tour ! lança-t-elle d'une voix que le désir altérait.

Ses doigts entamèrent autour de son sexe érigé une sarabande tour à tour frénétique et lente, impérieuse et langoureuse. Allongé immobile sur le matelas, le corps tendu, entièrement livré à ses caresses, il crut voir des étoiles, comme si ses yeux illuminaient le plafond au-dessus de lui. Il entendait sa propre respiration, lourde et bruyante.

— Delilah... parvint-il à gémir, tandis qu'elle lui prodiguait des caresses de plus en plus précises, de plus en plus osées. J'aimerais tant... m'enfouir au plus profond de toi. Mais ce n'est pas... pas le moment, avec tous ces hommes autour de nous, et je... oh... je veux que tu comprennes... que ce n'est pas parce que je n'ai pas... envie de toi. Tu me rends fou !

Les lèvres de Dela se retroussèrent en un sourire sensuel, et un bout de langue rose fit son apparition entre ses lèvres.

— Je sais, dit-elle. J'en ai la preuve... sous la main. Considérons ce qui vient de se passer entre nous comme un apéritif !

Sur ce, elle se baissa vers son sexe et lui fit autre chose. Il ne comprit pas ce que c'était et n'eut pas le temps de s'en étonner. Un orgasme si puissant qu'il en resta aveuglé de plaisir déferla en lui. Tous les muscles tétanisés, il demeura de longues secondes cambré comme un pont sur le lit. Et cette fois, ce fut lui qui se réfugia dans les bras de Dela lorsque tout fut terminé.

Ils demeurèrent de longues minutes ainsi, serrés l'un contre l'autre, les membres emmêlés, riant de temps à autre sans trop savoir pourquoi.

— À présent que j'ai goûté à tes caresses, dit-elle enfin sur le ton de la confidence, plus aucun homme ne pourra me satisfaire.

Hari sentit son cœur battre plus fort.

— Tant mieux ! lança-t-il, farouche et fier. Je n'aime pas partager.

— Moi non plus.

Hari prit le temps d'écarter les mèches de cheveux qui retombaient sur le visage de Dela et de lui sourire avant de répondre :

— N'aie jamais cette crainte, Delilah. Même si tu parviens à me délivrer de cette malédiction, comme tu l'espères, je serai toujours à tes côtés. Si je suis à toi, corps et âme... c'est parce que je t'aime.

Il vit perler deux larmes au coin de ses paupières et les cueillit avec ses lèvres. Alors qu'il en était encore à se demander ce que l'amour pouvait être, il était surpris de la facilité avec laquelle ces mots avaient franchi ses lèvres. Il les sentit résonner en lui et sut qu'il ne s'était pas trompé : telle était la vérité, la vérité à laquelle Dela avait droit.

— Moi aussi, je t'aime, répondit-elle. Je ne sais pas quand ni comment cela s'est produit, mais c'est un fait, et rien ni personne n'y pourra changer quoi que ce soit.

Hari tressaillit et poussa un long soupir.

— Je crois que nous pourrons être très heureux tous les deux, dit-il en pesant soigneusement ses mots. À condition que nous parvenions à te débarrasser des tueurs qui te pourchassent… et de tous ces hommes qui encombrent ta maison.

8

Dela fut réveillée par des appels et des cris étouffés à l'extérieur de la maison. Sa chambre était plongée dans le noir et Hari était toujours lové contre elle dans son dos, nu, chaud et rassurant. Il se réveilla à son tour, sauta d'un bond hors du lit et gagna la fenêtre en un instant.

— Tu vois quelque chose ? lui demanda-t-elle dans un murmure.

D'un signe de tête, il lui répondit par la négative. Dela tendit l'oreille pour tenter de capter d'autres bruits en provenance de la maison, mais tout était parfaitement silencieux.

Elle rejeta les couvertures, marcha à pas de loup jusqu'à la porte et l'entrebâilla. Toutes les lumières étaient éteintes. Elle siffla doucement entre ses lèvres, et un instant plus tard, un autre sifflement lui répondit. Hari la rejoignit alors, posa la main sur son épaule et l'écarta de la porte.

— Reste ici, murmura-t-il contre son oreille. Je vais voir ce que font les autres.

— Serviette ! lança-t-elle.

Avec un sourire éclatant, il se baissa pour ramasser son pagne improvisé et en ceignit ses hanches. Dela le regarda se fondre dans la pénombre du couloir. Le cœur battant, elle resta figée dans l'encadrement de la porte. Une interminable minute s'écoula, puis une autre plus longue encore, avant qu'elle ne décide qu'elle était chez elle et pouvait faire ce que bon lui semblait.

Elle s'avança dans le noir en longeant les murs. Le calme qui baignait l'appartement semblait irréel. Au bout du couloir, enfin, elle aperçut Hari et Eddie tapis de part et d'autre de la porte d'entrée de l'étage. Le premier brandissait son épée, le second ce qui ressemblait fort à un revolver. Inquiète, elle fit un pas vers eux. Hari, qui l'avait entendue approcher, se retourna vers elle. À voir ses yeux furibonds et sa mine renfrognée, il n'était pas difficile de comprendre qu'il lui intimait l'ordre de retourner se mettre à l'abri dans la chambre.

Comme elle ne faisait pas mine de lui obéir, il s'apprêtait à la rejoindre quand quelqu'un, de l'extérieur, se jeta violemment contre la porte. Celle-ci vibra sur ses gonds, mais ne céda pas. En toute hâte, Hari attrapa Eddie par le cou et l'envoya valser en direction de Dela. La détonation sourde d'une arme à feu munie d'un silencieux retentit, et la serrure vola en éclats. Trois hommes habillés de noir, le visage masqué par une cagoule, repoussèrent vivement la porte et se ruèrent dans le salon. Chacun était armé d'un revolver et Dela devina, grâce à l'appel pressant qui résonnait sous son crâne, la présence d'un couteau glissé dans un étui attaché à leur ceinture.

Les intrus ne s'attendaient manifestement pas à trouver sur leur chemin un géant de deux mètres à moitié nu et armé d'une épée moyenâgeuse. Ils hésitèrent une seconde de trop. Hari en profita pour fondre sur eux, aussi discret qu'un fantôme. La lame de son épée, que faisait étinceler un rayon de lune, entra en action, frappant avec une habileté effrayante, entaillant les chairs, plongeant sous les côtes d'un des hommes. Des cris de douleur et de rage s'élevèrent dans le salon. Alors qu'un des hommes s'effondrait à terre, les deux autres recouvrèrent leurs esprits et déchargèrent sur Hari leurs armes munies d'un silencieux.

Eddie avança d'un pas pour se porter à son secours, mais Dela le retint par la manche avant qu'il ait pu quitter l'abri du coin de mur derrière lequel ils avaient trouvé refuge. Du regard, il la supplia de le lâcher. Elle tint bon, mais il se pencha, son arme brandie devant lui, visa rapidement l'un des deux tueurs, tira et l'atteignit en plein cœur.

Un genou à terre, visiblement en difficulté, Hari luttait pour se redresser. Dela eut envie de crier, de se précipiter vers lui, puis se rappela qu'il était immortel, indestructible et refoula sa peur. Pourtant, elle ne pouvait s'empêcher de craindre que les armes modernes n'aient occasionné plus de dégâts que la magie ne réussirait à en réparer. Le dernier homme encore sur pied fit feu sur Eddie. Il manqua sa cible, mais la balle érafla le bras du jeune homme, qui lâcha son arme. Aussitôt, il se précipita vers l'endroit où elle avait glissé pour la récupérer.

Alors, aux yeux de Dela, le temps suspendit son cours, et tout sembla se dérouler comme dans une séquence de film au ralenti. Avec une lenteur éprouvante, elle vit le dernier homme de main lever son arme et viser Eddie. Derrière lui, Hari s'était relevé et ramassait son épée pour l'abattre sur lui. Sans savoir comment, elle eut soudain la certitude qu'il ne le ferait pas à temps pour l'empêcher de tirer. Une énergie incontrôlable, venue du fond de son être, déferla alors en elle. D'un bond, elle se jeta dans la ligne de tir, les bras tendus devant elle. La détonation assourdie claqua dans le silence comme un arrêt de mort. Dela vit la balle sortir du canon du revolver, sentit le métal qui la constituait hurler dans sa tête et concentra toute sa force psychique sur ce projectile mortel qui fonçait dans sa direction à une vitesse telle que l'œil ne pouvait l'enregistrer. À deux centimètres de ses paumes dressées comme un bouclier dérisoire, la balle stoppa miraculeusement sa course. Elle eut tout juste le temps de la cueillir dans sa main avant qu'elle n'atteigne le sol.

Trop stupéfait pour réagir, l'agresseur demeura figé sur place. Des bruits de pas précipités se firent entendre à l'extérieur. Dean fit irruption dans la pièce, suivi de près par Artur et Blue. Sans leur laisser le temps d'intervenir, Hari jeta sur le sol couvert de sang l'homme de main et lui arracha sa cagoule, révélant le visage de l'Asiatique qui les avait épiés à l'aéroport.

À présent que tout danger était écarté, chacun parut prendre conscience de la gravité des blessures de Hari, en sang et le torse couvert d'impacts de balles. Même Eddie, qui devait faire face à sa propre douleur, le contemplait, bouche bée, très pâle et comme sur le point de s'évanouir. Sans perdre de temps, Dela alluma les plafonniers, inondant de lumière le carnage environnant. Du sang partout. Deux corps inertes, tombés au sol dans des postures grotesques. Une prenante odeur de poudre et de mort à vous donner la nausée.

Le cœur au bord des lèvres, elle fila à la salle de bains chercher une pile de serviettes, s'efforçant d'ignorer les cadavres devant lesquels il lui fallut passer. Quand elle revint dans le salon, Blue avait obligé Eddie à s'asseoir sur le canapé et examinait sa blessure. La balle, en le frôlant, avait occasionné une large estafilade qui saignait beaucoup mais ne mettait pas ses jours en danger. Quant à Hari, le sang s'écoulait encore de ses multiples blessures et maculait les vêtements de l'homme étendu à ses pieds.

Dean et Artur, revenus de leur surprise, s'empressèrent de fouiller le tueur et de lui confisquer ses armes.

— Croyez-vous que quelqu'un dans le quartier ait pu appeler la police ? s'inquiéta Dela en faisant de son mieux pour soigner Hari.

— Peu probable, répondit Blue. Il est 3 heures du matin, et tes voisins les plus proches sont trop loin pour avoir entendu quoi que ce soit. De plus, nos visiteurs ont eu la correction d'utiliser des silencieux, et nous n'avons quant à nous pas fait usage de nos armes à l'extérieur.

— Combien étaient-ils ? s'enquit Eddie en pressant une serviette contre son bras.

— Six. Ils n'ont pas voulu prendre de risques, cette fois ! Nous les avons surpris alors qu'ils essayaient de neutraliser le système d'alarme. Ils n'embêteront plus personne.

Pour lutter contre la nausée qui s'emparait d'elle, Dela ferma les yeux et respira profondément. Vu la situation, il convenait de ne pas craquer et de prendre les bonnes décisions rapidement.

— Blue ! lança-t-elle. Il vaudrait mieux conduire Eddie à l'hôpital. Trouve une excuse pour expliquer sa blessure.

Sans laisser le temps au principal intéressé de protester, Blue se leva en l'entraînant par le coude et demanda :

— Et s'ils réclament une adresse ?

— Tu n'auras qu'à leur donner la mienne et dire que vous êtes mes invités.

Ce problème résolu, elle se tourna vers Hari.

— Tu ne peux pas rester comme cela, lui dit-elle. Tu as perdu beaucoup de sang. Il faut t'allonger.

D'un air buté, il secoua la tête, sans cesser de fixer le prisonnier, qui levait vers lui des yeux épouvantés. Résignée, Dela s'accroupit à côté de ce dernier.

— Pour qui travaillez-vous ? demanda-t-elle d'une voix qu'elle ne put empêcher de trembler. Parlez ! Nous n'avons aucune envie de devoir vous y forcer.

— Moi, ça ne me dérange pas ! intervint Hari.

Son attitude ne trahissait ni faiblesse ni souffrance, en dépit de son état. Il souleva son épée et en pressa la pointe contre la gorge de l'homme, qui hoqueta de terreur en louchant sur la lame maculée du sang de ses compagnons.

— Tu vas gentiment répondre à nos questions, poursuivit Hari d'une voix posée. Sinon, je serai dans l'obligation de te couper la tête. Je le ferai très lentement, et je t'assure que tu auras le temps de sentir chaque coup de lame avant de mourir. Tu finiras étouffé par ton propre sang. Je peux te l'assurer, car je l'ai déjà fait. À présent, parle !

Ce qui était effrayant, ce n'était ni la cruauté ni la violence de cette menace, mais la certitude qu'il n'hésiterait pas une seconde à la mettre à exécution. Personne – et surtout pas le tueur à gages – ne pouvait en douter. Dean paraissait très impressionné. Dela l'était tout autant, et Artur avait du mal à conserver son impassibilité coutumière.

Alors qu'une goutte de sang perlait déjà à son cou, l'homme reporta son attention sur le visage de Hari. Dans ses yeux, Dela pouvait lire le dilemme qui le faisait hésiter : de son employeur ou de ce maniaque qui pointait sur sa gorge une épée d'un autre âge alors qu'il aurait dû être mort, qui était le plus à craindre ? Il ne mit pas longtemps à se décider.

— Je travaille pour Wen Zhang, avoua-t-il d'une voix rauque. Sa famille est basée à New York. Chinatown.

— Pourquoi tient-il tant à me voir morte ?

Dela connaissait la réponse, mais pour y croire vraiment, elle avait besoin de l'entendre de la bouche de cet homme.

— C'est vous qui avez forgé le poignard qui a servi à assassiner sa nièce. Toute la famille veut votre mort. Je n'ai fait que suivre les ordres.

— Dans quels trafics trempe-t-il ? demanda Artur.

L'homme pinça les lèvres, rechignant manifestement à en dire plus. Une pression plus forte de la lame contre sa gorge suffit à le convaincre.

— Deux familles se partagent les affaires à Chinatown. Wen Zhang dirige l'une d'elles. Tout ce qui touche à la traite d'êtres humains passe par lui. Prostitution, clandestins…

— Mais de quoi parle-t-il ? s'étonna Dean.

— L'honorable Wen Zhang est ce que l'on pourrait appeler un négrier des temps modernes, expliqua Dela. Il fait venir clandestinement de Chine des hommes et des femmes prêts à tout pour travailler et s'installer aux États-Unis. En échange de ses services, ces gens deviennent ses débiteurs pour trente ans ou plus. Ils travaillent comme des chiens pour des salaires de misère – quand ils sont payés. Les rares à se révolter sont systématiquement torturés et éliminés.

Un vertige fit tourner la tête de Dela, qui ferma les yeux. Elle devait rester concentrée. Il s'était déjà déchaîné trop de violence autour d'elle ; trop d'êtres humains avaient perdu la vie, sinon par sa faute, du moins à cause d'elle. Sous le coup d'une subite inspiration, elle courut jusqu'à un secrétaire, d'où elle tira un bloc-notes sur lequel elle écrivit :

Aucun geste, aucune parole ne pourra effacer ce qui s'est passé. Ce poignard était destiné à être une œuvre d'art, un objet de collection. Lorsqu'il m'a été dérobé, je ne me doutais pas de ce à quoi il allait servir. Mais même si cela avait été le cas, je n'aurais rien pu y changer. Tout ce que je peux dire, c'est que je suis affreusement désolée.

Artur, qui était venu lire par-dessus son épaule, hocha la tête et dit :

— Ajoute ceci : « En guise de bonne volonté, nous vous livrerons le meurtrier dès que nous l'aurons retrouvé, mais aucune autre attaque ne sera tolérée. »

Sur ces mots, il rejoignit le prisonnier et ôta ses gants. Non sans une certaine répugnance, il posa la main sur son front et ferma les yeux. Les muscles de sa mâchoire se crispèrent et l'expression d'un profond dégoût passa sur ses traits. Après avoir rouvert les paupières et s'être essuyé la main sur le pull de l'homme, il remit ses gants et le toisa avec mépris.

— Nous savons qui tu es et où te trouver, dit-il. Fais bien attention et préviens ton patron que nous ne plaisantons pas.

Dela, qui avait fini de rédiger son message, le plia en quatre et le glissa dans la poche du tueur. Hari recula d'un pas, et l'homme put se remettre debout. Les épaules tombantes, les yeux écarquillés, suintant la peur par tous ses pores, il avait tout d'une souris cernée par trois gros chats.

— Fiche le camp d'ici ! ordonna Artur en agitant son revolver. C'est ton jour de chance.

L'homme ne se le fit pas dire deux fois. Abandonnant sans un regard les cadavres de ses complices derrière lui, il prit ses jambes à son cou. Il avait à peine tourné les talons que Hari chancela sur ses jambes. Affolée, Dela s'empressa de glisser un bras autour de sa taille pour le soutenir. Hari laissa échapper son épée, qui alla s'écraser avec fracas sur le sol. Dean et Artur, voyant Dela vaciller, se précipitèrent pour soutenir Hari chacun sous une épaule.

Pendant qu'ils le transportaient vers la chambre, Hari tenta en vain de dire quelque chose. Mais dès qu'ils l'eurent à grand-peine hissé sur le lit, sa tête roula sur l'oreiller, et il sombra dans l'inconscience. Dela s'assit près de lui et chercha son pouls sous ses doigts tremblants. Elle finit par le trouver, faible et ralenti. Mais, incontestablement, le cœur de Hari continuait à battre régulièrement.

Incapable de réprimer plus longtemps le flot d'émotions qui menaçait de la submerger, elle laissa libre cours à son chagrin.

— Ne t'en fais pas, ma belle, murmura Dean après avoir déposé un baiser dans ses cheveux. D'après ce qu'il nous a raconté, ton homme en a vu d'autres. Il s'en sortira.

Entre deux sanglots, elle hocha la tête et sentit deux mains nues et chaudes se poser sur ses joues. Elle leva les yeux et eut la surprise de découvrir Artur, qui avait enlevé ses gants, ce qu'il n'avait jamais fait auparavant pour la toucher.

— Rien ne dure éternellement, murmura-t-il en la fixant d'un regard plein de compassion. Mais nous ne te laisserons pas avant très longtemps – ni Hari ni nous. Tu n'es pas seule. Tu peux compter sur nous.

Dela sentit le poing qui lui comprimait le cœur desserrer son étau.

— Merci, parvint-elle à murmurer.

Ce n'était qu'un mot, mais il était chargé de toute la reconnaissance qu'elle devait à ses amis pour leur fidélité, leur abnégation et leur présence.

Artur, suivi de près par Dean, se dirigea vers la porte de la chambre et lança par-dessus son épaule :

— Inutile de t'inquiéter pour… le chantier d'à côté. Nous allons faire le ménage et nous occuper de tout.

Les deux hommes regagnèrent le salon. Dela resta assise à côté de Hari, les doigts plongés dans ses cheveux – le seul endroit de son corps qui ne fût pas couvert de sang. Les événements qu'elle venait de vivre repassaient dans son esprit, encore et encore. Elle revit Hari tuer l'intrus d'un coup d'épée, Eddie se précipiter pour récupérer son arme ; elle se vit elle-même s'interposer entre lui et le revolver qui le menaçait. Elle était parvenue à stopper la balle qui fonçait vers elle, et cela, plus encore que tout le reste, lui paraissait incroyable et effrayant.

Un bruit curieux, chuintant et mou, la tira de ses pensées et lui fit baisser la tête vers le torse de Hari, sur lequel les blessures avaient cessé de saigner. Tout d'abord, elle crut qu'elle avait une hallucination, mais elle dut rapidement se rendre à l'évidence et lutter contre la nausée qui l'envahissait. Le bruit qui l'avait alertée provenait d'une des entrées de balle située près du nombril : les lèvres de chair éclatée frémissaient, comme si elles avaient voulu cracher quelque atroce secret. Bientôt, elle vit poindre dans ce cratère la pointe conique, dorée et tachée de sang d'une balle. Tel un sous-marin, elle se fraya un chemin jusqu'à la surface de la peau, avant de rouler entre les abdominaux et de tomber avec un bruit mat sur le couvre-lit. Puis la plaie, en un rapide processus de régénération spontanée, se referma sous ses yeux effarés. Il n'y eut plus bientôt qu'une étendue de peau lisse et nue, sans la moindre trace de cicatrice, là où, une minute auparavant, se trouvait une affreuse et sinistre blessure.

Écœurée mais incapable de détourner les yeux, Dela vit le processus se répéter ainsi plusieurs fois, comme dans un film d'horreur. À chaque plaie refermée, elle sentait renaître l'espoir en elle. Elle essaya de se concentrer sur les balles expulsées, mais celles-ci n'avaient rien à lui apprendre. Bien vite, elle se réfugia derrière ses écrans mentaux. C'était déjà une épreuve pour elle de devoir assister à ce spectacle, elle ne tenait pas en plus à l'entendre…

Dela fut réveillée en sursaut par Hari, qui la secouait par le bras.

— Delilah ! s'écria-t-il, les yeux écarquillés par l'effroi. Tu es couverte de sang !

Apparemment, elle s'était endormie tandis qu'elle veillait Hari, dont le corps se guérissait de lui-même. Elle n'avait pourtant pas eu conscience de s'assoupir, et encore moins de s'allonger à ses côtés.

— Ce n'est pas mon sang, dit-elle en lui caressant tendrement la joue. C'est le tien. Tu te rappelles ?

Un soulagement intense passa sur le visage de Hari, qui se rembrunit aussitôt. Il se laissa retomber sur le lit et ferma les yeux en murmurant d'un air abattu :

— Cet homme a failli te tuer. Je n'aurais jamais imaginé que des armes pareilles puissent exister. De tels instruments de mort rendent les hommes comme moi inutiles.

Ignorant le sang qui lui maculait le visage, Dela prit ses joues en coupe entre ses mains et l'embrassa tendrement.

— Tu n'es pas un instrument de mort, Hari. Cesse de parler de toi en ces termes. Tu es un homme bon, et le monde a plus que jamais besoin d'hommes tels que toi.

— Cet homme a failli te tuer… répéta-t-il, comme s'il ne l'avait pas entendue. Quand j'ai compris que je ne pourrais pas l'en empêcher à temps, j'ai cru mourir de peur.

Hari saisit le poignet de Dela d'une main tremblante et porta ses doigts à ses lèvres avant de poursuivre :

— Je me croyais invincible… J'étais certain de réussir à abattre ces hommes l'un après l'autre avant qu'ils aient pu s'en prendre à toi ou à Eddie. Quel fou arrogant je suis, Delilah ! Comment ai-je pu ne pas réaliser que mes talents de guerrier ne signifiaient plus grand-chose aujourd'hui ? Heureusement, tu as très bien su t'en tirer toute seule.

Dela hocha la tête d'un air pensif et murmura :

— J'ai arrêté cette balle en pleine course… Par la seule force de ma volonté, je suis arrivée à la stopper. Mais je n'ai rien pu faire pour t'empêcher de souffrir. Et tu as déjà tellement souffert à cause de moi…

Hari déposa un baiser très léger sur ses lèvres.

— Tu n'as pas à t'inquiéter pour cela, assura-t-il. Pour toi, je ferais avec joie la même chose tous les jours, s'il le fallait. Cette souffrance n'est rien à côté du bonheur que je ressens – le bonheur d'être avec toi, de te savoir en vie… et de t'aimer.

Il fit un geste pour caresser ses cheveux, mais, prenant soudain conscience de l'épaisse couche de sang séché qui lui couvrait les doigts, il se figea et grimaça.

— Je serais plus à ma place dans un abattoir que dans le lit d'une femme !

Il se redressa pour s'asseoir au bord du lit, sans même s'étonner des balles qui tombaient en pluie autour de lui.

— J'ai besoin de me doucher, annonça-t-il. Tu es toujours parfaite et magnifique, mais tu ferais bien de te laver, toi aussi.

Dela passa la première dans la salle de bains. Lorsque Hari prit sa place, elle eut bien du mal à résister à la tentation de le rejoindre sous la douche. Après les événements tragiques qu'ils venaient de vivre, elle eut honte d'être à ce point émoustillée à l'idée de ce grand corps d'homme ruisselant d'eau et tout disponible à ses caresses. Éros et Thanatos… songea-t-elle. Peut-être était-elle victime de ce syndrome qui pousse ceux qui échappent à un grand péril à rechercher l'oubli et la consolation dans l'extase. Elle savait pourtant que Hari avait raison lorsqu'il affirmait que le moment était mal choisi pour céder à leur désir. Leur heure finirait par arriver, et cette heure se devrait d'être parfaite.

Quand Hari la rejoignit dans la chambre, Dela achevait de refaire le lit. Après y avoir glissé en hâte les balles éparpillées par terre, elle avait roulé en boule le couvre-lit et les draps pleins de sang et les avait fourrés au fond d'une armoire, en se promettant de s'en débarrasser au plus vite. En découvrant qu'il avait pris soin de nouer autour de ses reins une nouvelle serviette propre, elle sourit et songea que l'acquisition d'un peignoir à sa taille devrait faire partie de ses prochaines priorités.

Spontanément, Hari l'aida à tendre sur le matelas draps et couvertures. Dela s'émerveilla du plaisir que lui procurait une activité aussi anodine et innocente – faire le lit en compagnie de l'homme qui allait le partager avec elle. À n'en pas douter, elle pourrait prendre goût à renouveler l'opération chaque jour, emmêlant les draps à dessein pour recommencer…

Ils travaillèrent en silence et, lorsque le lit fut prêt, Hari vint dénouer la ceinture du peignoir de Dela et le fit glisser en douceur sur le sol. Sans la moindre gêne, elle demeura nue devant lui. Lentement, il embrassa son front, ses joues, sa bouche. De nouveau, sa peau sentait bon la forêt et le grand air.

— Tu dois dormir, murmura-t-il en la soulevant dans ses bras pour la déposer sur le lit ouvert. Je reste là, près de toi. Je veillerai sur ton sommeil.

Déjà, Dela sentait un délicieux engourdissement s'emparer d'elle. Avant de sombrer tout à fait dans le sommeil, elle s'empressa de chuchoter, en pressant sa large main entre les siennes :

— Je t'aime, Hari…

Un sourire éclatant apparut sur ses lèvres.

— Moi aussi, je t'aime, répondit-il dans un murmure. Dors, à présent.

Et c'est ce qu'elle fit, dès qu'il se fut glissé dans le lit derrière elle pour se lover dans son dos.

La sonnerie du téléphone retentissait dans le salon lorsque Dela y fit son apparition aux premières heures du jour, les cheveux encore humides après la douche qu'elle venait de prendre. Les stores avaient été relevés, et le ciel derrière les baies vitrées avait une teinte lavande, bordée de rose à l'horizon.

Blue, qui était allé répondre, sourit en la voyant arriver.

— C'est pour toi, annonça-t-il. Une femme qui dit s'appeler Kit.

Dela lui rendit son sourire et saisit le combiné qu'il lui tendait. Kitala Bell, en plus d'être une de ses rares amies, commençait à se faire un nom dans le monde de la musique grâce à sa prodigieuse maîtrise du violon. Elles s'étaient rencontrées deux ans plus tôt lors d'un vernissage, et quoique n'habitant pas la même ville, elles étaient restées en contact depuis.

— Qui était-ce ? demanda Kit sans laisser Dela placer un mot. Ton nouveau petit ami ? À sa voix, il doit être sexy…

Dela se mit à rire tandis que Kit, à l'autre bout du fil, la suppliait de se taire.

— Il s'appelle Blue, répondit Dela à haute et intelligible voix, il n'est pas mon petit ami, et il est vrai qu'il est plutôt sexy.

Blue, qui dégustait sur le canapé un café serré dont l'arôme parvenait jusqu'à elle, lui adressa un clin d'œil complice, pouce en l'air.

— Tu me le paieras ! marmonna Kit avec une mauvaise humeur feinte. Mais avant que ma malédiction ne te poursuive, toi et tes héritiers, peux-tu m'expliquer pourquoi tu n'es pas en Chine ? Je m'apprêtais à laisser un message sur ton répondeur… Tant que tu y es, tu peux aussi me dire ce qu'un oiseau de nuit tel que toi fait debout à cette heure matinale. Il n'est même pas 6 heures !

Contrairement à son amie, qui se levait toujours avant l'aube, Dela avait les plus grandes difficultés à émerger du sommeil. Mais Kit était le genre de femme à avaler au saut du lit un demi-litre de café, ce qui expliquait sans doute pourquoi elle paraissait si vive et si fraîche.

— J'ai dû rentrer plus tôt, répondit-elle, laconique, avant d'ajouter, prise de remords : En Chine, j'ai… en quelque sorte… rencontré quelqu'un. Ce qui explique également pourquoi je suis debout si tôt.

Un cri d'une stridence insupportable jaillit de l'écouteur. Dela sursauta et éloigna le combiné de son oreille. Blue, qui ne ratait rien de la scène, riait sous cape.

— Del ! s'écria Kit, au comble de l'excitation. C'est maintenant que tu me le dis ? À quoi il ressemble ?

Comme pour l'aider à répondre à cette question, Hari sortit à cet instant de la chambre, vêtu uniquement de son jean. L'aurore dorée sculptait son corps d'ombre et de lumière. Ses muscles jouaient avec une grâce liquide sous sa peau, bronzée et sans défaut en dépit des lettres de chair qui lui marquaient le torse.

— Dela ? s'étonna Kit. Tu es bien silencieuse… L'élu de ton cœur serait-il dans les parages ?

— Gagné !

— Bon, d'accord, fit Kit avec un gros soupir. Tu n'as pas à me le décrire s'il est là. Mais il se trouve que je suis de passage dans ta ville ce soir, pour un concert, et j'espère bien te voir dans la salle avec ton nouveau fiancé. Ainsi qu'avec cet autre ami à toi dont la voix me paraît de si bon aloi…

Dela n'hésita pas plus d'une seconde.

— Hélas, ce n'est pas possible, Kit.

— Allez ! Laisse-toi convaincre… Je te réserverai une table près de la scène. Qu'est-ce qui t'empêche de venir ?

Dela réprima un rire nerveux. Rien du tout, songea-t-elle, à part une escouade de tueurs armés jusqu'aux dents et un mage psychopathe et immortel.

— Bon, j'essaierai de venir, répondit-elle enfin, incapable de lui refuser quoi que ce soit. Mais c'est sans garantie. Et tu as intérêt à nous réserver une grande table, car je ne serai pas seulement en compagnie de Hari et Blue.

Un long silence accueillit ces paroles sibyllines, avant que son amie ne maugrée d'un ton suspicieux :

— Del ? Qu'est-ce que tu me caches ?

— Rien du tout ! répondit-elle en riant. Où et à quelle heure ?

— Vingt heures au Kosmo Klub. Et ne t'avise pas de me faire faux bond !

— Nous avons rendez-vous ? demanda Blue tandis que Dela raccrochait.

— Rendez-vous avec qui ? s'étonna Dean, qui franchissait en compagnie d'Artur le seuil de la porte miraculeusement réparée.

Les deux hommes étaient habillés de vêtements propres, et la lumière matinale accrochait des reflets dans leurs cheveux fraîchement lavés, mais ils avaient le teint brouillé et les yeux cernés par le manque de sommeil. Dela comprit pourquoi en examinant les lieux. Il n'y avait plus aucune trace du carnage de la veille, et il régnait dans la pièce une odeur de détergent et de bougies parfumées, qui brûlaient encore çà et là.

— Le ménage s'est bien passé ? s'enquit Blue.

— Aussi bien que possible, répondit Artur d'une voix sans timbre.

Dela n'eut pas le courage de demander des détails. Elle préféra s'étonner de l'absence du quatrième homme de la bande.

— Eddie n'est pas là ?

— Il s'en tire avec quelques points de suture et une dose d'antibiotique, expliqua Blue. Rien de grave, mais les infirmières ont tenu à le garder pour la nuit – et je ne pense pas que c'était son état de santé qui les préoccupait. Mais à mon avis, il ne les a même pas remarquées. Il ne jure que par toi et te voue une reconnaissance éternelle. À ses yeux, tu es presque aussi formidable que Buffy, la chasseuse de vampires…

Dela ne put s'empêcher de rougir et s'en voulut.

— Il devrait plutôt être fier de lui-même, maugréa-t-elle en haussant les épaules. Il a réagi au quart de tour : un vrai pro.

Blue hocha la tête et la considéra un instant d'un air pensif avant de reprendre :

— D'après ce qu'il m'a raconté, tu ne t'es pas mal débrouillée, toi non plus. Je ne connais qu'un seul d'entre nous capable de stopper une balle en plein vol par la force de la pensée. Et encore n'y est-il parvenu qu'après des années de méditation et d'entraînement. Apparemment, tes pouvoirs se sont bien développés, ces temps-ci...

Il faisait référence à Michael, un des leurs qui avait pris sa retraite l'année précédente. Roland ne se consolait pas de ne plus pouvoir le compter dans les rangs de l'agence.

Dela, mal à l'aise, s'efforça de mettre un terme à cette discussion.

— Je ne sais pas si je pourrais renouveler cet exploit, dit-elle. L'énergie du désespoir permet de grandes choses, mais elle n'est pas disponible en permanence.

Dean, qui était allé s'affaler sur le canapé et qui avait de la suite dans les idées, profita du moment de flottement qui suivit pour revenir à la charge.

— Alors ? intervint-il. Tu nous parles de ce rendez-vous ?

Après leur avoir expliqué qui était Kit, Dela leur résuma sa conversation avec elle.

— C'est une idée stupide, je le sais bien, conclut-elle. Je vais la rappeler pour nous décommander.

Blue haussa les épaules et dit en se caressant le menton :

— Après ce qui s'est passé cette nuit, un peu de détente ne serait pas de refus. Un bon dîner, de la bonne musique, rien de tel pour requinquer un homme ! Qu'en pensez-vous, vous autres ?

— J'approuve, répondit Artur.

— Moi aussi, renchérit Dean.

Il se tourna vers Hari pour quêter son approbation, mais resta un instant sans voix devant son ventre nu, vierge de toute plaie et de toute cicatrice.

— Content de te revoir sur pied ! lança-t-il enfin. Tu sais que tu as fait à Dela la peur de sa vie ?

— Nous étions tous inquiets, ajouta Artur en roulant méticuleusement ses manches jusqu'à ses coudes pour aller se laver les mains à l'évier. Et nous sommes tous soulagés.

Dela le regarda faire avec fascination. Il actionna le robinet, se passa les mains au savon, se rinça, accomplissant chaque geste avec la minutie respectueuse d'un officiant servant sa première messe. Manifestement, il s'agissait pour lui de se débarrasser de bien plus que d'un peu de saleté. Avec la même solennité, il s'essuya soigneusement les mains, tout en les dévisageant l'un après l'autre, et attendit d'avoir remis ses gants pour reprendre la parole.

— Nous savons à présent d'où vient la menace, qui sont ces gens, ce qu'ils nous veulent, ce qu'ils trafiquent et où ils se trouvent. Ils ne peuvent en dire autant à notre sujet...

Dela était loin de partager son optimisme, mais elle n'eut pas le courage de le contredire.

— Alors ? fit-elle en soutenant son regard posé sur elle. Quelle est la prochaine étape ? Trouver le meurtrier de la fillette ?

Artur acquiesça d'un hochement de tête.

— Ce doit être quelqu'un qui a des raisons très sérieuses d'en vouloir à Wen Zhang.

— Autant chercher une aiguille dans une botte de foin ! s'exclama Dean avec un rire caustique. Après ce que j'ai entendu cette nuit, j'ai moi-même de bonnes raisons d'en vouloir à ce type.

— Ce ne devrait pas être si dur que cela, répliqua Artur d'un ton énigmatique. J'ai déjà lancé quelques filets, passé un ou deux coups de fil. Mais je pense que le plus urgent est de nous reposer un peu. Je ne sais pas si Wen Zhang aura l'intelligence de prendre nos menaces au sérieux, mais dans le cas contraire, nous devons être prêts à tout. Or, nous n'irons pas très loin si nous tombons de sommeil.

— Allez vous coucher, intervint Hari. Je resterai avec Dela. Contrairement à vous, nous avons dormi tous les deux.

Il hésita une seconde, puis ajouta :

— Si vous voulez bien me confier une de vos armes et m'en expliquer le fonctionnement, je pense que je serai de taille à assurer sa sécurité.

Après ce que chacun avait pu constater durant la nuit, personne ne se risqua à prétendre le contraire.

9

Le *Kosmo Klub*, un bar accueillant et enfumé installé entièrement en sous-sol, n'était accessible que par un étroit escalier qui débouchait sur le trottoir. Hormis une enseigne discrète, il ne se signalait à l'attention des passants que par l'impressionnante file de gens qui attendaient de pouvoir y pénétrer. Depuis trois décennies, ce club avait bâti sa réputation en mettant à l'affiche les meilleurs musiciens, en offrant à ses clients un grand choix de boissons et de plats, et en étant de loin le plus confortable de la ville.

Il était également réputé pour avoir la propriétaire la plus excentrique qui soit, une femme d'un âge certain qui se faisait appeler Dame Rose. Nymphomane autoproclamée, elle prenait un malin plaisir à remonter chaque soir la file d'attente de ses clients pour en extraire les mâles les plus à son goût, qu'elle installait aux places de choix de son établissement. Le prix à payer pour ces messieurs pouvait être une main aux fesses, une ou deux allusions précises et quelques œillades appuyées, mais Rose était tellement désarmante que nul ne s'offusquait et que tout le monde l'adorait.

La nuit était magnifique et Dela attendait, en compagnie de ses cinq gardes du corps sur leur trente et un, que la queue veuille bien se résorber devant eux. L'ambiance était à la décontraction et les plaisanteries fusaient, mais chacun gardait l'œil ouvert, prêt à déjouer la menace qui pouvait surgir à chaque instant. Artur était convaincu que la famille Zhang mettrait plusieurs jours à se remettre du fiasco de la veille. C'était l'unique raison pour laquelle il avait consenti à cette sortie.

Bien qu'ils aient les uns et les autres habilement caché leurs armes sous leurs vêtements, Dela percevait leur chant obstiné dans son esprit. Hari avait passé une partie de la journée à se confectionner un holster à partir d'un bout de cuir trouvé dans son atelier. Il était pendu à présent sous sa chemise, garni du plus impressionnant de ses poignards.

Ils patientèrent ainsi un quart d'heure avant que Dela ne finisse par repérer Rose, qui remontait le trottoir, examinant soigneusement les quartiers de « viande fraîche » – selon son expression – inscrits à son menu du jour. Quand elle aperçut Dela, le visage de la vieille dame s'illumina. De loin, elle lui fit un petit signe de sa main fine couleur chocolat et se dirigea vers elle en souriant. Puis son regard glissa sur les cinq hommes alignés derrière Dela, et elle se figea en plein mouvement, les yeux révulsés, en s'éventant de sa main comme pour s'empêcher de défaillir.

— Dela, chérie ! lança-t-elle quand elle l'eut rejointe. Tu veux donc que j'aie une attaque ?

Avec un sourire amusé, Dela laissa son regard courir de ses compagnons interloqués à la patronne du bar. Remise de son choc, celle-ci les toisait à présent des pieds à la tête avec un intérêt non dissimulé.

— Dame Rose, dit-elle, je voudrais vous présenter de très bons amis à moi.

Pendant qu'elle faisait les présentations, Artur donna le ton en se courbant en deux pour un baisemain du plus bel effet. Rose fit de nouveau mine de défaillir, et après cela, les garçons eurent droit à son plus grand numéro – baisers mouillés, clins d'œil coquins et sous-entendus grivois à faire rougir une star du porno.

Dela, qui avait gardé Hari pour la fin, se rengorgea en le voyant s'incliner galamment devant Rose.

— Madame, susurra-t-il, c'est un plaisir pour moi de faire la connaissance d'une femme qui manifeste tant de passion et d'intérêt pour son prochain...

La tête levée vers lui, Rose contemplait ses cheveux et ses yeux avec fascination. Puis son regard glissa lentement sur le reste de sa personne, et elle s'exclama dans un soupir extatique :

— Ah ! Si seulement j'avais vingt ans de moins et pas de prothèses en guise de hanches...

S'amusant de la surprise de Hari, elle lui donna une petite tape sur l'avant-bras et leur fit signe de la suivre. Artur et Dean, faisant assaut de galanterie, lui présentèrent leur bras. Elle gloussa et les prit de court en glissant d'autorité une main dans la poche arrière de leur jean. Les deux hommes se raidirent, mais n'eurent d'autre choix que de se laisser guider ainsi vers l'entrée sous les yeux de dizaines de témoins goguenards.

À ce spectacle, Eddie, le bras bandé et toujours sous l'effet des analgésiques, fut pris d'un fou rire qui ne tarda pas à se communiquer à Blue. Même Hari se joignit à eux et déclara d'un air réjoui :

— Je crois que je l'aime bien.

Dela sourit et vint se coller contre lui. Pour emboîter le pas aux autres, elle suivit l'exemple de son aînée et glissa sa main dans la poche arrière du jean de son compagnon.

Rose et ses deux proies les attendirent à l'entrée du bar enfumé. Le bruit des conversations, des rires et des verres qui s'entrechoquaient couvrait le jazz feutré qui jouait en sourdine. Les murs lambrissés de bois sombre étaient couverts de photographies encadrées de musiciens prestigieux. Elle-même chanteuse de jazz réputée dans sa jeunesse, Dame Rose figurait en bonne place dans cette galerie, le visage levé vers les projecteurs, les yeux fermés et les bras tendus en direction de son public.

— Kit m'a prévenue que vous veniez, expliqua-t-elle. Je vous ai réservé la meilleure table.

Quand elle les eut guidés jusqu'à celle-ci, ce fut au tour de Dean de la surprendre. Il la serra dans ses bras, où elle disparut tout entière, l'embrassa sur la joue et murmura à son oreille :

— Votre technique est excellente, Dame Rose. J'en suis encore tout chose...

Artur ne fut pas en reste : il vint enlacer Rose dans son dos et entoura sa taille de ses bras.

— Rose... susurra-t-il d'une voix vibrante de passion qui laissa tous les autres pantois. Rose...

Il ne dit rien d'autre que son nom, mais cela suffit à la maîtresse des lieux pour se pâmer.

— Vous êtes des diables ! s'exclama-t-elle en pressant ses deux mains sur ses joues rouges. Vous voulez donc ma mort ? Dela, chérie, fais-moi le plaisir de revenir aussi souvent que possible avec ces messieurs. Ils seront toujours les bienvenus.

Sur ce, elle tourna les talons en jouant des hanches et en s'éventant de plus belle.

La serveuse ne tarda pas à venir prendre leur commande. Elle s'était à peine éclipsée que Dela entendit une voix familière l'interpeller. Kit entra comme une apparition dans son champ de vision, vêtue d'une robe longue lamée or et d'un boléro assorti. Dans la lumière chiche qui régnait dans la salle, son maquillage mettait en valeur sa somptueuse peau couleur caramel. Un ruban de velours rouge maintenait son épaisse chevelure frisée, dégageant son visage.

Dela se leva aussitôt pour embrasser son amie.

— Qu'est-ce que tu nous as amené ? s'exclama Kit en examinant le reste de la tablée. Les finalistes du concours de *Mister* Univers ?

— Doucement, Kit. Ils vont finir par attraper la grosse tête. Rose a déjà assez flatté leur ego.

— Je suppose que ce n'est pas la seule chose qu'elle a flattée ! répliqua Kit en riant.

De nouveau, Dela se prêta de bonne grâce au rite des présentations. Kit semblait ravie. Elle alla même jusqu'à passer la main dans la chevelure de Blue, ce qui le fit sourire aux anges.

Hari, cependant, n'eut droit de sa part qu'à un regard suspicieux.

— Alors, fit-elle, vous êtes le nouvel homme de Dela ?

— Je le suis, répondit-il gravement.

Kit se pencha vers lui par-dessus la table et le fixa sans aménité.

— Vous avez l'air de quelqu'un de bien, lança-t-elle. Mais si vous vous avisez de lui briser le cœur, comptez sur moi pour vous réduire à l'état de légume jusqu'à la fin de vos jours !

— Je crois que je suis amoureux... murmura Blue.

Hari, qui soutenait tranquillement le regard de Kit, acquiesça d'un hochement de tête.

— Je ne peux que souscrire aux termes de ce marché.

La confrontation des regards se prolongea un instant encore, jusqu'à ce que Kit se détourne. Quoi qu'elle ait pu lire dans les yeux de Hari, cela avait dû la satisfaire.

— Je vous vois après le spectacle, dit-elle en décochant un clin d'œil à Dela. Je dois y aller.

Les yeux pleins d'étoiles, Blue la regarda s'éloigner.

— Rassure-moi, Dela... Elle est célibataire ?

Dean se lança dans une imitation convaincante de bruits de baisers. Une houleuse séance de rires et de plaisanteries suivit, que l'arrivée de leur commande rendit plus délectable encore. En grignotant ses chips, le bras rassurant de Hari posé sur ses épaules, Dela savoura cette ambiance chaleureuse.

Elle était si heureuse de se retrouver entourée d'amis qu'elle en aurait presque oublié tous ses problèmes. Presque seulement… Si besoin était, la surveillance discrète mais sans faille que Hari et Artur assuraient était là pour les lui rappeler.

Kit monta sur scène à 20 heures tapantes, le menton haut, le regard fier, tout son être dégageant une énergie indomptable. Elle était époustouflante, et un silence respectueux se fit instantanément dans la salle. Elle ne se présenta pas, sourit simplement à son public, coinça son violon sous son menton et commença à jouer.

Aucun musicien ne l'accompagnait, mais le besoin ne s'en faisait pas sentir. Kit enchantait les oreilles avec son jeu de prodige sensible. Son corps souple et libre comme une flamme captivait tous les regards. Un sourire ravi aux lèvres, Dela ne quittait pas des yeux sa talentueuse amie. Des cris d'admiration et d'encouragement montaient de la salle à chaque prouesse musicale. Et avant même qu'elle ait joué la dernière note du premier morceau, un tonnerre d'applaudissements jaillit de toutes parts. Les hommes de Dirk & Steele ne se privèrent pas d'y joindre leurs bravos et leurs hourras enthousiastes.

— Merci, les amis ! lança Kit dans son micro. Le morceau suivant m'a été réclamé par Dame Rose elle-même. Il est dédié à Dean et Artur : *Prisoners of lust !*

Les deux hommes se tassèrent en grimaçant sur leurs chaises, sous les sifflements et les applaudissements de la foule. Eddie leva son verre à leur santé, et une nouvelle salve de rires secoua la tablée. Hari souriait, parfaitement détendu. Son brusque changement d'attitude n'en parut que plus frappant aux yeux de Dela.

Les muscles tétanisés, il se figea soudain, aux aguets, et tourna la tête en direction de l'entrée. Au premier regard, Dela n'y distingua rien que de très ordinaire : des hommes, des femmes, seuls ou en couple, circulant de la porte au bar. Puis l'attitude d'un individu appuyé contre un mur attira son attention.

Ses longs cheveux décoiffés encadraient un visage d'une beauté sauvage, éminemment masculin. Il avait un corps mince et souple comme un fouet, habillé de jean et de cuir, aux avant-bras nus couverts de tatouages. Une cigarette allumée coincée entre les doigts, il observait leur tablée avec un intérêt manifeste, sans chercher à se dissimuler. Puis, se voyant découvert, il écrasa sa cigarette à peine entamée sur le sol et se dirigea vers eux d'une démarche féline et gracieuse. Dela crut entendre les fers de ses bottes de cow-boy marteler le parquet.

Hari se leva lentement de sa chaise pour l'accueillir. Sa réaction rappelait à Dela celle qu'il avait eue, à Pékin, dans le restaurant, quand il avait perçu la présence de l'un des siens. Il dominait le nouveau venu d'une bonne tête, mais celui-ci ne parut pas impressionné pour autant. En scrutant son visage au profil en lame de couteau, Dela eut la sensation qu'elle le connaissait. Puis elle s'aperçut qu'il avait lui aussi, comme Hari, d'étranges yeux dorés, et un frisson remonta le long de son dos.

— Bonsoir, dit simplement l'homme en fixant Hari droit dans les yeux.

Hari ne lui répondit pas, se contentant de lui tendre la main. Un sourire nonchalant apparut sur le visage de l'inconnu, qui accepta de la serrer.

— Veux-tu t'asseoir avec nous ? demanda Hari en désignant une chaise libre.

L'étranger parut remarquer seulement à cet instant les autres occupants de la table, qui, depuis son apparition, n'avaient d'yeux que pour lui. Il sursauta et sembla près de s'envoler, tel un volatile surpris par un chasseur.

— Il est semblable à moi, précisa Hari, comme si cela suffisait à tout expliquer.

— Tu veux dire, précisa Dela, que c'est un changeforme, lui aussi ?

À ces mots, l'homme sursauta et braqua sur Hari un œil soupçonneux.

— Comment est-elle au courant ?

— Ils sont tous au courant, répondit-il tranquillement. Et ils sont tous dignes de confiance. Je ne serais pas là, en leur compagnie, s'ils ne l'étaient pas.

Puis, avec une curiosité manifeste, il ajouta :

— Comment t'appelles-tu ? De quel animal partages-tu le sang ?

L'homme marqua un temps d'hésitation, visiblement mal à l'aise de devoir poursuivre cette conversation en présence de tant d'inconnus. Il parut sur le point de tourner les talons, mais se ravisa et s'assit lentement sur la chaise que Hari lui avait offerte.

— Je m'appelle Koni, répondit-il en guettant leur réaction. Mon clan est celui du corbeau. Et toi ?

— Je m'appelle Hari. Mon clan est celui du tigre.

— Le clan du tigre ? répéta Koni, ébahi. Il fait à présent partie de la légende… Combien reste-t-il des tiens ?

— Trop peu.

Le visage fermé, Hari ne paraissait pas décidé à ajouter quoi que ce soit. Sur la défensive, leur invité surprise se releva.

— Écoutez… dit-il. Je suis ravi d'avoir fait votre connaissance, mais vous devez comprendre que ce n'est pas évident pour moi de parler de tout ça ici, avec vous. Alors, si ça ne vous fait rien, je vais vous laisser. Hari, enchanté de t'avoir rencontré…

— Pas si vite ! lança Artur en hélant d'un geste une serveuse. Vous prendrez bien un verre avec nous. Je suis curieux de savoir pourquoi vous êtes venu trouver Hari. Après tout, il était déjà en notre compagnie quand vous l'avez vu. Pourquoi ne pas vous être tout simplement tenu à l'écart ?

Koni le dévisagea avec étonnement. C'était une bonne question, une question qu'Artur était en droit de se poser, et même le changeforme semblait en convenir.

— Whisky, dit-il en se rasseyant à la serveuse qui avait fini par arriver. Apportez la bouteille.

— C'est ça, renchérit Blue. Apportez-en deux !

L'homme-corbeau lança à Hari un regard dubitatif.

— Tu es sûr qu'on peut leur faire confiance ?

— Absolument ! Ils sont comme un clan pour moi.

Koni émit un grognement.

— En tout cas, ils ne sont pas de mon clan. Mais je veux bien te croire sur parole, d'un changeforme à un autre.

D'un œil toujours méfiant, il prit le temps de scruter leurs visages l'un après l'autre, avant de répondre enfin à la question qu'Artur lui avait posée.

— Si je ne me suis pas tenu à l'écart, c'est qu'il reste de par le monde très peu de mes semblables. À part ceux de mon clan, Hari est le seul changeforme dont j'ai pu flairer la piste depuis plus de trois ans – et j'ai pourtant beaucoup voyagé.

— La rareté ne suffit pas à justifier l'obsession, intervint Blue.

— Ma quête n'a rien d'une obsession ! protesta Koni en le fusillant du regard. Ce que vous ne comprenez pas et ne pouvez pas comprendre, c'est que lorsque l'un de nous flaire la piste d'un de ses semblables, il n'a de cesse qu'il ne l'ait retrouvé. C'est une sorte d'instinct, contre lequel nous ne pouvons rien. Il remonte aux temps anciens, quand nous étions beaucoup plus nombreux et que les questions de territoire avaient plus d'importance qu'aujourd'hui.

Le retour de la serveuse, qui apportait leur commande, interrompit cette confession. Quand elle fut partie et que la musique de Kit put de nouveau couvrir leurs voix, Koni se pencha sur la table, embrassa ses interlocuteurs d'un long regard panoramique et reprit :

— À votre tour de vous confesser. Qui êtes-vous et pour quelle raison m'acceptez-vous si facilement ? Et n'essayez pas de me faire croire que c'est parce que vous connaissez Hari. Une odeur étrange s'accroche à vous. Je l'ai flairée tout de suite.

— Vraiment ? s'étonna Dela en se tournant vers Hari. Ai-je réellement une odeur différente de celle des autres femmes ?

— Il ne s'agit pas vraiment d'une odeur… répondit-il après avoir hésité quelques secondes. Cela ressemble plus à une énergie, qui déborde de toi en permanence.

— Tout cela est bien joli, reprit Koni en croisant les bras, mais j'attends toujours ma réponse.

— D'une certaine façon, répondit Artur en se versant un verre de whisky, nous sommes comme Hari et toi, en ce sens que nous avons certains pouvoirs qualifiés de paranormaux de nos jours : télépathie, clairvoyance, télékinésie…

Pour la première fois depuis qu'il s'était invité à leur table, un sourire amusé fleurit sur les lèvres du nouveau venu.

— Vous voulez dire que vous tordez les petites cuillères rien qu'en les regardant ? plaisanta-t-il.

— Ça, c'est mon rayon, répondit Dela en levant le doigt.

Au fond d'une poche, un téléphone portable se mit à sonner. Artur répondit promptement, se leva et se dirigea vers le fond de la salle. Un silence tendu retomba sur leur tablée. Dela s'efforça de se concentrer sur ce qui se passait sur scène, sans trop y parvenir.

Artur les rejoignit cinq minutes plus tard, les mâchoires contractées, le visage fermé. Dans ses yeux sombres, Dela perçut une détermination sans faille… ainsi qu'un certain malaise.

— Nous avons une urgence, annonça-t-il à la cantonade sans prendre la peine de se rasseoir. Il nous faut partir tout de suite si nous voulons intercepter notre cible.

Dela tressaillit en comprenant qu'il ne pouvait s'agir que de l'assassin de la fillette.

— Cela n'a pas traîné, s'étonna Blue en se levant.

— J'ai pu communiquer quelques détails révélateurs à Roland et Yancy, expliqua Artur. Des détails que je me serais bien passé de connaître et que je préfère vous épargner, étant donné la nature du crime.

Koni, dépassé par les événements, les considérait avec des yeux ronds, comme s'ils étaient subitement devenus fous.

— Que se passe-t-il ?

— Affaire confidentielle de la plus haute importance, répondit Blue en sortant de son portefeuille une carte professionnelle qu'il lui tendit. Si jamais tu as besoin d'un job où tu n'aurais pas à te cacher, appelle ce numéro et demande à parler à Roland.

L'homme-corbeau lut la carte en fronçant les sourcils.

— Vous êtes de la mafia ?

Dean émit un rire grinçant et vint se planter devant lui.

— Mon bonhomme, sache que nous sommes du bon côté de la barrière, lui expliqua-t-il, les yeux dans les yeux. Tu n'as qu'à taper Dirk & Steele dans un moteur de recherche sur Internet, et tu trouveras toutes les infos dont tu as besoin – excepté celles que nous venons de te révéler en exclusivité. Nous aussi, nous avons besoin de garder nos petits secrets. Répète un seul mot de ce que tu as entendu autour de cette table à quiconque, et je te vole dans les plumes. Compris ?

Alors qu'ils se dirigeaient précipitamment vers la sortie, Dela adressa un signe de la main à Kit pour lui faire comprendre qu'elle l'appellerait. D'un regard, son amie lui indiqua qu'elle avait saisi le message et ne lui en voulait pas de son départ subit. Elles étaient toutes les deux trop liées pour s'arrêter à ce genre de chose.

Artur, après avoir pris place derrière le volant et mis le contact, attendit qu'ils soient tous installés dans le Land Cruiser pour annoncer d'une voix lugubre à Dela :

— L'homme pour qui tu as créé le poignard qui a servi à tuer cette pauvre gosse vient d'être retrouvé mort sur son yacht.

Un silence de plomb accueillit cette révélation.

— Cela ne s'arrêtera donc jamais ? gémit Dela d'une voix brisée. Il n'était qu'un paisible homme d'affaires dont le seul tort était d'être un collectionneur un peu trop passionné...

— Pas si paisible que cela, reprit Artur en secouant la tête d'un air désolé. Son statut d'homme d'affaires n'était qu'une façade. Il travaillait en fait pour la famille rivale de celle de Zhang à Chinatown.

— Quand as-tu appris tout cela ? s'étonna Dean. Si tu nous as caché quelque chose...

— Je ne vous ai rien caché, répliqua Artur en haussant le ton. Tout ce que je vous dis là, je viens de l'apprendre moi-même au téléphone. Je me doutais que le meurtrier avait agi pour se venger de quelque chose dont il rendait coupable la famille Zhang. Restait à découvrir quoi. Je me suis contenté de me demander qui, dans l'entourage immédiat de Dela, pouvait avoir à la fois accès à l'arme du crime et être susceptible d'en vouloir à la famille de la victime. J'ai lancé tous nos contacts à New York sur cette piste, et la réponse n'a pas tardé à arriver.

— Ce tueur a-t-il enfin un nom ? demanda Hari, se faisant l'interprète de tous.

Dela sentit son cœur cogner à coups redoublés dans sa poitrine. Le silence embarrassé d'Artur lui mit la puce à l'oreille.

— Artur ? insista-t-elle d'une voix blanche.

— Adam… murmura-t-il en se forçant à la regarder dans les yeux. Le meurtrier s'appelle Adam Yao.

10

— Cela ne peut pas être vrai ! murmura Dela, effondrée. Adam ne me trahirait jamais ainsi ! C'est mon ami. Nous nous connaissons depuis des années. C'est moi qui lui ai offert son premier travail à son arrivée aux États-Unis.

— Ce n'était pas son premier travail, corrigea Artur. Il était dans ce pays depuis deux ans quand tu l'as embauché. On n'a trouvé aucune trace de son entrée en Amérique, mais il a ouvert un compte bancaire à New York il y a de cela sept ans.

— Comment en es-tu arrivé à le soupçonner ? demanda Hari.

— Je ne le soupçonnais pas plus qu'un autre jusqu'à ce qu'un de mes contacts découvre qu'il avait résidé dans un hôtel à New York au moment où le crime s'est produit. T'a-t-il parlé d'un voyage dans cette ville, Dela ?

Désorientée, elle secoua la tête et regarda fixement le pare-brise obscurci par la nuit devant elle.

— Il a fait un rapide voyage il y a deux mois, mais c'était pour rendre visite à Toronto à des membres de sa famille ayant immigré récemment.

Elle se tut un instant, tenta de percer l'épais brouillard cotonneux qui s'était abattu sur son esprit, mais trouva une fois encore toute l'histoire complètement folle.

— C'est impossible ! lança-t-elle en se tournant vers Artur. Même s'il a menti sur la date de son entrée aux

États-Unis et sur ce voyage à Toronto, cela ne signifie pas pour autant qu'il est coupable. Adam est incapable de faire une chose pareille ! Mon instinct ne me trompe jamais quand il s'agit de jauger quelqu'un.

— Il y a un moyen bien simple de le vérifier, répliqua Artur en manœuvrant pour sortir de leur place de parking. Selon mes sources, il s'est servi de sa carte bleue pour régler une chambre à l'hôtel *Four Seasons*, ici même, pas plus tard que tout à l'heure. C'est là que nous allons.

— Il ne devait pas passer ses vacances à Hawaï ? s'étonna Eddie.

La question demeura en suspens. Dela n'eut pas le courage d'y répondre. Adam était censé se trouver à Hawaï depuis deux semaines et y rester une semaine encore.

Lorsqu'ils arrivèrent en vue du *Four Seasons*, Artur se gara loin de l'entrée principale. Il fut décidé après une rapide concertation que seuls trois d'entre eux entreraient dans l'hôtel : lui-même, Dela et Hari, car ce dernier refusait de la laisser affronter une situation potentiellement dangereuse sans lui. Dela craignait qu'il n'attire beaucoup trop l'attention sur eux, mais il était vrai qu'elle se sentait beaucoup plus en sécurité en sa compagnie – surtout à présent qu'il ne lui semblait plus possible de se fier à quiconque.

En pénétrant dans le hall brillamment éclairé de l'hôtel, ils clignèrent des yeux et mirent un moment à s'habituer à l'éclatante lumière. Le marbre et les cuivres étincelaient. Un murmure de voix feutrées se faisait entendre par-dessus les notes romantiques d'un piano et d'un violon diffusées par d'invisibles haut-parleurs. Ce n'était pas précisément le genre d'endroit dans lequel on se serait attendu à trouver un meurtrier. Dela persistait à croire qu'il ne pouvait s'agir que d'une tragique méprise. Si Adam n'était pas coupable, elle n'aurait plus qu'à tenter de se faire pardonner pour l'avoir, ne serait-ce qu'un instant, injustement soupçonné. Mais s'il l'était…

Artur connaissait déjà le numéro de la chambre. Sans passer par la réception, ils se dirigèrent vers les ascenseurs. Ils attendirent un bon moment qu'une cabine arrive, impatients et mal à l'aise. Juste lorsque les portes coulissaient devant eux, Dela jeta un coup d'œil en direction du hall et sentit le sang refluer de son visage.

— Delilah ? s'inquiéta Hari.

Elle était incapable de prononcer le moindre mot, mais les deux hommes n'eurent qu'à suivre la direction empruntée par son regard pour comprendre ce qui se passait : Adam venait de quitter l'un des salons de l'hôtel et de faire son apparition dans le hall. Son visage était pâle, ses traits tirés. Sa bouche pincée formait une mince ligne à peine visible. Il était vêtu d'un pull à col roulé, d'un pantalon noir et portait un sac de voyage sur l'épaule. Son pas était tranquille, et il ne semblait pas les avoir aperçus. Au lieu de se diriger vers les ascenseurs, il marcha sans se presser vers la sortie.

Ils lui emboîtèrent le pas à distance et le virent grimper dans un taxi qui l'attendait au bord du trottoir. Indifférents aux regards surpris ou scandalisés qu'ils déclenchaient sur leur passage, ils se précipitèrent hors de l'hôtel et découvrirent que le Land Cruiser, dont Blue avait pris le volant, était déjà là, portes ouvertes et prêt à démarrer. Avant même qu'ils aient achevé de s'installer dans l'habitacle, Blue prit le taxi en chasse. Dans le dédale des rues, il lui fut difficile de ne pas perdre sa trace, mais, rapidement, sa destination ne fut que trop évidente.

— On dirait qu'il se dirige vers ma maison, murmura Dela, accablée.

Hari répondit à son regard angoissé par un sourire désolé. Elle aurait voulu se trouver seule avec lui, pour oublier le monde et les mauvaises surprises qu'il réserve parfois, pour oublier que les amis en apparence les plus fidèles peuvent avoir deux visages et vous poignarder dans le dos dès que l'occasion se présente.

Comme s'il avait lu dans ses pensées, Hari prit ses mains dans les siennes. Dela s'émerveilla de l'apaisement que lui procurait ce simple contact. Elle plongea les yeux au fond des siens, et ce fut comme si leurs âmes communiaient. Elle sentit son amour, tel un flot irrépressible, se déverser en elle. Pendant un long moment, cela suffit à lui rendre espoir.

Puis ils arrivèrent en vue de sa maison, dont les lumières brillaient à l'étage, et même cette consolation ne fut plus suffisante.

La nuit ne faisait que commencer et promettait d'être éprouvante. Hari pouvait à juste titre s'imaginer avoir vécu le pire – des tortures si inhumaines que sa raison avait failli chavirer, des batailles qui ne s'achevaient pas tant que la terre n'était pas couverte sur des kilomètres de cadavres sanglants. Pourtant, aucune de ces expériences traumatisantes ne l'avait brisé.

Auprès de Dela, il en allait tout autrement. Sa souffrance, sa peur et son angoisse lui serraient le cœur, car tout ce qui la touchait l'atteignait aussi. Autant qu'elle, il se sentait impuissant et trahi. Pour la première fois de sa trop longue existence, sa force physique ne signifiait plus rien, ses talents de guerrier se révélaient inutiles.

Dela avait le cœur brisé, et c'était une souffrance que personne, pas même lui, ne pouvait lui épargner. Mais s'il n'était pas capable de la protéger avec son corps, se promit-il, il lui ferait un refuge de son cœur et de son esprit. C'était tout ce qu'il avait à lui offrir, mais c'était beaucoup plus que ce qu'il avait jamais offert à quiconque.

— Laissez-moi y aller seul ! lança-t-il lorsqu'ils furent garés devant chez elle, sous les fenêtres éclairées de son appartement. C'est peut-être une embuscade, et il ne peut rien contre moi.

Dela commença à ouvrir la bouche pour protester, mais il la fit taire en posant un doigt sur ses lèvres.

— Non, Dela ! Cette fois, je ne me laisserai pas convaincre. Restez ici tous les cinq. Je vous appellerai dès qu'il n'y aura plus de danger.

Sans lui laisser le temps d'argumenter, il descendit de voiture. Les quatre hommes qui l'entouraient sauraient veiller sur elle. Il lui en coûtait, mais il lui fallait s'habituer à leur présence auprès d'elle. Dean, Artur, Blue et Eddie étaient les amis de Dela, et un homme digne de ce nom ne peut séparer sa compagne de ceux qu'elle aime, même si son vœu le plus cher est de la garder toute à lui.

Hari avait encore du mal à réaliser que Dela l'aimait autant qu'il l'aimait. À ses yeux, c'était un véritable prodige. Leur amour était un lien concret, presque tangible, qu'il sentait circuler entre eux en permanence.

Mais comment pourraient-ils vivre cet amour tous les deux tant que la malédiction pèserait sur lui ? Je survivrai à Delilah, songea-t-il soudain avec horreur. Je survivrai à nos enfants... Il ne pouvait imaginer de sort plus funeste, même s'il lui avait déjà fallu en passer par là et se résigner à continuer à vivre alors que tous ceux qu'il aimait étaient redevenus poussière. Pourrait-il supporter de s'infliger une fois de plus une telle souffrance ? Et elle ? Comment vivrait-elle cette perspective ? *N'y pense pas pour l'instant. Tu as un meurtrier à attraper !*

Le tigre en lui se mit en chasse, plus proche de son être profond qu'il ne l'avait été depuis deux mille ans. Il pouvait presque sentir ses griffes ; il avait l'impression que sa peau de fauve, de nouveau, jouait souplement sur ses muscles. Il gravit en silence l'escalier plongé dans le noir. Sa vision gagna en acuité, son odorat s'affina, lui permettant de capter une odeur de nervosité, de peur, de confusion, mélange d'épices et de sueur.

En haut des marches, la porte récemment réparée était entrouverte. Hari s'en approcha à pas feutrés, jusqu'à ce qu'il puisse glisser un œil dans l'entrebâillement. Il ne vit rien de spécial, mais il perçut le bruit caractéristique d'une respiration oppressée. Doucement, il repoussa la porte, qui pivota sur ses gonds en grinçant. Son instinct lui avait dit à quoi il devait s'attendre, et il ne fut pas surpris de trouver Adam Yao assis en tailleur sur le sol, faisant face à la porte d'entrée, un très long poignard entre les mains. Ses yeux s'écarquillèrent sous l'effet de la surprise. D'un geste impérieux, Hari lui intima l'ordre de ne pas bouger.

— Tu ne me connais pas, expliqua-t-il calmement, mais j'ai toutes les raisons de te haïr. Je n'hésiterai pas à te tuer, mais je sais me contrôler. Dis-moi pourquoi tu es ici. Est-ce pour faire du mal à Delilah ?

— Non ! protesta Adam en secouant la tête avec véhémence. Je suis venu tout lui expliquer et faire amende honorable.

— Ah ! gronda Hari. C'est donc que tu l'as trahie.

Le front couvert d'une pellicule de sueur, Adam tiqua et secoua de nouveau la tête.

— Vous ne pouvez pas comprendre, gémit-il. Où est Dela ?

— Je suis là, Adam.

Dela sortit de la pénombre de la cage d'escalier, Artur et les autres sur ses talons. Hari les avait entendus approcher, mais n'avait rien pu faire pour les en empêcher. Il n'avait pas besoin de leur présence. Pas encore. Il n'était pas difficile de prédire que le sang allait de nouveau couler, et c'était un spectacle qu'il aurait voulu par-dessus tout épargner à celle qu'il aimait. Il savait cependant qu'il aurait été vain de tenter de la maintenir à l'écart. Le sens de l'honneur de Dela la poussait à affronter l'homme qui l'avait trahie, et Hari l'aurait d'une certaine manière trahie à son tour en l'en empêchant. Par mesure de sécurité, cependant, il s'interposa entre elle et Adam Yao. L'homme ne paraissait pas agressif, mais il ne voulait prendre aucun risque.

— Est-ce toi qui as tué cette enfant à New York ?

Blême mais le visage déterminé, Dela avait posé d'emblée la question qu'elle redoutait le plus. Adam baissa les yeux et rentra la tête dans les épaules. Manifestement, il ne s'était pas attendu à cela.

— Dela… plaida-t-il d'un ton suppliant en cherchant son regard. Tu dois comprendre. Cette famille… ce sont des monstres ! Ils commettent des crimes abominables envers les hommes et les femmes qu'ils font entrer dans ce pays. Ils nous réduisent en esclavage, nous font trimer sans nous payer dans leurs commerces, dans leurs maisons.

Une lueur de folie passa dans son regard. Haletant, il ajouta dans un souffle :

— Ils ont tué toute ma famille…

Sous le coup d'une douleur familière, Hari ferma brièvement les yeux.

— Oh, Adam… murmura Dela. Pourquoi ne pas me l'avoir dit avant ? Je suis désolée pour toi, mais je dois tout de même savoir… Est-ce toi qui as tué la nièce de Wen Zhang avec le poignard que j'avais forgé ?

— Oui.

Avec cet aveu, Hari sentit la mort pénétrer dans la pièce.

— Oui, c'est moi qui l'ai tuée, reprit Adam en redressant fièrement le menton. Je voulais que les Zhang passent par le même cauchemar que j'ai traversé quand ils ont éventré ma propre fille…

— Et pour leur faire payer leur crime, intervint Artur d'une voix sans timbre, tu n'as rien trouvé de mieux que d'en commettre un semblable ?

— Vous ne pouvez pas comprendre, murmura Adam d'une voix brisée. Je voulais une vie meilleure pour ma famille. Je parlais anglais. J'ai commencé à guetter les opportunités qui s'offraient à moi hors de Chinatown. J'ai ouvert un compte bancaire afin qu'ils ne puissent nous prendre notre argent. Quelqu'un m'a trahi, et les Zhang ont envoyé chez nous leurs hommes de main. Ils ont violé ma femme, battu mes enfants, et quand j'ai tenté de leur résister, ils ont tué tout le monde. Ils m'auraient tué aussi si je n'avais réussi je ne sais comment à m'échapper. Je me suis enfui et je ne me suis arrêté que lorsque j'ai trouvé cette ville. Et toi, Dela.

Le menton appuyé contre sa poitrine, il poursuivit sa confession d'une voix hachée :

— Je pensais avoir fait mon deuil, m'être construit une nouvelle vie. Mais quand j'ai appris que Lo Dai voulait à tout prix un poignard de toi, un déclic s'est fait en moi. Il était le concurrent direct des Zhang et leur pire ennemi. Si ce poignard devenait l'instrument de ma vengeance, je pouvais faire souffrir les Zhang autant qu'ils m'avaient fait souffrir, et je pouvais amener les deux gangs à s'entre-tuer.

Hari sentait le ressentiment et la déception de Dela s'élever autour de son corps telle une fumée âcre et toxique. Un éclair traversa son regard, et son pouvoir, semblable à un serpent mortel, se déploya à travers la pièce pour frapper Adam. La lame qui reposait sur les genoux du Chinois s'éleva dans les airs. La pointe vint se ficher contre son cou.

— Dela ! cria Blue.

Mais elle ne tint pas compte de l'avertissement et laissa libre cours à sa rancœur.

— Tu aurais dû m'en parler, Adam. Nous aurions trouvé une solution.

Sa voix était douce, mais ses yeux flamboyaient de colère, et une fureur noire lui empourprait le visage. Il était effrayant de la regarder. Hari lui-même était soulagé de ne pas être l'objet de son courroux. Il fallut un long moment à Adam pour retrouver sa voix. Il aurait été difficile de dire ce qui l'effrayait le plus, du regard de Dela ou du poignard qui lévitait comme par magie devant lui.

— Il n'y avait pas d'autre solution, parvint-il enfin à répondre d'une voix étranglée. La police, le gouvernement, les juges, les journalistes, tout le monde est au courant de ce qui se passe à Chinatown, et personne ne fait rien... Ces bandits sont trop puissants, notre communauté trop docile et effrayée. Personne n'aurait voulu témoigner contre eux.

— Tu aurais dû m'en parler quand même, insista-t-elle sèchement. Au lieu de cela, tu as trahi la mémoire de ceux que tu prétendais venger. Et tu m'as trahie aussi.

Au désespoir, Adam secoua la tête autant que la pointe de la lame appuyée contre son cou le lui permettait.

— Je pensais que tu n'en saurais jamais rien. Je te le jure. Je n'avais pas imaginé qu'ils remonteraient jusqu'à toi, qu'ils te tiendraient pour responsable. New York est si loin... Tout devait se régler entre les deux familles. Je ne voulais pas te nuire.

— Cela ne t'excuse en rien ! s'exclama Dela, au comble de la fureur. Tu m'as manipulée, Adam. Tu t'es servi de moi pour tuer une enfant ! As-tu bien goûté ta vengeance ? Quand tu penses à tes enfants, à présent, que vois-tu ? Leur visage, ou celui de cette pauvre gamine à qui tu as ôté la vie ? Comment supportes-tu d'entendre ses cris sous ton crâne ?

S'il fallait en juger d'après la grimace qui tordit les traits d'Adam à ces mots, il le vivait mal. Hari connaissait cette expression. Il l'avait vue maintes fois sur le visage d'hommes qui avaient accepté d'exécuter de basses œuvres que lui, même en tant qu'esclave, n'aurait pu accomplir. C'était l'expression d'un désespoir indicible et d'une culpabilité sans bornes.

Les joues sillonnées de larmes, Adam se balançait d'avant en arrière, ignorant la lame qui pouvait s'enfoncer dans sa gorge à tout instant.

— J'imaginais... que ça en valait la peine, murmura-t-il d'une voix à peine audible. Mais je me suis trompé. Oh ! Comme je me suis trompé... Quand j'ai appris que les Zhang avaient lancé leurs tueurs à tes trousses, j'ai compris que je devais arrêter de me cacher. J'ai envoyé à Wen Zhang une lettre dans laquelle je reconnais ma culpabilité et qui te disculpe complètement. Mais je devais également revenir ici, pour tout t'avouer.

Dela se mit à pleurer, mais la lame du poignard demeura fermement pointée contre le cou d'Adam.

Hari remarqua l'inquiétude que trahissaient les visages de ses amis autour d'elle. Peut-être étaient-ils impressionnés par la soudaine montée en puissance de ses pouvoirs et craignaient-ils qu'elle n'en perde le contrôle. Il n'avait quant à lui aucune inquiétude à ce sujet.

— Je pensais que tu étais mon ami, conclut Dela après un long silence. Un homme bon. Même en tenant compte du mal qui t'a été fait, comment as-tu pu prendre la vie d'une enfant ? Comment ?

— Ils ont brisé l'humain en lui, répondit Hari à la place d'Adam, sachant que celui-ci ne pourrait jamais expliquer de manière satisfaisante ni son geste ni ses motivations.

Puis il alla s'accroupir près de lui et l'observa un instant sans dégoût ni pitié, avant d'ajouter :

— Je vais te dire quelque chose, Adam Yao. J'ai été esclave, moi aussi. Il m'était pratiquement impossible de désobéir aux ordres qui m'étaient donnés, mais il y a certaines choses que je n'ai jamais accepté de faire, même si j'ai dû en supporter les conséquences. Ce que tu as oublié dans ta folie vengeresse, c'est que certains actes ne peuvent être pardonnés.

Après s'être redressé, Hari alla se camper devant Dela, de manière qu'elle ne puisse plus voir Adam. Puis il posa les deux mains sur ses épaules et plongea son regard dans le sien, aussi profondément qu'il le put.

— Il est déjà un homme mort, Delilah. Et tu n'es pas une criminelle. Laisse-le dévaler cette pente tout seul.

Il scruta ses yeux emplis d'une tristesse indicible et comprit qu'il avait réussi à la convaincre. Il ne se retourna pas pour voir la lame se poser en douceur sur le sol – il lui faisait confiance. Puis il la prit dans ses bras et la laissa éclater en sanglots contre son épaule.

— Dela ? fit Adam après s'être emparé du poignard. Me pardonneras-tu ?

Dela s'écarta de Hari pour lui répondre, mais s'accrocha à sa main d'une poigne de fer.

— Je te pardonne de m'avoir trahie, murmura-t-elle. Mais je ne pourrai jamais te pardonner d'avoir assassiné cette enfant. Jamais.

Adam hocha la tête d'un air résigné et éleva la lame devant ses yeux.

— Je suis désolé, dit-il simplement.

Et avant que quiconque ait pu réagir, il plongea l'arme dans sa poitrine jusqu'à la garde.

Dela cria et courut le rejoindre, mais il rendit son dernier souffle alors qu'elle tombait à genoux près de lui. Son visage penché sur le sien fut la dernière image que l'esprit d'Adam enregistra avant de sombrer dans le néant.

11

— Il commence à y avoir beaucoup trop de mauvaises vibrations dans cet endroit, marmonna Dean.

Cela faisait quelques minutes déjà qu'Artur et lui étaient rentrés, après avoir mis le corps d'Adam « en lieu sûr ». Ils avaient eu le temps de passer un coup de fil à un restaurateur new-yorkais dont les contacts d'Artur certifiaient qu'il était un homme lige de Wen Zhang. Si celui-ci voulait s'assurer par lui-même de la mort de l'assassin de sa nièce, il pourrait le faire. Sinon, la dépouille d'Adam serait brûlée et ses cendres dispersées.

Ils n'imaginaient pas que quiconque – pas même la police – se soucierait de cette soudaine disparition. Adam Yao était un étranger vivant seul et sans famille connue en Amérique du Nord. Les parents à qui il était soi-disant allé rendre visite à Toronto n'étaient qu'un leurre. Hormis Dela, personne ne pleurerait sa mort.

Hari n'était pas loin de partager l'avis de Dean : il y avait beaucoup de mauvaises vibrations dans cette maison. Dans un proche avenir, sans doute Dela devrait-elle envisager de déménager. Pour la énième fois depuis qu'elle était allée s'y enfermer, son regard se porta sur la porte close de sa chambre. Personne n'avait osé la déranger. Hari voulait lui aussi respecter son besoin de solitude, mais il ne pouvait supporter de savoir qu'elle souffrait et qu'il n'était pas à ses côtés.

Finalement, son envie de s'assurer qu'elle allait bien fut la plus forte, et il alla cogner doucement contre le battant. Si elle voulait le mettre à la porte, libre à elle de le faire...

Sans attendre de réponse, il pénétra dans la pièce à peine éclairée. Recroquevillée sur le lit, Dela leva la tête vers lui, les yeux pleins de larmes, mais ne lui demanda pas de partir. Il la rejoignit sur le lit jonché de mouchoirs en papier roulés en boule et se lova dans son dos pour lui faire un cocon de son corps.

— Parle-moi d'Adam, lui murmura-t-il à l'oreille en lui caressant les cheveux. Quels souvenirs garderas-tu de lui ?

Avec réticence au début, puis avec un enthousiasme croissant, Dela raconta à Hari les meilleurs moments de cinq années d'amitié avec le disparu. De longues minutes durant, elle lui parla de ses qualités, de ses défauts, de tout ce qu'elle avait pu apprécier chez lui, en tant que patronne tout d'abord, puis en tant qu'amie.

— Il me manque déjà, conclut-elle quand elle eut vidé le coffre à souvenirs. Je n'arrive pas à réaliser qu'il est mort. Je ne cesse... je ne cesse de le voir planter ce couteau dans son cœur... et je ne peux m'empêcher de penser que c'est de ma faute, que c'est moi qui l'ai conduit à se suicider par mon intransigeance. Mais qu'aurais-je pu lui dire d'autre ? Je ne pouvais pas lui pardonner ce qu'il avait fait, même après avoir appris ce qui était arrivé à sa famille. Et le fait qu'il ait payé son crime de sa vie n'y change rien. Je ne peux toujours pas lui pardonner.

— Il a fait le mauvais choix, répondit Hari. Et il ne pouvait pas le supporter. Ton pardon ne l'aurait pas sauvé, Delilah. Adam avait décidé de mourir.

Pelotonnée entre ses bras, Dela demeura silencieuse un long moment, pensive, méditant ses paroles.

— Hari ? demanda-t-elle enfin. Quels sont ces ordres terribles qui t'ont été donnés et auxquels tu as refusé d'obéir ?

Ainsi, songea-t-il, elle se rappelait. Bien sûr, il aurait été stupide d'imaginer qu'elle pût ne pas se souvenir des confidences qu'il avait faites à Adam. D'abord, il ne sut que lui répondre. Les mots étaient trop douloureux, les souvenirs pires encore. Et quand il se décida à parler, il le fit avec une prudence extrême, comme si les paroles qu'il s'apprêtait à prononcer avaient pu lui sauter à la gorge.

— Certains de mes maîtres m'ont ordonné de violer et de tuer femmes et enfants. Ceux de leurs ennemis... voire les leurs. Pour certains d'entre eux, ce n'était rien d'autre qu'un divertissement. Ils voyaient passer dans la rue un enfant innocent et m'ordonnaient de lui briser la nuque à mains nues. D'autres ont voulu que je viole la fille d'un seigneur de guerre en visite, afin de prendre l'avantage dans une négociation. Si je suis parvenu à chaque fois à refuser d'obtempérer, ce fut de haute lutte. La malédiction me poussait à obéir à n'importe quel ordre de mes maîtres, mais comment aurais-je pu commettre de telles atrocités ? Quand bien même mon esprit aurait pu se laisser abuser par le charme, mon corps s'y refusait. Voilà pourquoi je l'ai emporté, à chaque fois. Je n'avais pas d'autre choix que de réussir.

— Étaient-ce les seuls ordres auxquels il t'était possible de désobéir ?

— Oui. Je suppose que c'est parce que de tels actes sont totalement étrangers à ma nature. Nous autres tigres sommes nés pour protéger nos familles de tout danger. Voilà sans doute pourquoi il m'était impossible de m'en prendre à une femme ou à un enfant.

Il marqua une pause avant d'ajouter :

— Comprends-tu ce que cela veut dire, Delilah ? Cela signifie que tous les autres actes de violence qu'on m'a ordonné d'accomplir n'étaient pas contre nature à mes yeux.

Dela se retourna entre ses bras pour le regarder, et Hari eut la satisfaction de constater qu'il était parvenu à lui faire oublier Adam, ne serait-ce que pour quelques instants. Toute son attention était tournée vers lui, et être l'objet d'une si tendre compassion lui faisait monter les larmes aux yeux. Du bout des doigts, elle lui caressa la joue, tout en effleurant très doucement ses lèvres des siennes.

— Tu ne dois pas te sentir coupable, Hari, murmura-t-elle d'une voix chargée de reproches. Ce n'est pas comme si tu avais voulu tuer tous ces gens...

— Consciemment, non, admit-il. Mais si je n'avais pas eu l'instinct d'un prédateur, peut-être aurais-je été plus en mesure de résister.

— Que tu le veuilles ou non, reprit Dela en soupirant, tu as un tigre au fond de toi. Un prédateur, comme tu le dis si bien. As-tu jamais entendu parler d'un tigre non violent ?

— Je suis également un homme, Delilah.

— Un homme qui n'hésiterait pas à tuer si sa vie ou celle de ceux qu'il aime était en danger, n'est-ce pas ? Un être humain n'est pas plus un agneau inoffensif qu'un tigre. Si la capacité de tuer son prochain existe en l'homme, alors il faut comprendre qu'il puisse s'en servir, ou qu'elle puisse, comme dans ton cas, se retourner contre lui. Ce n'est pas glorieux, sans doute, mais c'est ainsi.

Hari se sentit plus léger, tout à coup. Se pouvait-il que Dela ait raison, qu'elle ait trouvé en quelques mots la parade aux affres dans lesquelles il se débattait depuis des siècles ? Il ferma les yeux en ronronnant de plaisir et se lova plus étroitement contre elle.

— Delilah... murmura-t-il d'un ton rêveur. Comment ai-je fait pour survivre si longtemps avant de te connaître ?

— Je suppose que tu es un bon exemple de ce que l'on appelle de nos jours la résilience. Ne me demande pas de t'expliquer ce que cela signifie, je n'en ai pas le courage ce soir...

Hari n'en avait pas la moindre intention. La tête calée sous son menton, Dela venait de s'enrouler autour de son corps comme une liane. Le nez plongé dans ses cheveux, il inspira profondément. L'odeur de sa peau l'enivrait davantage que le plus puissant des alcools. Il était incapable de concevoir la vie sans elle, désormais, et cela lui fit prendre conscience que la seule chose qui pourrait le briser serait de la perdre. Elle n'est pas près de mourir, songea-t-il, décidé à apprécier à sa juste valeur l'instant présent. Delilah deviendra une très belle vieille dame...

Mais lui ne serait pas le vieillard qui s'éteindrait doucement auprès d'elle. Jamais il ne connaîtrait le grand âge à ses côtés. Il ne pouvait pas lui en parler maintenant, alors que, le cœur brisé, elle pleurait encore la mort de son ami. Et pourtant... S'il ne se décidait pas tout de suite à avoir cette conversation avec elle, quand aurait-il le courage de le faire ? L'aurait-il même un jour ? Sans doute valait-il mieux crever l'abcès sans attendre, avant que leur relation ne devienne encore plus intime.

— Delilah... commença-t-il d'une voix hésitante. Tu vas sans doute me trouver égoïste. Ce n'est certainement pas le bon moment... mais il y a quelque chose dont je dois te parler. Quelque chose d'important dont nous n'avons pas encore discuté.

Intriguée, elle releva la tête et le dévisagea avec inquiétude.

— Hari...

— Tu sais que je suis immortel, s'empressa-t-il d'ajouter, se haïssant d'ajouter encore à ses tourments. Je t'aime et je ne demande qu'à vivre pour toujours à tes côtés. Mais plus le temps passera, plus tu vieilliras… ainsi que nos enfants, si nous en avons un jour. Tout le monde sauf moi vieillira… et mourra.

— Pourquoi parler de cela maintenant, Hari ? protesta Dela en enlaçant ses doigts aux siens. Je suis persuadée que nous allons parvenir à te délivrer de cette malédiction, même si je ne sais pas encore comment. Mais si ce n'était pas le cas, je préférerais passer chaque seconde qui me reste à vivre près de toi plutôt que d'y renoncer parce que tu paraîtras un jour plus jeune que moi.

— Je ne veux pas te perdre ! insista-t-il, dans un dernier effort pour lui faire comprendre son point de vue.

— Que veux-tu que je fasse ? répliqua-t-elle avec impatience. T'ordonner de ne plus m'aimer ? Te faire retourner dans ta boîte et l'enterrer très loin dans le désert ?

— Ce ne serait pas une si mauvaise idée. Je rêverais ainsi de toi à jamais…

Hari regretta ses paroles avant même d'avoir fini de les prononcer. La colère et la souffrance qu'il vit passer dans le regard de Dela lui confirmèrent qu'il aurait mieux fait de les garder pour lui.

— Espèce de salaud ! dit-elle d'une voix sifflante, en le repoussant violemment des deux mains pour se lever. Tu préférerais le rêve à la réalité, hein ? Et que fais-tu de moi dans tout ça ? J'aurais à passer le reste de ma vie seule, moi aussi, sauf que pour moi, ce ne serait pas un rêve : j'aurais à affronter ma souffrance bien réelle tous les jours !

— Delilah…

Hari se leva à son tour, mais elle refusa de le laisser approcher d'elle. Déjà, les larmes ruisselaient sur ses joues.

— Tu choisis le mauvais moment et tu es un lâche ! lança-t-elle avec véhémence. Ou peut-être ne m'aimes-tu pas vraiment et n'est-ce qu'un moyen détourné pour toi de me l'avouer, de te défiler avant qu'il ne soit trop tard…

Hari vit rouge. Il la rejoignit en un instant et la plaqua de toute la force de son corps contre le mur.

— Tu n'as pas le droit de dire une chose pareille ! Je veux ton bonheur plus que tout au monde. Et s'il faut pour cela t'offrir une vie normale en compagnie d'un homme normal qui vieillira tout comme toi, alors je suis prêt pour le grand sommeil.

Dela essaya en vain de le repousser et s'emporta de plus belle.

— Foutaises ! Tout ce qui t'intéresse, en fait, c'est ton propre bonheur !

— Tu as le droit de le croire. Mais je supporterais moins encore de devoir perdre ton amour que de te perdre, toi.

Dela le regarda avec des yeux ronds et cessa de se débattre.

— Tu veux dire… commença-t-elle d'un air ébahi. Tu t'imagines que je pourrais cesser de t'aimer parce que tu es immortel ? Que je t'en voudrais pour ça ?

— Ce serait humain. Et si nous avions des enfants, ils pourraient facilement en venir à haïr leur père, eux aussi.

Avec un soupir de soulagement, Dela posa la joue contre sa poitrine et se coula de nouveau contre lui, toute colère oubliée.

— Oh, Hari… gémit-elle d'un ton de reproche. Quel idiot tu peux faire !

Hari l'entoura de ses bras et insista, refusant d'en démordre si vite :

— Tu pourrais vieillir aux côtés d'un autre homme qui vieillirait aussi. Tu serais sans doute plus heureuse.

Dela poussa un petit cri d'exaspération et martela sa poitrine de ses poings, mais ne fit rien pour sortir du cercle de ses bras.

— Il me semblait pourtant m'être bien fait comprendre : il ne peut y avoir dans ma vie d'autre homme que toi. Si tu me quittes maintenant, je n'ai plus qu'à entrer au couvent, à me faire nonne et à me flageller trois fois par jour pour expier l'affreux péché de t'avoir imaginé nu...

Hari ne put s'empêcher de rire, même s'il trouvait cela déplacé en de telles circonstances.

À cet instant, quelqu'un cogna du doigt contre la porte. Aussitôt après, la poignée s'abaissa, et Dean apparut.

— Vous n'êtes pas morts ? s'enquit-il en les examinant d'un œil suspicieux. Nous avons entendu des cris et des bruits de lutte...

— Je peux te poser une question ? demanda Dela en lui adressant un sourire rassurant. Si tu étais désespérément amoureux de la femme de tes rêves, mettrais-tu fin à votre relation sous prétexte qu'elle est immortelle ?

— Grands dieux, non ! répondit-il sans hésiter. C'est le rêve de tout homme : quatre-vingt-dix ans, plus une dent, et une pimpante jeunesse pour pousser le fauteuil roulant !

— Tu vois ! s'exclama-t-elle en assenant sur la poitrine de Hari un petit coup de poing triomphant. Dans notre cas, ce sera moi, la nonagénaire comblée qui se fera pousser partout où elle voudra par un play-boy de magazine...

— Tes pieds ne toucheront jamais terre, promit Hari en déposant un baiser sur la paume de sa main. Ton corps sera mon seul temple.

— Baratineur... grogna Dean d'un air dégoûté.

— Fous le camp, Dean ! rétorqua-t-il sans le regarder.

Dean marmonna quelques mots sans doute pas très tendres, mais referma la porte sans s'attarder.

— Quel vocabulaire ! commenta Dela en posant sur Hari un regard ironique. On dirait que tu as fini par t'intégrer à la bande des mauvais garçons.

Hari fit la grimace.

— Je préfère y voir une alliance de circonstance avec un clan ami.

— Un clan, hein ?

Les yeux fermés, elle frotta sa joue contre son torse et soupira, avant d'ajouter dans un murmure :

— Et que dirait mon chef de clan d'une douche avec sa compagne ?

Sans lui répondre, il l'entraîna en douceur vers la salle de bains, les débarrassant en chemin de leurs vêtements. Il se promit de renouveler ce rite chaque jour, et quoique toujours hanté par la tristesse de devoir la perdre un jour, il sentit une joie profonde le submerger. Dela était un don magnifique à célébrer à sa juste valeur, pas à regretter prématurément…

Avec ses lèvres, avec ses mains, il se fit un devoir de lui rendre hommage comme elle le méritait, jusqu'à ce qu'elle crie son nom, encore et encore. Puis, durant le reste de la nuit, il la tint serrée dans ses bras. Elle y pleura Adam jusqu'au matin.

12

Le suicide d'Adam continua de peser lourdement sur le moral de Dela, qui oscilla au cours des jours suivants entre une mélancolie vague et la dépression caractérisée. Elle demeurait la plupart du temps cloîtrée dans son atelier, mais pas pour y travailler. C'était presque avec horreur qu'elle contemplait à présent les deux forges refroidies qui lui avaient autrefois donné tant de joies. Son art lui échappait. Tout ce qu'elle avait créé jusqu'alors lui semblait sans valeur ni substance. Elle ignorait délibérément ses projets en cours abandonnés sur les établis. Elle ne voulait même plus entendre le chuchotement obstiné de l'acier.

Lorsqu'elle ne se trouvait pas dans son atelier, Dela déambulait dans la maison, incapable de rester en place. Il lui était difficile de demeurer très longtemps dans le salon, ou même de s'asseoir à la longue table qui dominait la vaste étendue de parquet où tant de sang avait été versé. Aucune quantité de lumière ne serait désormais suffisante pour disperser les ténèbres qui semblaient s'être abattues sur cette pièce.

— Je veux déménager ! annonça-t-elle au petit déjeuner, trois jours après la mort d'Adam.

Ses amis étaient toujours rassemblés autour d'elle et avaient juré de ne pas se disperser tant que la famille Zhang n'aurait pas officiellement renoncé à ses projets criminels. Personne ne mettait en doute les capacités de Hari d'assurer sa défense, mais même lui reconnaissait que le salut se trouvait souvent dans le nombre.

— Alléluia ! s'exclama Dean.

— Si tu veux, déclara Blue en avalant précipitamment une cuillerée de corn flakes, je connais un bon exorciste.

Avant qu'elle ait eu le temps de lui dire ce qu'il pouvait faire de sa suggestion, quelqu'un s'annonça en frappant avec insistance à la porte d'entrée. Six paires d'yeux convergèrent instantanément dans cette direction.

— Tu attends quelqu'un ? demanda Hari en se levant.

Son épée, qui ne le quittait jamais, était posée près de sa chaise, sur le sol. Quand Dela lui répondit d'un signe de tête par la négative, il ramassa son arme, et les autres enlevèrent le cran de sûreté de leur revolver. Avec l'aisance née de l'habitude, ils se déployèrent en silence à travers la pièce. Eddie accompagna rapidement Dela jusqu'à sa chambre. Laissant la porte entrouverte, il s'appuya négligemment contre le chambranle pour la masquer aux regards.

Dela entendit la porte s'ouvrir, et aussitôt après, une voix familière s'exclama :

— Hé ! Mais ce sont de vraies armes…

Elle courut dans le salon, sur le seuil duquel se trouvait son amie Kit, bouche bée, qui jetait aux hommes penauds un regard interloqué. Ils avaient beau se détourner d'elle et tenter de lui cacher les holsters dans lesquels ils venaient de ranger leurs revolvers, le mal était fait. Hari fut le seul à ne rien tenter et continua de tenir son épée à bout de bras comme si de rien n'était.

— Kit ! s'exclama Dela en se précipitant vers elle. Que fais-tu là ?

Kit s'arracha avec peine à sa contemplation fascinée de Hari et fusilla son amie du regard.

— Ce que je fais là ? répéta-t-elle. Tu désertes mon concert sans prévenir, tu ne me donnes aucun signe de vie, et tu me demandes ce que je fais là ? Et quand, en désespoir de cause, je viens voir jusqu'ici si ma vieille amie vit encore, qu'est-ce que je trouve ? Cinq hercules armés jusqu'aux dents qui manquent de peu me transformer en passoire !

— Nos excuses, mademoiselle Bell… bredouilla Blue, de loin le plus embarrassé. Nous vous avons prise pour quelqu'un d'autre.

— Ah, oui ? fit-elle en le toisant avec hauteur. Qui ça ? Satan ?

Seuls quelques rires crispés lui répondirent. L'air excédé, Kit reprit à l'adresse de Dela :

— Au risque de paraître exigeante, j'aimerais vraiment obtenir une petite explication. Et ne me sers pas le vieux prétexte d'une réunion de famille ! La dernière fois que j'ai vu un tel déploiement de forces, c'était dans un film de Tarantino.

— D'accord, fit Dela en l'entraînant par le coude vers la cage d'escalier. Allons dans mon atelier, nous serons plus tranquilles.

— Tu as raison, marmonna Kit. Si je reste une minute de plus entourée de tant de testostérone, il va finir par me pousser du poil sur la poitrine.

Au rez-de-chaussée, elles s'assirent confortablement sur un vieux canapé vert installé dans un coin, sur lequel Dela aimait chercher l'inspiration. Kit plia les jambes pour poser ses pieds nus sur les coussins usés et entoura ses genoux de ses bras. Puis elle haussa les sourcils et se contenta de fixer son amie, attendant, patiente et obstinée, qu'elle se décide à parler.

Aux yeux de Dela, qui se sentait d'ordinaire aussi à l'aise avec elle qu'elle aurait pu l'être avec une sœur, jamais elle n'avait été aussi intimidante. Prenant son courage à deux mains, elle ouvrit la bouche pour lui dire la vérité… et découvrit que cela lui était impossible. Elle avait un devoir envers l'agence et envers ses amis, et il était hors de question qu'elle trahisse leurs secrets. Elle avait compris et accepté la nécessité d'avoir à recouvrir la réalité d'un voile pudique. Mais Kit était son amie, et c'était trahir son amitié que d'entremêler à son intention demi-vérités et mensonges… Pourtant, comment avoir la certitude qu'elle pouvait lui faire confiance, alors qu'elle s'était si lourdement trompée au sujet d'Adam ?

— Je ne t'ai jamais rendue aussi nerveuse… remarqua Kit d'un ton pince-sans-rire. Allez, Del, crache le morceau ! Je ne sais pas ce qui se trame ici, mais ça a l'air sérieux.

— Oui, ça l'est, répondit Dela. Adam est mort. Il s'est suicidé.

Cela, au moins, elle pouvait le lui annoncer sans avoir à mentir.

Kit laissa échapper un petit cri de surprise et porta les mains à sa bouche. Dela fit la grimace et se réfugia dans la contemplation de ses doigts entremêlés sur ses genoux, submergée par l'amertume que suscitait toujours en elle l'évocation du geste désespéré d'Adam – ce geste à la fois si courageux et si lâche de fuite devant la vie. Il avait été pour elle un excellent ami durant des années, elle ne l'oubliait pas, mais elle pouvait difficilement lui pardonner l'horreur de sa trahison, le sang qu'il avait répandu et qui avait rejailli sur elle. À son corps défendant, il l'avait embarquée dans sa souffrance, il avait sali son art et l'avait rendue complice par procuration de son crime. Si jamais elle forgeait un jour une autre lame, son souvenir – celui du meurtre atroce qu'il avait perpétré, celui de son suicide – ne pourrait qu'être inscrit dans l'acier.

Kit se pencha vers elle et lui prit la main, les yeux emplis de tristesse, de compassion et de questions muettes. Dela soupira en songeant aux hommes qui l'attendaient à l'étage. Tous comptaient sur sa discrétion et n'en doutaient pas un seul instant.

— Je ne sais pas pourquoi Adam a fait cela, mentit-elle.

Elle avait opté pour le mensonge à la toute dernière seconde. Kit était son amie et méritait la vérité, mais la vie était ainsi – rien n'y était jamais idéal, et dans cette situation précise, le devoir devait passer avant l'honneur.

— Dela… insista doucement Kit en pressant ses mains entre les siennes. Tu ne me dis pas toute la vérité. Le suicide d'Adam, si dramatique soit-il, ne justifie pas que tu doives te faire suivre partout par cinq hommes en armes…

— Tu as raison, répondit Dela sans réfléchir. Ce n'est pas tout. On a essayé de me tuer.

Kit sursauta et s'écarta, horrifiée.

— Il n'y a pas de quoi s'inquiéter, s'empressa d'ajouter Dela. Ces hommes à l'étage sont de vieux amis. Ils travaillent pour l'agence de détectives privés que gère ma famille. Je t'en ai parlé, tu te rappelles ? Ils s'occupent de ce problème pour moi.

— Pas de quoi s'inquiéter ? s'exclama Kit. Mais qu'est-ce que tu racontes ? Tu as prévenu la police ?

— La police ne peut rien faire.

Dela s'agita nerveusement. Un mensonge était d'autant plus crédible qu'il restait simple, et elle s'engageait là sur un terrain miné.

— Écoute, Kit, je suis désolée que mes amis t'aient fait peur, mais j'ai oublié de leur dire que tu possèdes les clés de chez moi. Aussi, quand tu as frappé…

— Oui, coupa-t-elle. J'ai bien saisi que je tombais comme un cheveu sur la soupe. Au moins, je comprends maintenant pourquoi tu ne donnais pas de nouvelles. Ce n'est pas le genre de chose qui peut s'expliquer facilement au téléphone. Mais tu dois reconnaître que c'est plutôt effrayant ! Qui a essayé de te tuer ?

— Un fou.

Kit laissa fuser un rire caustique.

— Ça, répliqua-t-elle, je m'en serais doutée...

Elle se recula contre le dossier du canapé et dévisagea Dela quelques instants d'un œil soupçonneux.

— Je reste convaincue, murmura-t-elle enfin, que tu ne me dis pas toute la vérité.

Voyant que Dela s'apprêtait à protester, elle la fit taire d'un geste et ajouta :

— Inutile, Dela. Ce n'est pas un problème pour moi. Tu m'en as dit assez, et j'ai suffisamment confiance en toi pour savoir que tu as été aussi loin que tu le pouvais.

Dela eut la sensation pénible de ne pas mériter une telle confiance, ni une telle amitié. En se mordant l'intérieur de la joue, elle grimaça un sourire et hocha silencieusement la tête. Kit soupira et se leva après avoir remis ses souliers.

Elles avaient toutes les deux besoin d'air, et Dela fut soulagée de pouvoir emmener son amie dans le jardin par la grande porte coulissante qui y menait.

Elle fut presque éblouie par la luxuriance des plantes autour d'elle, resplendissantes dans l'éclatante lumière du soleil. Confinée chez elle depuis des jours, elle avait oublié le bonheur tout simple que lui procurait la vue de son jardin. Du liseron entourait ses vrilles autour d'un treillis. Des colibris voletaient frénétiquement entre ses fleurs. Une brise matinale agitait mollement un buisson d'herbe de la pampa, dont l'ombre mouvante se portait sur un banc ancien en fer forgé. Elles allèrent s'y asseoir. Dela ferma les yeux et offrit son visage au soleil. Kit l'imita et prit une profonde inspiration.

— Ce type, là-haut... commença-t-elle d'un ton détaché. Blue, je crois... Il est célibataire ?

Dela ne put s'empêcher de sourire. Kit avait toujours eu le don de ne jamais perdre de vue l'essentiel...

— Il l'est, répondit-elle. Et il a posé la même question à ton sujet.

— Super ! Et avec Hari, comment ça se passe ?

— C'est l'homme de ma vie, Kit. Celui que je ne devais surtout pas manquer.

— Il n'y a pas si longtemps, tu me disais que ce genre d'homme n'existait pas. Tu te rappelles ?

— Oui. Et regarde où j'en suis aujourd'hui…

En silence, parce que tout avait été dit, Dela étreignit longuement son amie, puis la raccompagna à sa voiture. Lorsqu'elle revint dans son atelier, Hari s'y trouvait, debout près de la forge, dont il caressait du regard le cadre en pierre et les outils abandonnés.

— J'ai écouté dans l'escalier, avoua-t-il quand elle l'eut rejoint. Kit est pour toi une excellente amie.

— C'est vrai. Mais je l'ai beaucoup déçue aujourd'hui.

Sans rien ajouter, Hari la prit dans ses bras, ce qui était encore la meilleure réponse possible. Pendant qu'elle se pelotonnait frileusement contre lui, il lui caressa le dos, les cheveux. Dela se laissa glisser dans ce cocon de douceur et de chaleur, oubliant l'espace d'un instant les jours noirs qu'elle traversait.

Ils demeurèrent ainsi un long moment serrés l'un contre l'autre, avant que Hari ne lui murmure à l'oreille :

— Tu ne m'as toujours pas montré tes œuvres…

Dela tressaillit et réalisa qu'il avait raison. La première nuit qu'ils avaient passée chez elle avait été affreuse, la deuxième pire encore, et elle n'avait rien fait d'autre ces derniers jours que pleurer la mort d'Adam. Durant tout ce temps, Hari était resté une présence discrète et attentive auprès d'elle. Quand elle avait besoin de solitude, il trouvait un prétexte pour s'éclipser. Lorsqu'elle avait envie de parler, ou simplement de ne pas être seule, il était toujours là, attentionné, patient, aimant, prêt à la soulager du fardeau qui pesait sur son cœur.

— Je suis désolée, dit-elle en déposant un baiser sur sa joue. Je n'ai pas été très disponible pour toi, n'est-ce pas ?

— Tu as beaucoup souffert. Mais il est vrai que je serais heureux de connaître de ta vie davantage que ce bâtiment.

Ce n'était même pas un reproche, mais Dela se le tint pour dit et se maudit pour son égoïsme. Elle l'entraîna par la main et lui fit faire le tour de son atelier. Il avait déjà admiré les armes, et même si celles-ci continuaient à attirer son regard, il s'intéressa surtout à son art et à sa technique. Il posa de nombreuses questions, et en faisant de son mieux pour lui répondre Dela se prit de passion pour le sujet et sentit renaître en elle un vague désir pour le marteau et l'enclume.

Dans la galerie, Hari s'attarda longuement devant les œuvres exposées : sculptures fantasques ou extraordinaires, relectures de mythes célèbres, créatures de légendes et de contes de fées. En le regardant déambuler d'une statue à l'autre et en répondant aux questions occasionnelles qu'il lui posait, Dela se sentit soulagée d'un poids énorme. Soudain, elle réalisa qu'elle respirait librement et comprit qu'elle avait passé trois jours à suffoquer dans son appartement empli de fantômes.

Sur une impulsion soudaine, elle abandonna Hari dans la galerie et remonta quatre à quatre l'escalier pour prévenir les autres qu'ils allaient faire une balade tous les deux en ville.

— Ce n'est pas prudent, protesta Artur. L'un de nous doit vous accompagner.

Aussitôt, Dean se leva pour aller mettre sa veste.

— Inutile ! lança-t-elle en le fusillant du regard. Hari est bien de taille à me protéger. De toute façon, nous n'irons pas loin.

Artur grogna d'un air mécontent, mais Dela s'éclipsa sans lui laisser le temps de protester. Le cœur léger, elle dévala les marches, alla prendre

Hari par la main et, sans un mot, l'entraîna vers la sortie.

Dans la rue principale, ils se mêlèrent à la maigre foule des touristes de cette fin d'été et baguenaudèrent d'une vitrine à l'autre. C'était une sensation étrange pour Dela – étrange mais délectable – que de pouvoir se laisser aller à ce luxe. Elle ne se promenait jamais en ville juste pour le plaisir. Elle s'y rendait habituellement seule et avec une destination en tête, une course à faire, quelqu'un à voir.

Mais pour l'heure, Hari était la seule personne avec qui elle avait envie de se trouver. Rien d'autre ne comptait que lui. Les impératifs de la vie quotidienne pouvaient bien attendre, les chagrins et les soucis aussi. À travers le regard de Hari, elle redécouvrait le monde et le trouvait étonnamment riche, merveilleux, exotique.

Durant toute leur balade, ils ne cessèrent de parler, de se regarder, de se toucher, renouant avec émotion le fil d'une relation interrompue par une suite d'événements tragiques. Finalement, ravis et fatigués, ils s'installèrent à la terrasse d'un petit salon de thé et commandèrent du thé et deux parts de tarte aux myrtilles.

Hari en savoura chaque bouchée, mais en dépit de son apparente décontraction, de son sourire, Dela savait qu'il restait constamment sur ses gardes. Lorsqu'il s'imaginait qu'elle ne le voyait pas, ses yeux allaient fouiller la rue et scruter les visages alentour. Loin de l'alarmer, cette surveillance permanente la rassurait. Étant donné la nature de Hari, elle se doutait qu'il serait toujours ainsi, qu'il y ait ou non un danger à redouter. Elle était fatiguée de vivre seule, de ne pouvoir compter que sur elle-même pour prendre soin d'elle. Jusqu'à ce que Hari débarque dans sa vie, elle ne s'était pas rendu compte à quel point elle était lasse de cette solitude qui lui avait toujours paru si désirable.

Quand il fut temps de rentrer, elle paya la note et le vit observer la transaction en fronçant les sourcils. Après le départ de la serveuse, il se pencha vers elle et lui confia à mi-voix :

— Je ne suis toujours pas très à l'aise de devoir vivre de tes largesses, si riche sois-tu. Ce devrait être à moi de prendre soin de toi, de subvenir à tes besoins de toutes les manières possibles.

— C'est déjà ce que tu fais, protesta-t-elle en posant la main sur la sienne.

Hari secoua la tête d'un air buté.

— Tout ce que je sais faire, reprit-il, c'est me battre. Mais je me rends compte que ce n'est pas ainsi que je gagnerai notre vie dans ton monde.

— Mais tu n'as pas à gagner notre vie ! Ce n'est pas nécessaire.

— Bien sûr que si, je le dois ! Il y va de mon honneur, Delilah...

La bouche pincée, le visage fermé, il la considérait d'un air de défi. Dela comprit que, sur ce point, elle ne pourrait lui faire entendre raison. Le fait qu'elle soit riche ne gênait pas Hari, mais il n'était pas prêt pour autant à accepter de vivre à ses crochets. Elle ne l'en admirait que plus... même si son obstination pouvait également être exaspérante.

— Tu me trouves stupide, grogna-t-il sans la quitter des yeux.

— Pas du tout ! protesta vivement Dela. Je pense que tu es admirable, mais... j'ai vraiment beaucoup d'argent, Hari. Bien plus que nous ne pourrons jamais en dépenser tous les deux. Et ce qui est à moi est à toi également. Je ne doute pas que tu puisses trouver du travail d'ici quelque temps, mais je n'ai pas besoin que tu m'entretiennes. J'ai besoin de plus que cela.

— Dis-moi ce que c'est, lança-t-il fièrement.

— J'ai besoin de ta présence près de moi, répondit-elle. J'ai besoin de ta force et de ton courage. J'ai besoin de ton amour.

Lentement, elle se pencha par-dessus la table pour l'embrasser. Ce fut le baiser le plus doux, le plus enivrant et le plus bouleversant de tous ceux qu'ils avaient échangés.

— Delilah… murmura-t-il quand leurs lèvres se séparèrent. Tout cela, tu l'as déjà.

— Justement, répondit-elle en lui souriant. C'est bien pour cela que j'ai tout ce qu'il me faut.

Blue répondait au téléphone quand ils pénétrèrent dans l'appartement, au retour de leur promenade.

— C'est pour toi, dit-il à Dela en lui tendant le combiné. Une femme. Il paraît que c'est très important, mais elle n'a pas voulu me donner son nom.

Avant même d'avoir pris la communication, Dela eut le pressentiment qu'elle n'allait pas aimer ce coup de fil.

— Mademoiselle Reese ? fit à l'autre bout de la ligne une voix distinguée et parfaitement modulée.

— Oui.

— Beth Wong à l'appareil. Mon employeur, M. Wen Zhang, se trouve dans votre ville et souhaiterait vous rencontrer ce soir. Si cela vous convient, naturellement.

À grand-peine, Dela parvint à ravaler un cri de surprise.

— Wen Zhang ? répéta-t-elle en se tournant vers les autres pour attirer leur attention. Je suppose que je pourrai me libérer pour M. Zhang. Où souhaite-t-il me rencontrer ?

— Il y a près de chez vous un restaurant appelé *Le Soleil*. En avez-vous entendu parler ?

Le Soleil était l'un des restaurants les plus réputés de la ville, et de loin celui que Dela préférait. Plusieurs de ses sculptures accrochées aux murs en agrémentaient la décoration. Le fait qu'un de ses endroits favoris pût devenir le lieu d'un rendez-vous avec un caïd de la mafia chinoise n'était pas pour l'enchanter, mais elle sut masquer son mécontentement et répondit d'une voix hautaine :

— Je sais où c'est, en effet.

— Très bien, reprit Beth Wong. M. Zhang vous y attendra à 20 heures. Vous viendrez à ce rendez-vous seule. Si vous êtes accompagnée ou si vous êtes en retard, M. Zhang devra s'en aller, et vous n'aurez pas d'autre occasion de le rencontrer.

— M. Zhang devra-t-il respecter ces mêmes contraintes, lui aussi ? Sera-t-il seul ? Et à l'heure ?

— Telles sont les conditions, conclut Beth Wong sans lui répondre ni se départir de sa déconcertante sérénité. Au revoir, mademoiselle Reese.

— Atten...

Déjà, elle avait raccroché. Furieuse, Dela fit de même en claquant violemment le combiné sur son support. Blue tressaillit et dit en grimaçant :

— Quand tu auras fini de passer ta colère sur ce téléphone, tu pourras peut-être nous dire de quoi il retourne...

— Wen Zhang – le même que celui qui voudrait me voir morte, je présume – désire me rencontrer ce soir au restaurant *Le Soleil*. Seule.

— C'est hors de question, décréta Dean. Tu n'iras pas là-bas toute seule.

— Il a raison, renchérit Hari. C'est un piège.

— C'est un lieu public, commenta Artur. Qui plus est, un restaurant où Dela est connue.

— Et alors ? tonna Blue. Tu sais aussi bien que moi qu'un lieu public n'est pas plus sûr qu'une sombre allée. Y perpétrer un mauvais coup réclame un peu plus d'habileté, c'est tout.

Dela les écoutait sans vraiment les entendre. La peur et la frustration se mêlaient en elle pour former un cocktail détonant.

— C'est ma seule chance de pouvoir rencontrer Zhang, dit-elle d'un ton résolu. J'ai besoin de lui parler pour connaître ses intentions. S'il veut toujours me tuer, je saurai à quoi m'en tenir, et cela ne changera rien à la situation présente. S'il tient juste à me dire en face à quel point il me déteste pour pouvoir laisser tomber la tête haute, alors je ravalerai ma fierté et je l'écouterai.

L'air sombre, Hari la rejoignit et posa les deux mains sur ses épaules.

— Delilah, dit-il en la regardant au fond des yeux, ce genre d'homme ne laisse jamais tomber quoi que ce soit. S'il souhaite te rencontrer ce soir, c'est uniquement pour te tendre un piège. En admettant même qu'il veuille passer un marché avec toi, tu ne peux lui faire confiance pour honorer sa parole.

Mais Dela secoua la tête avec obstination. Sa décision était prise.

— J'irai à ce rendez-vous, conclut-elle. Et rien de ce que vous pourrez dire ne me fera changer d'avis. À vous de faire en sorte que, si risque il y a, il soit le plus réduit possible…

13

Situé entre une librairie et une boutique de fleuriste, le restaurant *Le Soleil* était l'endroit idéal pour déjeuner ou dîner en ville, seul ou avec des amis. Beaucoup d'espace, de grandes vitrines, des plafonds hauts et une équipe accueillante conféraient à l'endroit un charme certain – sans oublier l'excellence de la cuisine, dont les fumets délicieux vous accueillaient dès l'entrée.

Il y avait eu une époque, avant que Dela ne devienne une artiste réputée, où elle venait y déjeuner presque tous les jours. L'établissement ne se trouvait qu'à un pâté de maisons de l'université où elle étudiait, et rien n'était plus facile pour elle – ni plus tentant – que de venir manger un bon plat dans le petit restaurant français, avant de retourner s'asseoir pour de longues heures sur les bancs de la faculté.

— Dela ! s'exclama joyeusement le patron lorsqu'elle franchit les portes de verre. Cela fait longtemps qu'on ne t'a pas vue.

Pierre LeBlanc, petit homme râblé et souriant, prit ses mains entre les siennes et les serra affectueusement. Ancien chef d'un réseau de la Résistance française, il avait émigré aux États-Unis après la guerre dans l'espoir de s'y bâtir une nouvelle vie et d'oublier les noirceurs de l'âme humaine.

— Il y a trois choses qui me réconcilient avec la vie, avait-il un jour expliqué à Dela. Le soleil, les belles femmes et la bonne nourriture.

Ainsi *Le Soleil* avait-il vu le jour, avec la complicité d'une « belle femme », Marissa, la fleuriste et voisine, et prospérait depuis grâce au don qu'avait le maître des lieux d'enchanter le palais de ses clients.

— J'ai eu beaucoup de travail, ces derniers temps, répondit Dela en lui rendant son sourire. Malheureusement, ma visite de ce soir a également un but professionnel.

Le visage de Pierre se rembrunit. Son regard se reporta sur la salle, et il dit en chuchotant :

— Je suis au courant. Ton client t'attend déjà. Je ne devrais pas te le dire, mais il m'a fait mauvaise impression.

— Moi non plus, je ne l'aime pas, avoua-t-elle sur le même ton. Mais ainsi va la vie… On ne peut pas travailler qu'avec des amis. Tu me conduis à sa table ?

Il lui offrit son bras tandis que retentissait au creux de son oreille la voix familière et rassurante de Blue.

— Tu es à tu et à toi avec toute la ville, Del ?

Elle ne put lui répondre, mais fut soulagée de constater que le dispositif imaginé par ses anges gardiens pour rester en contact avec elle fonctionnait. Fort heureusement, Blue était un petit génie de l'électronique. Plusieurs années dans les rangs du groupe d'opérations spéciales de la marine lui avaient laissé des compétences fort utiles. Outre l'écouteur inséré dans l'oreille de Dela, une minuscule caméra et un micro étaient sertis dans une antique petite broche agrafée à l'encolure de son corsage. Dissimulé dans son soutien-gorge, un dispositif de transmission vidéo allait permettre aux cinq hommes rassemblés dans un van garé à l'extérieur de suivre la rencontre en direct.

En découvrant la table à laquelle Pierre avait placé Wen Zhang, Dela ne put réprimer un sourire. Quand le Français n'aimait pas quelqu'un, il avait de subtiles manières de le lui faire sentir. En l'occurrence, il lui avait réservé sa table la moins intime et la plus exposée, au centre de la salle, au carrefour de toutes les voies de passage. À la table voisine dînait une femme bien en chair aux yeux fureteurs, accompagnée d'un homme plus corpulent et plus curieux encore. De l'autre côté de l'allée était installée une famille composée d'enfants espiègles et de parents dépassés par les outrances verbales et les occasionnels jets de nourriture de leur progéniture.

Wen Zhang, homme entre deux âges aux yeux petits et au front déjà dégarni, faisait de son mieux pour paraître à l'aise dans cette ambiance agitée et bon enfant. En découvrant la scène, Blue se mit à rire tout bas dans l'oreille de Dela.

— Merci, glissa-t-elle au restaurateur tandis qu'il lui présentait sa chaise.

— De rien, répondit-il d'un air entendu. Je ne suis qu'un vieil homme uniquement soucieux du bien-être de ses clients.

— Vieux renard... commenta la voix de Blue.

En la voyant arriver, Zhang s'était levé pour l'accueillir. Ils échangèrent une poignée de main déplaisante. Dela dut se retenir pour ne pas retirer ses doigts précipitamment. La poigne de Zhang était inutilement ferme et sa paume glacée. À vrai dire, l'homme qui se tenait devant elle ne ressemblait en rien à un tueur, mais même si elle n'avait pas déjà eu toutes les raisons du monde de lui en vouloir, elle l'aurait sans doute détesté d'emblée. Ce n'était pas sur ses traits que son interlocuteur portait la malfaisance qui était en lui, mais au fond de ses yeux – des yeux froids et insondables, dont il était pénible de soutenir le regard fixe.

— J'espère que vous appréciez mon goût en matière de restaurant, susurra Zhang d'une voix aussi douce que la soie, quand Pierre les eut laissés. Mes hommes ont fait quelques recherches sur vous. Il paraît que c'est votre restaurant préféré. J'ai pensé que cela pourrait rendre notre rencontre plus plaisante.

— Comme c'est aimable à vous...

Dela était parvenue à prononcer ces mots d'une voix neutre, mais tout son être frémissait à l'idée qu'il suffisait à Zhang d'en donner l'ordre à « ses hommes » pour que ceux-ci dénichent à son sujet les détails les plus intimes.

— Cet endroit est agréable, poursuivit Zhang, mais je dois reconnaître que j'ai été quelque peu désappointé de me voir placé ici. J'aurais aimé une table plus... discrète.

— *Le Soleil* est un endroit populaire... commença Dela, avant d'ajouter en mandarin : Mais je suis sûre que nous pourrons faire en sorte de nous y créer notre propre... intimité.

Sans chercher à masquer sa surprise, Zhang lui répondit à son tour en mandarin :

— Ah... J'ignorais que vous parliez notre langue.

Dela entendit du remue-ménage dans son écouteur, puis Hari murmura son nom pour lui signifier qu'il avait pris la place de Blue.

— Cela devrait faciliter nos débats, reprit-elle. Mais avant toute chose, je voudrais vous présenter de vive voix mes condoléances pour le décès de votre nièce. Je vous serais reconnaissante de les transmettre à ses parents.

L'entrée en matière était plutôt abrupte, mais Dela tenait à garder la maîtrise de la conversation. Zhang cligna des paupières. Son masque d'impassibilité disparut l'espace d'un instant.

— Merci, dit-il d'une voix blanche. Lucy nous manque énormément.

Lucy. Dela déglutit péniblement. Pour ne pas se laisser envahir par la culpabilité, elle préféra enchaîner tout de suite :

— Je n'avais aucune idée de... de ce qui allait se passer quand j'ai accepté cette commande particulière de mon client.

— Naturellement.

Il avait prononcé ce mot d'un ton trop doucereux au goût de Dela. Son regard se fit plus vide qu'il ne l'était déjà quand il ajouta :

— Votre employé, Adam, vous a formellement innocentée, nous suppliant de cesser les hostilités.

— Le ferez-vous ?

Dès que cette question eut franchi ses lèvres, Dela craignit de s'être montrée trop empressée. Le manque de réactions de son interlocuteur la déstabilisait. Pour se donner une contenance, elle tendit la main en direction de son verre d'eau.

— Ne le bois pas !

In extremis, Dela obéit à l'ordre pressant que Hari venait de lui donner et se contenta de tracer du bout du doigt une spirale dans la buée déposée sur le verre.

— Le verre d'eau était déjà versé lorsque tu es arrivée, expliqua Hari. Il pourrait fort bien l'avoir empoisonné.

Effectivement, Zhang la regardait faire avec une tension soudaine qui pouvait accréditer cette thèse. Dela profita de ce soudain intérêt de sa part pour lui adresser son plus éblouissant sourire. La surprise se lut dans ses yeux, mais s'évanouit aussi vite qu'elle était apparue. Décidée à pousser son avantage, elle se força à soutenir son regard et poursuivit :

— Comme je vous l'ai déjà fait savoir, je suis effondrée d'avoir dû jouer bien malgré moi un rôle très indirect dans ce drame. Vous savez que je ne suis pas responsable au premier chef de ce qui s'est passé. Pourquoi suis-je ici, monsieur Zhang ? Parce que vous n'avez pas renoncé à m'éliminer ? Parce que vous n'aurez de cesse que je n'aie payé un crime que je n'ai pas commis ?

Zhang ne lui répondit pas. Il s'appuya contre le dossier de son siège et la dévisagea ouvertement. Une étrange expression s'afficha sur son visage, mélange de suffisance et de dégoût. Dela parvint à donner le change en soutenant son regard sans ciller, mais intérieurement elle n'en menait pas large.

— Vous êtes une curieuse jeune femme, dit-il enfin. En surface, votre vie paraît… limpide et remarquablement normale. Vous êtes belle, riche, douée, tout vous réussit. Vous êtes née avec – comment dit-on, déjà ? – une cuillère d'argent dans la bouche. Mais vous vous êtes aussi arrangée pour survivre à trois rencontres avec mes… exécutants. Tout d'abord, j'ai pensé que c'était parce que vous vous étiez entourée d'un grand nombre de gardes du corps – ce qui était déjà étonnant. Puis une histoire est arrivée à mes oreilles, en même temps que votre lettre. Une très étrange histoire, où il était question d'une balle stoppée en plein vol et d'un homme criblé de balles refusant de mourir…

Sans trop savoir comment, Dela réussit à ne rien laisser paraître de sa frayeur.

— Un homme criblé de balles refusant de mourir ? répéta-t-elle en haussant les sourcils. Cette histoire n'est pas étrange, monsieur Zhang. Elle est abracadabrante. Celui qui vous l'a rapportée ne devait pas avoir les idées très claires.

— C'est tout d'abord ce que j'ai cru moi aussi, mais la personne en question a su se montrer si convaincante que j'ai fini par me dire : « Et si c'était vrai ? » Un homme doté de tels pouvoirs pourrait se révéler remarquablement utile à qui saurait s'en rendre maître…

Il était surprenant qu'un homme comme Zhang se montre si pressé de croire à l'incroyable. Dela tenta de masquer le trouble qui s'était emparé d'elle.

— Utile ? dit-elle d'un ton caustique. Utile pour qui croit encore aux contes de fées…

À ces mots, l'attitude de son interlocuteur changea du tout au tout, passant brusquement d'une suave politesse à une fureur noire. Les enfants à la table voisine cessèrent de se taquiner. Leurs parents, mal à l'aise, s'agitèrent sur leurs chaises.

— Je sais qui vous êtes, reprit-il d'une voix cinglante. Je sais ce qu'est votre ami. Je suis issu d'une civilisation multimillénaire, mademoiselle Reese, et de tels prodiges ne me sont pas étrangers. Cessons ce petit jeu. Je sais pour qui vous travaillez, mais cela m'importe peu. Mes affaires ont pâti de vos agissements, ma nièce est morte, et vous êtes la seule à n'avoir pas encore payé le prix du sang. Vous avez eu jusqu'à présent la chance de vous en tirer, mais la chance n'est pas éternelle. Si nous ne parvenons pas à un accord mutuellement profitable, vous serez appelée à payer votre dette, ainsi que votre ami, si peu pressé soit-il de rencontrer son Créateur...

Dela, à son tour, se sentit emportée par une rage froide. C'était une chose de la menacer, mais c'en était une autre, bien plus inacceptable, de s'en prendre à ceux qu'elle aimait. Laissant tomber son masque d'affabilité feinte, elle répondit au sourire carnassier de son adversaire par un autre qui ne l'était pas moins.

— Vous avez raison, monsieur Zhang. Parlons franc. Vous voulez me tuer ? Essayez donc. Mais je dois vous prévenir que vos problèmes ne feront que commencer le jour où vous serez parvenu à vos fins. Je suis une femme connue. J'ai la chance d'être aimée. Nombre de personnes très influentes pourraient être inconsolables si je disparaissais. Mes amis savent qui vous êtes, ce que vous faites, et ils savent aussi où vous trouver. Que vous me tuiez ou que vous tuiez l'un d'eux, ils se débrouilleront pour vous le faire payer. Vous vous imaginez avoir tous les droits et tous les pouvoirs ? Nous nous chargerons de vous faire déchanter.

Dela se leva lentement et conclut :

— J'espère ne jamais avoir à vous revoir, vous ou vos « exécutants ». Dans le cas contraire, préparez-vous à en assumer les conséquences.

Elle s'apprêtait à tourner les talons lorsque Zhang, rapide comme l'éclair, tendit le bras et l'attrapa par le poignet.

— Je n'en ai pas encore terminé !

Dela faillit laisser parler son instinct en ayant recours à ses pouvoirs. Elle les sentait s'agiter en elle, prêts à se déchaîner pour donner à ce triste spécimen d'humanité la leçon qu'il méritait pour les avoir menacés, elle et Hari. Il portait du métal sur lui, et pour elle, plus que jamais, tout objet en métal était une arme en puissance.

— Delilah ! souffla Hari au creux de son oreille. Sois prudente !

Cela suffit à la ramener à la raison. Il y avait des gens autour d'eux, et ils étaient au centre de tous les regards. En faisant usage de ses pouvoirs en public, c'étaient ses amis, ses parents, l'agence tout entière qu'elle mettait en danger. Dela se força à respirer calmement. Lentement, prudemment, elle tourna la tête et posa sur Zhang un regard dédaigneux qu'elle n'eut pas à feindre.

— C'est bien dommage, fit-elle dans un murmure. Moi, j'en ai terminé.

De sa main libre, elle saisit le verre d'eau sur la table et le lui lança en plein visage. Il ne lâcha pas prise pour autant, mais aussitôt après Pierre et deux de ses serveurs les plus costauds apparurent à leur table.

— Je crois que cette jeune dame voudrait que vous lui lâchiez le poignet, lança le Français d'une voix glaciale.

Toute jovialité avait déserté son visage. Pour la première fois, Dela entrevit celui qu'il avait dû être à vingt ans, dans les maquis de la France occupée, un chef de guerre farouche et déterminé.

Zhang hésita. Dela le vit reporter son attention sur une table voisine et y découvrit trois hommes qui se levèrent aussitôt, n'attendant manifestement qu'un ordre de lui pour se précipiter à son secours.

— Nous en avons terminé ! reprit-elle, cette fois en anglais. Ne commettez pas l'erreur de nous sous-estimer, moi et mes amis.

Dela sentit les doigts de Zhang se desserrer lentement autour de son poignet. Enfin, il la lâcha, et elle dut résister à l'envie de masser ses os douloureux. Zhang se leva et récupéra son manteau, le visage de nouveau impassible.

— J'aurais souhaité que vous fassiez preuve d'un peu plus de compréhension, mademoiselle Reese. Surtout compte tenu de votre dette envers ma famille.

— Je ne dois à votre famille que des excuses ! répliqua-t-elle sèchement. Or, je vous les ai présentées, en bonne et due forme et à plusieurs reprises. Nous sommes quittes.

— Libre à vous de le penser.

Digne et droit comme un i, Zhang traversa la salle et sortit du restaurant. Dela remarqua que ses hommes s'étaient rassis à leur table et ne faisaient pas mine de le suivre. Comme tous les autres clients du restaurant, ils avaient les yeux fixés sur elle.

— Dela ? fit Pierre en la dévisageant avec inquiétude. Viens… Laisse-moi te donner quelque chose à boire. Quel homme détestable !

— Oui, répondit-elle d'une voix blanche. C'est le moins qu'on puisse dire.

Les jambes tremblantes, l'esprit en déroute, elle lui emboîta le pas en direction des cuisines. En acceptant de rencontrer Wen Zhang, elle avait espéré mettre un terme à cette vendetta d'un autre âge. Le fiasco de cette démarche la replongeait en plein chaos. À quoi devait-elle s'attendre à présent ?

14

Assis au volant du van garé non loin du restaurant, Eddie vit Wen Zhang quitter le restaurant. Il semblait furieux et s'épongeait le visage avec un mouchoir.

— Notre homme vient de sortir ! cria-t-il à l'intention de ses quatre compagnons entassés à l'arrière. Il n'a pas l'air d'avoir apprécié sa douche…

Sur le moniteur de contrôle, Blue vit Pierre guider Dela en direction des cuisines. Trois hommes attirèrent son attention tandis qu'elle passait entre les tables. Habillés de costumes stricts et sombres, leur repas intact devant eux, ils la dévisageaient avec une attention soutenue, le visage dur et dénué de toute expression.

Un doigt pointé sur l'écran, il lança à Dean, qui regardait par-dessus son épaule :

— Cent dollars que ces types sont les chiens de garde de Zhang !

— Dans ce cas, pourquoi ne l'ont-ils pas suivi ? s'étonna Dean.

— Parce qu'ils attendent Dela ! s'exclama Hari.

Déjà, il abaissait la poignée de la portière arrière pour se précipiter vers Le Soleil, suivi de près par Artur.

À la réception, une jeune femme charmante et enjouée les accueillit avec un grand sourire, qui se fana quelque peu quand ils demandèrent à parler au propriétaire.

— M. LeBlanc est occupé avec une amie, leur confia-t-elle en baissant la voix. Il y a eu... un léger problème avec un client.

Hari fit de son mieux pour répondre à son sourire gêné. En le voyant faire, Artur leva les yeux au plafond et intervint d'une voix grave et charmeuse :

— Voyez-vous, c'est justement à cette amie de votre employeur – Dela Reese – que nous souhaiterions parler. Suite au léger problème que vous évoquiez, nous sommes venus la soutenir moralement.

— Oh, je vois... murmura-t-elle, les yeux écarquillés.

Mais, en employée consciencieuse, elle n'en décrocha pas moins son téléphone pour appeler son patron et vérifier leur histoire.

— Tu devrais t'entraîner à sourire, lança Artur à Hari quand ils purent enfin se diriger vers les cuisines. Cela peut servir, de temps en temps.

— Je réserve mes sourires à Dela, grogna-t-il.

— C'est pour ça que je t'aime bien.

En passant près de leur table, Artur se paya le luxe de saluer les trois hommes de Wen Zhang d'un hochement de tête. Puis ils s'engagèrent au fond de la salle dans un long couloir peint d'un jaune lumineux, au bout duquel les attendait Pierre LeBlanc, les mains sur les hanches. Derrière lui, les cuisiniers s'affairaient dans un déluge de flammes et de fumées digne de l'enfer.

— C'est donc vous, les amis de Dela, lâcha le Français après les avoir détaillés de la tête aux pieds sans aménité. Je suppose qu'il doit y avoir une bonne raison pour que deux hommes aussi costauds que vous l'aient laissée affronter seule un tel salaud. Il a failli lui briser le poignet...

— Je vous assure qu'il n'était pas dans nos intentions de la laisser se rendre seule à ce rendez-vous, répondit Hari, la mâchoire crispée.

Pierre LeBlanc émit un grognement dubitatif.

— Elle dit de vous le plus grand bien, conclut-il. Je suppose qu'elle sait de quoi elle parle.

Manifestement, il ne partageait pas ce point de vue. Hari ne pouvait l'en blâmer. Il n'aurait lui-même pas tenu en haute estime un homme capable de laisser la femme qu'il aime affronter seule un danger. Hélas pour lui, Dela avait le don de lui faire accepter des choses que, d'ordinaire, il n'aurait en aucun cas tolérées. Il se promit que c'était la dernière fois qu'elle le prenait ainsi en défaut. Même si elle devait lui en vouloir pour cela, plus jamais il ne lui permettrait d'aller ainsi au-devant du danger.

Ils trouvèrent Dela perchée sur un haut tabouret, dans un recoin miraculeusement calme de la cuisine, une tasse de chocolat chaud dans une main, le poignet de l'autre entouré d'une poche de glace. En les voyant arriver, elle fit de son mieux pour leur sourire, mais elle tremblait visiblement de tous ses membres. Partagé entre la colère et la tendresse, Hari alla se placer derrière elle et l'entoura de ses bras.

— Dela… commença Pierre avec un regard grave. Tu sais que si tu as des ennuis, tu ne dois pas hésiter à m'en parler.

Dela soupira et secoua la tête.

— Je te remercie, répondit-elle en soutenant son regard, mais cette histoire est relativement banale et n'aura pas de suite. Wen Zhang est un client qui s'est révélé très difficile à satisfaire. Ses attentes sont déraisonnables. De plus, il est violent et irrespectueux. Après ce qui s'est passé ce soir, je compte rompre définitivement tout contact avec lui.

Pierre hocha la tête et conclut en lui tapotant doucement le genou :

— La prochaine fois, tâche de mieux choisir tes clients.

Et après avoir jeté un dernier regard lourd de sens à Artur et Hari, il tourna les talons et retourna vaquer à ses occupations.

Hari souleva la poche de glace et gémit en apercevant le bleu qui commençait déjà à se former sur la peau de Dela.

— Plus jamais je ne te laisserai faire une chose pareille, décréta-t-il d'une voix calme mais déterminée. Si je dois partager ta vie, Delilah, il va te falloir apprendre à faire quelques concessions.

Elle eut envie de protester – il le devina à la façon qu'elle eut de plisser les lèvres –, et il sut que si elle avait été comme ses autres maîtres, il se serait retrouvé à genoux devant elle, contraint d'un simple mot à lui obéir contre son gré. Mais Dela ne ressemblait à personne d'autre, et il vit dans son regard une tranquille acceptation succéder à la révolte.

— OK, dit-elle simplement, avant de porter la main à son oreille et d'ajouter : Blue nous informe que si nous voulons sortir, le moment paraît bien choisi.

Pour éviter d'avoir à traverser de nouveau le restaurant, ils sortirent par la porte de service, qui donnait sur une impasse étroite encombrée de poubelles. Pour pallier le manque de lumière, les yeux de Hari s'adaptèrent à l'obscurité, les ténèbres lui révélant aussitôt leurs secrets.

— Allons-y ! lança-t-il à ses compagnons, en serrant la main de Dela dans la sienne.

Il les conduisit sans encombre jusqu'au bout de la ruelle et se pencha à l'angle du mur pour observer l'artère principale. Seuls quelques fêtards remontaient les trottoirs, riant et plaisantant bruyamment. Le van ne se trouvait qu'à une quinzaine de mètres d'eux, et rien ne semblait s'opposer à ce qu'ils le rejoignent. Ils coururent jusqu'au véhicule, et quand Dela eut annoncé leur arrivée, la porte arrière s'ouvrit devant eux. Blue et Dean les aidèrent à monter. Dès que la porte fut refermée, Eddie démarra et remonta la rue sur les chapeaux de roue.

— Une chose semble désormais établie, commenta Dean quand tout le monde fut installé sur les banquettes. Il vaut mieux y réfléchir à deux fois avant d'aller chatouiller Dela…

— Tu te crois drôle ? marmonna l'intéressée. J'ai failli tous nous compromettre, ce soir.

Hari, qui sentait le corps de Dela trembler sous son bras posé sur ses épaules, l'attira plus étroitement contre lui et suggéra :

— On peut voir les choses différemment. Grâce à tes menaces, Zhang va peut-être hésiter avant de se risquer à nous attaquer de nouveau. Tout délai est bon à prendre.

— Un délai ? Pour quoi faire ? répliqua-t-elle avec impatience. Pour réfléchir à ses propositions d'embauche ? Tu nous vois, toi et moi, au service de la mafia ?

— J'en rirais si ce n'était pas si effrayant, commenta Dean.

Artur, l'air préoccupé, acquiesça d'un hochement de tête et ajouta :

— Il prétend qu'il sait pour qui tu travailles, mais cela n'a aucun sens. Si notre couverture était compromise, Roland serait déjà au courant.

Dean laissa échapper un grognement dégoûté.

— Ce type est aussi digne de confiance qu'un faux billet de cent dollars ! s'exclama-t-il. Il bluffe.

— Bluff ou pas, reprit Artur, je vais contacter Roland pour qu'il mène ses propres investigations. Pour l'heure, notre seul problème doit demeurer Wen Zhang. C'est le profit – et uniquement le profit – qui motive les hommes comme lui. Il en va de même de tous ses subordonnés : leur allégeance est uniquement de nature économique. Si nous arrivons à le frapper au portefeuille en mettant un terme à ses trafics, il perdra la face et pourrait même vaciller sur son piédestal. Rien ne saurait mieux servir nos intérêts qu'une guerre de succession au sein de la famille !

— Vous pouvez toujours extraire un homme de la mafia, commenta Dean avec un sourire entendu, jamais vous ne pourrez extraire la mafia de lui.

Cela ne fit pas rire Artur, qui se rembrunit et précisa:

— Les liens étaient fréquents et suivis entre mes anciens patrons et les triades chinoises. Je sais donc de quoi je parle quand je dis que Zhang fonctionne selon une autre logique que les triades. Lui gère ses affaires comme une société moderne. La loyauté des membres des triades va à l'organisation. Mais dans une entreprise criminelle telle que celle de Zhang, la loyauté va au profit et à celui qui est le plus à même d'en engranger un maximum. Si le robinet à dollars se tarit, Zhang et sa famille perdront tout. Or ils sont les seuls à vouloir la mort de Dela.

— Quelqu'un nous a pris en filature, annonça Eddie. Une Jeep Cherokee noire. Le chauffeur a quitté sa place de parking en même temps que nous et nous file le train depuis.

— Je m'en occupe! lança Blue en gagnant l'arrière du véhicule.

Il s'installa devant la lunette arrière, et tous le virent se concentrer. Trente secondes plus tard, un grand bruit de freins malmenés retentit derrière eux, et Blue regagna sa place en soufflant sur son index et son majeur dressés devant sa bouche comme sur le canon d'une arme imaginaire.

— Sa batterie ne fera plus d'étincelles, commenta-t-il d'un air satisfait. J'ai aussi saturé d'informations la puce du circuit électronique. Je n'ai pas pu voir la tête du conducteur, en revanche. Ce petit malin roulait pleins phares.

— Quel est ton plan? demanda Dela à Artur, reprenant comme si de rien n'était leur conversation précédente. Aux cours actuels, un immigré clandestin aux États-Unis rapporte au bas mot trente mille dollars à la famille Zhang. Sans parler de ce qu'elle engrange grâce à la prostitution.

— Je ne suis pas spécialiste, mais il me semble qu'il n'y a pas pénurie de candidats au départ, en Chine, intervint Dean.

— Leur point faible, c'est le transport, répliqua Artur. Ces clandestins ne tombent pas du ciel. Ils arrivent par bateau ou en empruntant des chemins détournés à travers l'Amérique du Sud et le Mexique. Quelques informations distillées à bon escient aux garde-côtes et aux douaniers – accompagnées de pots-de-vin si nécessaire – devraient suffire à entraver sérieusement le petit commerce des Zhang...

En rentrant, ils s'attablèrent devant un dîner de pizzas, de sandwiches et de chips, comme à leur habitude.

— Attends un peu ! lança Dela quand Artur voulut aller chercher des couverts.

Elle se concentra sur le tiroir qu'il venait d'ouvrir, et sous les yeux ébahis des autres convives, une cuillère et un couteau s'élevèrent dans les airs. Un profond silence se fit dans la pièce, troublé seulement par le craquement des chips que Blue venait d'enfourner dans sa bouche.

— Il va falloir que nous discutions de tes nouvelles aptitudes, dit-il tandis qu'Artur attrapait les couverts en lévitation et regagnait sa place. Nous utilisons, les uns et les autres, des pouvoirs que nous possédons depuis l'enfance et que nous avons rendus plus performants par l'entraînement. Mais ce que tu viens de faire me semble entièrement différent de tes dons habituels, Dela.

— Sans blague... bougonna Dean en mâchonnant une bouchée de son sandwich. Belle déduction, Sherlock !

— Je ne sais pas quoi vous dire, répondit Dela. Je suis la première surprise.

— Cela a commencé à notre rencontre, non ? intervint Hari en étudiant son visage troublé. De puissantes forces surnaturelles ont bouleversé ma vie. Peut-être le fait d'ouvrir la boîte et de libérer ces forces a-t-il constitué un déclic pour toi.

Dela émit un claquement de langue agacé.

— Les talents particuliers que nous possédons tous ici n'ont rien à voir avec la magie, Hari !

— Qu'en savons-nous vraiment ? demanda Eddie en poussant son assiette en carton devant lui. Nous partons du principe que la science expliquera un jour pourquoi nous sommes nés avec ces dons et en quoi ils consistent, mais tant qu'elle ne l'a pas fait, nous restons en plein brouillard.

— Eddie a raison, approuva Hari. Prends l'exemple du Magi, Delilah : même si certains de ses tours ressemblent à ce que vous êtes capables de faire, il peut également utiliser des forces beaucoup plus obscures pour que la réalité se conforme à ses désirs.

— Ses pouvoirs ne peuvent pas être illimités, intervint Blue en fronçant les sourcils. Sinon, il aurait laissé une trace dans l'histoire humaine.

— Pas forcément, reprit Hari en secouant la tête. Le Magi était puissant mais seul. Vous-mêmes, vous ne vous risquez pas à utiliser vos dons, sauf quand vous êtes entre vous. Pourquoi ? Parce que vous êtes entourés d'humains qui n'ont pas vos pouvoirs et qui vous surpassent en nombre. Quand le Magi est arrivé dans nos contrées en traversant les montagnes, à l'est de la Chine, il était suivi par la rumeur des révoltes et des soulèvements qu'il laissait dans son sillage. Nos forêts étaient parfaites pour lui : très peu d'humains y vivaient, et les changeformes qui y étaient majoritaires ne craignaient pas la magie – du moins, jusqu'à ce qu'il en fasse usage contre eux.

— Cela me rappelle quelque chose… murmura Dela en tapotant le plateau de la table du bout de son ongle.

— Merlin, suggéra Dean.

— Morgane, renchérit Blue.

— Baba Yaga, ajouta Artur en haussant les épaules.

Ces noms ne signifiaient rien pour Hari.

— Ces gens sont-ils semblables au Magi ? s'enquit-il.

— Ce ne sont pas des gens, rectifia Dela d'un air sévère, mais des mythes, des personnages de ces contes de fées que l'on raconte le soir aux enfants pour les endormir. Ils sont censés ne pas être plus réels que les dieux grecs.

Cela fit sourire Hari.

— Pour les miens, les êtres humains eux-mêmes n'étaient qu'un mythe, à l'origine, expliqua-t-il. Les hommes étaient un rêve incarné, la forme qu'adoptaient les changeformes de différentes espèces pour s'accoupler. Il leur fallait pour cela utiliser un corps qui leur fût commun, aussi rêvèrent-ils la forme humaine, la plus apte à concilier les exigences de la chair et les élans du cœur. Le problème, c'est que les enfants nés de ces unions étaient humains et le demeuraient. Mais comme ils étaient sains et vigoureux, ils ne tardèrent pas à croître et se multiplier.

— Quelle merveilleuse histoire ! s'exclama Dela.

— Mais qu'en est-il des relations entre humains et changeformes ? fit Dean en feignant l'inquiétude. J'espère qu'il n'y a ni incompatibilité ni stérilité...

— Heureusement, non ! s'exclama Hari en riant. Un changeforme mâle et une femelle humaine donneront dans tous les cas naissance à un changeforme. S'il s'agit d'un changeforme femelle et d'un mâle humain, il y a une chance sur deux pour que leur rejeton soit un changeforme.

Alerté par le silence qui accueillit ses paroles, Hari releva les yeux et vit que Dela observait fixement ses mains posées sur la table, les joues empourprées. Dean et Blue affichaient des sourires mystérieux. Artur avait l'air grave. Eddie contemplait avec une attention soutenue la part de pizza dans son assiette.

— Désolé, fit Hari en les dévisageant l'un après l'autre. J'ai dit quelque chose qu'il ne fallait pas ?

Ce fut Dean qui se chargea de l'explication de texte.

— Pour ce que nous en savons, tu es un changeforme mâle, n'est-ce pas, Hari ? Qui voudrais-tu pour mère de tes enfants ?

Hari comprit de quoi il retournait en voyant Dela fusiller Dean du regard. Évidemment, c'était d'elle qu'il rêvait pour mère de ses enfants. À l'idée qu'un jour les fruits de leur amour pourraient grandir tranquillement à l'abri de son ventre, son cœur s'emballa et sa gorge se serra. Même si cette perspective hantait ses rêves secrets depuis des jours, ils n'avaient jamais clairement abordé le sujet au cours de leurs brèves discussions concernant l'avenir. Peut-être Dela ne voulait-elle pas d'enfants de lui, après tout. Ou peut-être en voulait-elle qui ne soient qu'humains, et dans ce cas…

Cette fois, ce fut à son tour de rougir violemment.

— Je suis désolé, Delilah, reprit-il. Mon intention n'était pas de te mettre dans l'embarras.

Elle soutint tranquillement son regard, et ses yeux étaient aussi rayonnants d'amour que son visage quand elle lui répondit :

— Tu ne m'as pas mise dans l'embarras, Hari. La seule chose embarrassante à cette table, ce sont les mauvaises manières de Dean.

— Ouille ! Touché, gémit celui-ci en portant la main à son cœur.

Cette nuit-là, blottie entre les bras de Hari, Dela lui confia à l'oreille :

— Je ne m'étais jamais demandé si nos enfants tiendraient plus de leur père ou de leur mère. À présent, j'ai la réponse.

— Et cela t'embête ?

Son inquiétude était palpable. Pour l'apaiser, Dela posa ses lèvres sur les siennes.

— Non, Hari, affirma-t-elle quand le baiser prit fin. Même s'il va nous falloir déménager dans un endroit plus discret si nous voulons élever une bande de petits hommes-tigres...

Des yeux de Hari jaillit une lueur dorée qui illumina les murs de la chambre.

— Tout est arrivé si vite... reprit-il d'une voix songeuse. Depuis quand nous connaissons-nous ? Une semaine ? Un peu plus ? Même parmi les miens, les prémices de l'amour durent plus longtemps que cela. C'est une histoire pleine de mystères et d'intrigues, une danse de séduction entre homme et femme, mâle et femelle... Tout se passe à l'écart du clan, des familles... jusqu'à l'ultime instant, la consommation de leur amour. Ensuite, l'époux emmène sa promise dans une maison qu'il a construite de ses mains, tout spécialement pour elle. Ils y restent seuls tous les deux jusqu'à la naissance d'un enfant. Alors, seulement, les familles sont réunies et le clan peut faire la fête.

Charmée par cette évocation, Dela laissa passer un moment de silence avant d'oser reprendre la parole.

— On ne peut effectivement pas dire que cela ressemble à notre histoire. Mais, tu sais, planifier mon avenir avec un homme que je ne connais que depuis une semaine n'est pas non plus dans mes habitudes. Pourtant, je ne vois pas comment faire autrement. C'est... c'est effrayant.

— L'essentiel, dit-il en la serrant plus fort contre lui, c'est que nous soyons effrayés tous les deux. T'ai-je dit que les changeformes s'unissent pour la vie, Delilah ? Si, un jour, tu m'abandonnes, il n'y en aura pas d'autre que toi.

— Pas d'autre... répéta-t-elle en lui caressant le visage. J'aime entendre cela.

Hari se mit à rire et s'exclama en lui donnant une petite tape sur les fesses :

— Ce que tu peux être cruelle, parfois !

— Méfie-toi, répliqua-t-elle en faisant mine de s'offusquer. Je pourrais t'amener à plier le genou devant moi !

Ils rirent tous les deux, et cela réchauffa le cœur de Dela de savoir que Hari lui faisait à présent suffisamment confiance pour plaisanter avec elle d'un sujet aussi grave. À ce jour, en tant que propriétaire de la boîte, elle était toujours, à son corps défendant, sa « maîtresse ». Et même s'il était hors de question pour elle de se servir de ce pouvoir sur lui, il était toujours là, en latence, comme un lien empoisonné entre eux. Elle avait le pouvoir de le mettre à genoux – littéralement –, et quiconque posséderait la boîte après elle en disposerait aussi. Le cœur lourd d'une sourde angoisse, elle comprit soudain qu'elle ne pouvait laisser faire une chose pareille. S'il se révélait impossible de briser la malédiction qui pesait sur Hari, elle devrait faire en sorte que nul ne puisse plus jamais abuser de lui.

— Hari ? fit-elle d'une voix haletante, tandis que les lèvres de son compagnon partaient à l'assaut d'un de ses seins. Je voulais te demander… si quelque chose m'arrivait un jour… J'ai besoin de savoir… Oh, Hari ! Veux-tu que quelqu'un de confiance hérite de la boîte ? Artur ? Ou Blue ? Ou alors… nos enfants ?

Nos enfants… songea-t-elle avec émerveillement. Quelle chose étrange à dire tout haut ! C'était comme un secret miraculeux destiné seulement aux oreilles de l'homme qu'elle aimait.

Hari s'était figé au-dessus d'elle, le regard grave. Il vint placer son visage à quelques centimètres au-dessus du sien et murmura d'une voix étranglée :

— Le jour où tu mourras, Delilah, je mourrai aussi. Si tu dois disparaître, je ne veux pas courir le risque d'être invoqué par qui que ce soit d'autre. Laisse-moi glisser dans la terre à tes côtés, et je serai le plus heureux des hommes. Une éternité à rêver de toi…

15

Prisonnière d'une oubliette... les ténèbres partout... un sol de pierre froide... angoisse et peur de mourir... – respirer, respirer ! – souffrance... *Delilah !* Personne pour entendre... *Delilah !* Toute seule, et personne pour...

— Delilah !

Dela ouvrit les yeux et se dressa d'un bond dans son lit, en proie à une peur panique, le souffle court. Le soleil inondait son lit, aussi doux et bienfaisant qu'un baume sur son âme meurtrie, chassant les ténèbres dans lesquelles, l'instant d'avant, elle se débattait.

Hari se pencha vers elle, nimbé par le soleil matinal d'un halo doré. Une question muette dans les yeux, il scruta son visage avec inquiétude.

— Tout va bien, mentit-elle, espérant effacer de son front les plis soucieux qui s'y trouvaient.

Comment aurait-elle pu lui faire part de son rêve, vague prémonition d'événements à venir ? Réclusion, isolement, désespoir... Le rêve manquait de détails et ne lui laissait qu'une vague impression, mais la tonalité générale était claire : quelque chose de terrible allait se produire.

— Delilah... insista Hari. Que se passe-t-il ?

— Juste un rêve, ne t'inquiète pas. Rien de sérieux.

Du moins pour l'instant, ajouta-t-elle pour elle-même. Ce qui doit être sera, mais le futur n'est pas gravé dans la pierre. Ce que j'ai vu n'est qu'un fragment, la pièce sombre d'un puzzle peut-être plein de lumière. Voilà ce qu'il ne faut surtout pas oublier...

Tout comme elle ne devait pas oublier que le grave danger qui pesait sur sa vie n'était toujours pas écarté.

Hari était trop perspicace pour être dupe, mais il ne fit rien pour l'inciter à se confier davantage. En silence, ils se levèrent, s'habillèrent et sortirent de la chambre. Quand ils pénétrèrent dans le salon, la télévision était allumée et les quatre autres occupants de la maison étaient agglutinés devant, captivés.

— ... cette nuit qu'un corps a été découvert dans une allée de Monroe Street, expliquait le présentateur. Les autorités ont révélé que la victime avait succombé à l'attaque sauvage d'un animal, bien que personne dans ce qui était jusqu'alors une rue paisible n'ait entendu le moindre bruit de lutte. Le défunt, M. Wen Zhang, résidant à New York, était un homme d'affaires connu dans le quartier chinois de la ville. Toute personne pouvant faire état de renseignements sur cette affaire est priée de prendre contact aussi vite que possible avec la police...

— Merde ! s'exclama Dela en portant les deux mains à sa tête. Oh, merde !

— Je ne te le fais pas dire, commenta Dean, pince-sans-rire. Il faut croire que la justice n'est pas un vain mot sur cette terre.

— Quelqu'un peut m'expliquer ce qui s'est passé ? insista Dela en les dévisageant l'un après l'autre.

Artur se contenta de hausser les épaules.

— Il a dû être tué peu de temps après son départ du restaurant, suggéra Eddie.

Blue se frottait le menton, couvert d'une barbe de trois jours qui pouvait donner une indication sur la raison de son surnom.

— Cette histoire d'animal, vous y croyez, vous ? demanda-t-il d'un air perplexe.

Sous l'effet de la concentration, une ride se creusa entre les sourcils de Dean.

— Si les flics donnent cette indication, expliqua-t-il doctement, c'est que la police scientifique a dû retrouver de la salive d'origine non humaine dans les plaies.

Loin d'être convaincue par cette explication, Dela hocha la tête d'un air dubitatif et alla éteindre le téléviseur. Le meurtre de Zhang – car il ne faisait pas de doute pour elle qu'il s'agissait d'un crime – tombait trop à pic pour n'avoir aucun lien avec elle. Elle ne croyait pas à cette hypothèse de l'attaque d'un animal sauvage. Personne d'autre que ses amis ou sa famille n'était susceptible de faire une chose pareille. Mais si les uns ou les autres avaient pris une telle initiative, elle l'aurait su…

— Pensez-vous que Zhang aurait pu être supprimé par l'un des siens ? demanda Hari.

— Peu probable, répondit Artur en faisant craquer les jointures de ses doigts. Mais peut-être faut-il y voir une réponse à l'assassinat du client de Dela. Une vengeance entre gangs. Œil pour œil…

— Quoi qu'il en soit, reprit Hari, avec la mort de ces deux chefs de famille rivales, Delilah devrait être à présent tirée d'affaire, non ?

— Rien n'est moins sûr, répondit-elle en grimaçant. Les sbires de Zhang vont sans doute s'imaginer que c'est nous qui sommes coupables, et ils n'auront rien de plus pressé que de venger la mort de leur patron.

— Je vais aller vérifier que le système d'alarme fonctionne correctement, au cas où ils auraient l'idée de nous rendre visite, annonça Eddie en se dirigeant vers l'escalier.

Déjà habillé pour sortir, Blue le suivit et entoura d'un bras amical ses épaules.

— Je t'attends dans le Land Cruiser, lui dit-il. Tu l'as sans doute oublié, mais tu as rendez-vous à l'hôpital pour te faire enlever tes points de suture dans une demi-heure…

Soudain très pâle, Eddie se figea sur le seuil.

— T'inquiète pas, fit Blue en lui ébouriffant les cheveux. Je te tiendrai la main.

Dès qu'ils furent sortis, Dean lança à Artur un coup d'œil entendu et suggéra :

— Pendant ce temps-là, on pourrait peut-être s'occuper de… hum… l'autre petit problème.

— Quel autre petit problème ? s'enquit Dela.

— Adam, répondit Artur gravement. Nous devons aller le faire incinérer.

— Oh ! murmura-t-elle en baissant les yeux. Je vois.

— Nous attendions pour le faire de savoir si Zhang voulait vérifier qu'il était bien mort, mais à présent qu'il est mort lui aussi…

— Je comprends… Je vous ai laissés vous charger de tout ça sans même chercher à savoir comment cela se passait. Je ne vous remercierai jamais assez !

— Tu n'as pas à nous remercier, bougonna Artur en rejoignant Dean sur le palier. Chacun son boulot. Il y a des endroits discrets où on accepte de s'occuper de ce genre de chose sans poser de questions. Cela fait partie de notre job de savoir où ils se trouvent.

Dela hocha la tête en silence et regarda Dean et Artur sortir de la pièce. Lorsqu'ils furent partis, un grand silence se fit dans le salon.

— Nous sommes seuls, constata-t-elle, tout étonnée.

— Oui, répondit Hari. Mais seulement pour quelques heures.

Ils se regardèrent, et le sang de Dela se mit à courir plus vite dans ses veines.

— Hari… murmura-t-elle. Si tu veux encore attendre, je…

Il ne lui laissa pas le temps de finir sa phrase. En deux grandes enjambées, il la rejoignit et la chargea sans autre forme de procès sur son épaule. Prise d'un fou rire, Dela eut tout juste le temps d'agripper au passage la porte de sa chambre pour la faire claquer derrière eux.

L'ironie de la situation aurait pu prêter à sourire. Après deux mille ans d'esclavage et d'innombrables actes sexuels, Hari se sentait aussi vierge et innocent qu'au premier jour lorsqu'il déposa Dela en douceur sur son lit.

Après s'être allongé près d'elle, il effleura sa joue du bout des lèvres, emplissant ses narines de ce parfum si troublant qui était celui de son désir. Il la sentit trembler contre lui – non pas d'impatience, réalisa-t-il, mais sous l'effet d'une certaine appréhension.

— Il y a quelque chose qui ne va pas ? s'inquiéta-t-il.

À son grand soulagement, sa voix avait paru plus calme et assurée qu'il ne l'était lui-même.

— Tu n'es pas un tout petit peu effrayé, toi ? demanda-t-elle avec un sourire tremblant.

Hari faillit se mettre à rire. La magie, le danger, la mort n'avaient pu venir à bout de Dela, et voilà qu'au moment le plus doux son courage flanchait… tout comme le sien.

— Je suis mort de peur, avoua-t-il en la fixant droit dans les yeux. Tu es la première femme à qui je vais faire l'amour.

Dans un grand soupir libérateur, Dela s'accrocha à lui avec une énergie farouche. Il n'y avait soudain plus rien de timide en elle. Toute appréhension l'avait quittée, chassée par l'assurance dévastatrice d'une tornade qui déferlait sur lui, impérieuse, puissante, électrique. Elle captura ses lèvres, emplissant sa bouche d'un bouquet de saveurs enivrantes, libérant la bête en lui. Avec une impatience contagieuse, il la débarrassa de son gilet, de sa robe, de ses sous-vêtements, tandis que Dela, essoufflée et gémissante, lui rendait le même service.

Lorsque, enfin, ils furent nus l'un contre l'autre, elle se redressa et le caressa longuement du regard, avant de le faire également avec ses mains. Du bout des doigts, elle traça le contour de ses muscles, puis l'embrassa dans le cou et laissa sa langue s'attarder longuement dans le creux formé au bas de sa gorge. Comme un rideau de soie, ses cheveux effleurèrent sa poitrine tandis qu'elle s'aventurait plus bas. Il se raidit un peu lorsqu'elle suivit avec ses lèvres le contour de ses cicatrices. Et quand sa bouche se referma sur l'une de ses aréoles dressées, qu'elle titilla du bout des dents, il se tendit sur le lit et gémit de plaisir.

Tout en tremblant sous ses assauts, il laissa courir ses mains dans son dos, puis se fraya un chemin le long de ses côtes jusqu'à ses seins aux pointes durcies, qu'il fit rouler sous ses paumes avant de les caresser du bout des doigts. Dela ne put y résister. Elle se redressa au-dessus de lui et poussa un long soupir d'extase.

Hari en profita pour amener sa bouche jusqu'à ses seins et lui rendre les caresses qu'elle venait de lui prodiguer. Il s'émerveillait de découvrir la joie incomparable de combler de bonheur une femme aimée. Les petits gémissements de Dela l'électrisaient. Jamais il n'aurait imaginé qu'il puisse être plus agréable encore de donner du plaisir que d'en recevoir. Il sentit un grondement affamé monter dans sa poitrine et décida qu'il lui fallait plus. Inversant les positions, il la coucha doucement sur le lit et alla enfouir son visage entre ses cuisses, où il se régala d'un festin de roi.

Quand il en eut terminé et qu'il se coula de nouveau contre elle sur le lit, Dela, pantelante, le fixa de ses yeux languides et repus. Hari se plaça entre ses jambes, couvrit son visage de baisers et murmura à son oreille :

— Dans quelques instants, tu seras toute à moi et je n'appartiendrai qu'à toi.

— Pour toujours ! promit-elle.

Il l'embrassa avec passion au moment même où il se glissait en elle. Il eut en fait la sensation étrange qu'elle pénétrait en lui autant qu'il la pénétrait. Son sang aspirait à se mêler au sien. À chaque battement, son cœur menaçait d'exploser d'amour pour elle. Il l'aimait d'un amour payé de retour, et leurs corps unis célébraient ce miracle en une danse bouleversante qui les ébranlait jusqu'à l'âme. Ils se noyaient dans les yeux l'un de l'autre. Il ne lui était plus possible de savoir où s'arrêtait son corps et où commençait le sien. Dela était partout – sous lui, autour de lui, et même au plus profond de son être. Ils frémirent simultanément à l'arrivée de l'orgasme. Celui-ci les cueillit ensemble, plus unis et soudés qu'ils ne l'avaient jamais été. Au point culminant de son plaisir, Hari entendit une longue note claire retentir sous son crâne et résonner en lui. La beauté de cette harmonie fit courir sur sa peau un frisson brûlant, et il cria le nom de Dela, encore et encore, tandis que sa semence se déversait en elle.

Leurs deux corps encore agités par les répliques du séisme qui venait de les secouer, ils retombèrent sur le matelas sans se désunir. Haletant, Hari enfouit son visage dans le cou de Dela, où vibraient les battements désordonnés de son cœur. Il commençait à sombrer dans une douce torpeur, avec un sentiment de plénitude qu'il ne se rappelait pas avoir jamais connu, lorsqu'elle lui demanda :

— Quand pourrons-nous recommencer ?

Sans ouvrir les yeux, Hari sourit et émit un grognement de contentement. Pour la première fois depuis deux mille ans, il se sentait véritablement en paix.

— Dès que possible, répondit-il tout bas. Aussi souvent que tu le voudras. Et aussi longtemps que nous aurons un souffle de vie.

Ce fut la douce caresse d'une fourrure contre sa peau nue qui réveilla Dela. Puis elle prit conscience que son corps était baigné comme dans une étuve par une chaleur qui ne semblait pas humaine.

Le cœur battant, saisie par un pressentiment, elle ouvrit les yeux et vit qu'elle dormait allongée entre les pattes d'un tigre à la fourrure orange, striée de bandes noires et crème. Sa tête magnifique de félin endormi était posée sur l'oreiller, un bout de langue rose passant entre d'impressionnants crocs blancs.

Émerveillée, Dela retint son souffle et ouvrit grands les yeux, avec la sensation émouvante d'avoir glissé durant son sommeil dans un conte de fées. Il ne lui vint même pas à l'esprit d'avoir peur. À ses côtés reposait tout simplement Hari, son miraculeux, son magique, son merveilleux Hari… Pour une raison inconnue – son instinct lui dictait que ce qu'ils venaient de faire n'y était pas pour rien –, il avait fini par récupérer sa peau.

Que lui avait-il expliqué, lorsqu'ils s'étaient rencontrés ? *Quand je dis que le Magi m'a volé ma peau, cela signifie qu'il s'est emparé d'un morceau de mon cœur en assassinant ma sœur. Pour recouvrer mon identité de changeforme, je dois retrouver l'intégralité de mon cœur.*

L'écho de ses paroles résonna en elle, et elle sentit son pouls s'affoler. La solution pouvait-elle être aussi simple ? Avait-il suffi que leur amour se concrétise pour qu'il se trouve soudain guéri ? Mais s'il était guéri, se pouvait-il que la malédiction…

En proie à une vive agitation, Dela entreprit de secouer Hari pour le réveiller. Mais bien vite, son geste se transforma en caresse, tant il était difficile de résister à la sensation de cette fourrure incroyablement soyeuse sous ses doigts.

Sa main flatta longuement son poitrail, descendit le long de ses côtes vers son estomac. En tant qu'homme, Hari était déjà impressionnant. Mais en tant que tigre, il se révélait tout simplement époustouflant. Immense, tout de grâce, de force, de beauté… Pour être complètement honnête avec elle-même, elle le trouvait même éminemment sexy.

Savourant les sensations délicieusement érotiques que sa fourrure faisait naître sur sa peau, Dela se pelotonna amoureusement contre lui. Elle ne se lassait pas d'admirer ce magnifique animal endormi et rechignait à présent à le réveiller – ce qu'il paraissait pourtant sur le point de faire.

Ses paupières tressaillirent. Un tic fit vibrer ses longues moustaches. Deux pattes massives s'étirèrent, révélant les pointes acérées de griffes redoutables. Et quand il ouvrit d'un coup les paupières, Dela devina l'homme au fond du tigre – le Hari qu'elle aimait, et qui posait sur elle un regard de désir non dissimulé qui lui coupa le souffle.

Un son rauque et inarticulé jaillit de sa gorge. Des mots de tigre, peut-être. Surpris, il fit une nouvelle tentative. Amusée, Dela dut employer ses deux mains pour soulever l'une de ses pattes couvertes de fourrure et la lui montrer.

En découvrant sa peau de tigre rayée de noir et de blanc, les yeux de Hari s'agrandirent démesurément et jetèrent une lueur dorée.

— Ce n'est pas un rêve ! lança-t-elle, partagée entre le rire et les larmes. Tu as retrouvé ta peau ! Dans ton sommeil, tu t'es métamorphosé…

Hari tressaillit, puis les muscles se mirent à jouer sur son visage, à changer de place, recomposant des traits humains. La fourrure si magnifique et si douce commença à s'estomper sur son corps pour redevenir la peau dorée qu'elle aimait.

Fascinée par cette étonnante métamorphose, Dela se recula pour mieux en admirer les différentes phases. Pattes avant et arrière se redressèrent et s'allongèrent. Le torse s'élargit. Et bientôt, le Hari qu'elle connaissait réapparut à ses yeux, les membres enroulés autour d'elle, le sexe dressé en une érection monumentale contre son ventre.

— Tu es magnifique, murmura-t-elle.

— Delilah…

Loin de relâcher son étreinte, il se rapprocha d'elle et couvrit son visage de baisers.

— Tourne-toi, ordonna-t-il enfin d'une voix rauque de désir.

Le cœur battant, Dela s'exécuta, pivotant entre ses bras jusqu'à ce qu'elle sente son corps épouser le sien dans son dos. L'instant d'après, il la pénétrait d'un souple mouvement des reins.

Avec un gémissement de plaisir, elle se plaqua plus étroitement contre lui, peau contre peau. Ils savourèrent une longue minute la plénitude de cette étreinte, puis Hari commença à bouger en elle, lentement d'abord, puis de plus en plus vite.

Elle cria lorsqu'il lui mordilla l'épaule. Aussitôt après, il se cramponna à ses hanches avec un grondement de fauve et imprima à leur étreinte un rythme plus soutenu. La tête légère et le corps en feu, Dela accompagna du mieux qu'elle le put ses coups de reins impérieux, qui la clouaient sur le matelas gémissant.

Elle sentit son souffle brûlant sur sa nuque lorsque ses dents se refermèrent sur la peau tendre de son cou et faillit se laisser emporter par le plaisir. Puis elle le vit prendre appui sur ses deux bras tendus devant elle. Une fourrure orange striée de noir fit lentement son apparition sur ses avant-bras. Les yeux écarquillés par la stupeur, Dela vit cinq paires de griffes jaillir au bout de ses doigts et lacérer la literie.

Agrippant de toutes ses forces les poignets de Hari, elle capitula devant l'urgence de l'orgasme qui déferla en elle longuement. Ils jouirent ensemble, Hari s'enfouissant une dernière fois en elle, tous ses muscles bandés, avec une sorte de feulement étranglé.

Pantelants, ils demeurèrent ensuite longuement emboîtés l'un dans l'autre, comme s'ils ne devaient jamais plus se séparer.

— Oh, Hari ! gémit-elle lorsqu'ils se laissèrent enfin glisser sur le flanc.

Pendant un long moment, elle se contenta de sentir son corps vibrant contre le sien, ses bras souplement refermés autour de ses hanches. Elle écouta leurs cœurs se calmer à l'unisson, leurs souffles reprendre peu à peu un rythme régulier. Et lorsqu'elle put de nouveau respirer normalement, elle rompit doucement leur étreinte et fit volte-face entre ses bras.

Avec un grognement de contentement, Hari l'attira tout contre lui. Dela cala sa tête sous son menton, s'enivra de son odeur, enfouit ses doigts dans ses cheveux mouillés de sueur.

— Delilah...

Elle se mit à rire et s'écarta de lui pour mieux l'admirer. Radieux, l'air béat, il se trouvait dans un tel état de ravissement qu'il paraissait incapable de dire autre chose. Son corps, lui, ne manquait pas de moyens pour exprimer sa joie. Homme ou tigre, fourrure ou peau, griffes ou ongles, il semblait ne plus savoir quelle forme adopter. Dela observa longuement cette valse-hésitation, fascinée, avant de lui murmurer à l'oreille :

— Montre-moi. Je veux tout voir...

À ces mots, le visage de Hari se fendit d'un sourire joyeux. Il l'embrassa avec fougue et déploya lentement son corps de fauve, comme s'il émergeait à peine d'un trop long engourdissement hivernal. Il bondit hors du lit tandis que s'accomplissait la métamorphose, accompagnée cette fois d'une lumière dorée qui courut le long de ses membres, aussi intense qu'un soleil couchant sur une mer d'huile.

Un tigre majestueux, royal, au corps souple et puissant, fit le tour de la pièce sans la quitter des yeux, tous ses muscles jouant avec grâce sous sa peau. Dela s'assit au bord du lit pour mieux l'admirer.

Après avoir lancé vers le plafond un feulement de triomphe qui semblait mettre au défi la terre entière, il la rejoignit et déposa comme un gros chat docile une patte massive sur ses genoux. Sans manifester la moindre crainte ni la moindre hésitation, elle lui caressa en riant le museau et les oreilles.

Et lorsque Hari reprit forme humaine, il le fit avec une lenteur délibérée, cette fois, comme s'il voulait savourer pleinement chaque phase de la métamorphose.

Au terme de celle-ci, il se retrouva agenouillé devant elle. Une fine pellicule de sueur recouvrait sa peau nue. Son regard brillait d'une flamme intense.

— Tu m'as guéri ! lança-t-il d'une voix émue. En guérissant mon cœur, tu m'as rendu ma peau.

— Cela signifie-t-il que la malédiction est brisée ?

La joie qui faisait rayonner son regard connut une brève éclipse.

— Je ne sais pas, répondit-il, troublé. Mais nous pouvons le vérifier. Ordonne-moi de faire quelque chose. N'importe quoi. En employant la formule que je t'ai révélée.

Dela hésita. Pour vaincre ses réticences, Hari l'embrassa avec ardeur.

— Je t'assure que cela ne me fait rien, insista-t-il. Tout va bien se passer. Il n'y a pas d'autre façon d'avoir une certitude.

Dela finit par hocher la tête et s'exécuta de mauvaise grâce.

— Tu dois te lever !

Elle sut ce qu'il en était avant même que les mots aient achevé de sortir de sa bouche. Une puissance terrible s'empara d'elle, tel un fouet qui, jaillissant de ses lèvres, alla frapper Hari en plein cœur. Elle sentit le pouvoir maléfique de la boîte devenir sien. L'espace d'une insupportable seconde, elle fut sa maîtresse, dispensatrice absolue de vie, de souffrance et de mort.

L'expression du visage de Hari faillit la rendre malade. Avec une éprouvante mollesse, les yeux emplis de désespoir, il se dressa sur ses jambes.

Dela enfouit son visage entre ses mains et se mit à pleurer amèrement.

— Delilah... l'entendit-elle gémir d'une voix grinçante. Je ne peux pas te rejoindre... avant que tu ne m'aies libéré de l'ordre que tu viens de me donner.

Au bord de la nausée, Dela redressa la tête et dit aussi vite qu'elle le put :

— Tu dois faire ce qui te plaît !

Instantanément, Hari émergea de son étrange passivité et vint la rejoindre sur le lit. Il l'attira contre lui, et, durant de longues minutes, ils demeurèrent blottis dans les bras l'un de l'autre.

— Je croyais... que retrouver ta peau suffirait à briser la malédiction, murmura-t-elle enfin.

— Je le croyais aussi.

Hari s'écarta pour la dévisager, et Dela vit une infinie tendresse passer dans son regard.

— Tu m'as offert d'inappréciables cadeaux, le dernier d'entre eux – et non le moindre – étant ma peau, dit-il. Aussi longtemps que je peux vivre auprès de toi, peu m'importe de savoir que je reste assujetti au pouvoir de cette boîte.

— Je veux que tu retrouves ta liberté, Hari. Plus que toute autre chose au monde.

— Tu me l'as déjà rendue, assura-t-il en lui caressant le visage. Nous avons tellement de raisons de nous réjouir, Delilah ! Tant de reconnaissance à avoir ! Cette boîte n'est en fait... qu'une toute petite chose.

Mais ce n'était pas une toute petite chose, et en dépit de la conviction qui animait ses paroles, ils le savaient tous les deux. Pourtant, Dela ne le contredit pas. Cela n'aurait fait qu'ajouter à la souffrance de

Hari, alors qu'il s'efforçait de l'oublier – et de l'aider à l'oublier.

Alors, elle fit ce que lui dictait son cœur et l'embrassa, avec toute la tendresse, toute la passion, tout l'amour qu'il lui inspirait. Il lui rendit son baiser avec la même fougue, et quand leurs lèvres se séparèrent, il se redressa sur un coude pour l'admirer tout à son aise en lui caressant le visage et les cheveux.

— Si nous vivions à mon époque, murmura-t-il enfin d'une voix rêveuse, je n'aurais plus qu'à t'emmener dans un endroit secret, que j'aurais tout spécialement préparé à ton intention. Nous y resterions seuls tous les deux. Je t'y montrerais toutes les beautés de la jungle, t'en apprendrais tous les secrets. Chaque jour, mon seul but serait de t'y rendre heureuse.

— Nous ne sommes plus à ton époque ni dans ta jungle, répondit Dela en riant, mais rien ne t'empêche de le faire quand même.

— Et je le ferai ! promit-il. Je le ferai ! J'aimerais tant que nous ayons plus de temps seuls tous les deux... Tu ne peux pas savoir à quel point j'ai été étonné de réaliser, à mon réveil, que non seulement je m'étais métamorphosé dans mon sommeil, mais qu'en plus tu continuais à me regarder comme si j'étais humain.

— Mais tu l'es ! protesta Dela en se renfrognant. Tu t'attendais donc que je te repousse ? Même lorsque tu es un tigre, au fond de toi, tu restes... toi !

Un sourire bouleversant illumina le visage de Hari. Avec un respect infini et une grande douceur, il posa sa large main sur le ventre de Dela.

— Delilah... fit-il, le souffle court. Tu crois que...

Elle posa sa main sur la sienne et répondit :

— Je l'espère. Tu veux une fille ou un garçon ?

Il déposa un baiser sur ses lèvres.

— Les deux.

— Rien de fâcheux, jamais, n'arrivera à nos enfants !

Hari hocha solennellement la tête pour sceller ce pacte d'amour.

De l'autre côté de l'appartement, très loin d'eux, une porte claqua. Des voix familières retentirent. Des bruits de pas se firent entendre.

— Ohé ! Dela ? Hari ? Vous êtes toujours là ?

C'était Dean. Sa voix était si claire qu'il devait avoir l'oreille collée contre la porte.

— Va-t'en ! cria Dela.

Hari gronda sourdement.

— Bon, bon, ça va, protesta Dean. Je voulais juste vérifier que vous n'aviez pas été kidnappés.

En écoutant le bruit de ses pas décroître peu à peu dans le couloir, Hari et Dela s'observèrent en souriant et en secouant la tête d'un air entendu.

— Nous aurons une maison à l'écart du monde, dit-il. Je t'y ferai l'amour continuellement.

— C'est déjà ce que tu fais, répondit-elle. Chaque fois que tu me regardes.

16

Ce soir-là, ils roulèrent tous ensemble jusqu'à un endroit appelé Barrymore Park, d'où l'on dominait la ville. Là, ils rendirent un dernier hommage à Adam, ainsi que Dela avait tenu à le faire.

Les derniers feux du crépuscule nimbaient de pourpre et d'or la cime des arbres et les méandres du fleuve, ainsi que les visages graves et recueillis des hommes rassemblés autour d'elle.

— Tu vas me manquer, murmura-t-elle en tenant tout contre elle la simple boîte métallique qui contenait les cendres de son collaborateur. Tu vas me manquer… malgré tout.

Hari remarqua du coin de l'œil les grimaces que faisaient ses compagnons. Il pouvait les comprendre. Le fait d'avoir beaucoup souffert dans l'existence ne suffisait pas à laver Adam de son crime impardonnable.

Appuyée contre la rambarde qui ceinturait le bord de la falaise, Dela ôta le couvercle de la boîte et commença à répandre lentement les cendres au gré du vent. Hari les regarda se disperser dans la nuit tombante, en songeant que si tout le monde était condamné en naissant à se perdre dans la mort, c'était un malheur plus grand encore de se perdre dans la vie.

Pâle et tremblante mais droite et digne, Dela ne versa pas une larme. En la voyant lutter pour remettre le couvercle en place, Hari la rejoignit et la débarrassa de l'urne désormais inutile.

— Vous pouvez me laisser un moment ? demanda-t-elle à la cantonade. Je voudrais... je ne sais pas... juste rester seule un instant.

En silence, les hommes retournèrent à la voiture. Adossés au Land Cruiser, ils contemplèrent de loin la frêle silhouette de la femme pour qui ils auraient donné leur vie.

— Comment va-t-elle ? s'enquit Blue.

Conscient d'être la cible de tous les regards, Hari sut que la question ne s'adressait qu'à lui.

— Delilah est toujours très attristée par la trahison et par le suicide d'Adam, répondit-il. Mais elle ne cherche pas à faire bonne figure devant vous et n'a pas d'autre visage que celui qu'elle vous montre. Il est à craindre cependant qu'elle ne fasse plus confiance à son instinct autant qu'auparavant.

— Quel gâchis ! se lamenta Eddie en secouant la tête. Je veux dire... Je ne la connais pas aussi bien que vous, mais il me semble qu'elle devait puiser une grande assurance dans cette faculté à pouvoir juger les gens d'un coup d'œil à leur juste mesure.

— Elle ne s'est pas trompée au sujet d'Adam, intervint Artur. Quoi qu'il ait pu faire, l'amitié qu'il lui portait était sincère et pure. Le temps viendra où elle le comprendra.

Hari laissa son regard dériver de nouveau vers celle qu'il aimait. Il espérait de tout cœur que le moment dont parlait Artur ne tarderait pas trop à venir. Dans l'intervalle, il restait à Dela des amis sûrs et fidèles pour la consoler, la rassurer et lui redonner foi dans les vertus de l'amitié et de l'amour.

Après un dernier regard au panorama, Dela tapa du plat de la main sur la rambarde et tourna les talons pour les rejoindre. Hari croisa son regard et, l'espace d'une seconde, il eut le souffle coupé par la puissance et la pureté de l'amour qui les unissait.

Il eut le temps de remarquer un vol de corneilles qui croassaient au-dessus de leurs têtes. L'instant d'après, le silence vespéral fut brisé par une série de sifflements et de détonations. L'impact des balles sur le sol souleva un nuage de poussière autour d'eux.

— Tous à terre ! hurla Dean en portant la main à son holster. Dépêchez-vous !

Loin d'obéir à cette injonction, Hari avait commencé à se débarrasser de tous ses vêtements. En un instant, il fut nu et courut rejoindre Dela, qui s'était jetée au sol, les mains sur la tête. Hari sentit une balle pénétrer son épaule et se blinda pour ignorer la souffrance. En toute hâte, il s'allongea sur Dela pour la protéger des balles et lui dit à l'oreille :

— Il ne faut pas rester là. Nous devons nous mettre à l'abri.

Aussitôt après, il entama sa métamorphose. Dela poussa un petit cri de surprise. D'autres balles atteignirent Hari, brûlant sa chair, se logeant dans ses os. Il se dressa sur ses pattes et gronda pour inciter Dela à le suivre. Elle ne se fit pas prier. À quatre pattes sur le sol, elle se dirigea aussi vite qu'elle le put vers la voiture, protégée des balles qui sifflaient autour d'eux par l'écran de son corps de tigre, bouclier plus massif et plus efficace que ne l'aurait été son corps d'homme.

Dean et les autres s'étaient réfugiés derrière le Land Cruiser transformé en passoire. Une odeur de poudre et de métal chaud flottait dans l'air. Alarmé par un rugissement de moteur, Hari tourna la tête et vit trois grosses voitures surgir sur le parking. Elles n'eurent pas le temps de les rejoindre. Les capots de deux d'entre elles explosèrent, libérant un geyser de fumée et de flammes. Des hommes paniqués sortirent en hurlant des véhicules et se mirent à courir en tous sens. Seul le troisième, qui se dirigeait droit sur eux, poursuivit sa route.

Les doigts écartés, Dela tendit les mains devant elle. La voiture ralentit, se mit à zigzaguer, mais son chauffeur, cramponné à son volant, parvint à rectifier sa trajectoire. En voyant le visage de Dela se tordre de douleur, Hari se jeta sur elle pour la protéger de son corps.

Mentalement, il se prépara à subir l'impact, mais rien ne vint. Et quand il redressa la tête pour voir ce qui se passait, ce fut pour découvrir la voiture qui s'immobilisait à quelques mètres d'eux, le moteur en panne, tandis que Blue, la mâchoire crispée, la fixait avec intensité. Des hommes de main, le visage tordu par la peur et la fureur, en jaillirent comme des diables.

— Rappelez-la ! hurlèrent-ils à l'intention de Dela. Débarrassez-nous d'elle ou nous vous tuerons !

— Rappeler qui ? s'étonna-t-elle, désemparée.

Mais Hari ne prit pas le temps de chercher à comprendre de quoi il retournait. Ces hommes étaient tout aussi dangereux à pied qu'en voiture et semblaient prêts à tout. Il poussa Dela dans un buisson tout proche et bondit sur un des hommes, tous crocs et toutes griffes dehors. Celui-ci, terrifié, le visa et tira, mais l'impact de la balle ne suffit pas à le ralentir. Une rage meurtrière l'animait tout entier, teintant son regard d'une brume sanglante. Les deux pattes en avant, il atterrit sur la poitrine de l'homme et le renversa sur le sol. Sans hésitation ni remords, il lui mordit la gorge à pleines dents. Un liquide épais lui inonda la bouche. La bête en lui se réjouit du goût du sang.

La fusillade reprit de plus belle. Une volée de balles atteignit Hari de plein fouet, mais rien n'aurait pu l'arrêter. Il se retourna vers les hommes qui le visaient et ses griffes entrèrent en action, semant la panique et lacérant les chairs. Le combat cessa lorsque les derniers hommes armés durent lâcher en criant leurs revolvers chauffés à blanc, qui tombèrent dans l'herbe en grésillant. Artur, Dean et Blue émergèrent de derrière le Land Cruiser, leurs propres armes pointées sur les survivants. Eddie les imita bientôt, inondé de sueur, les yeux assombris par la concentration.

Hari se métamorphosa sous les yeux effarés des hommes de main et recracha une gorgée de sang. Son premier regard fut pour l'endroit où il avait poussé Dela dans les buissons – mais Dela n'y était plus.

17

Quand Dela reprit conscience, elle était allongée sur un sol de béton, les membres entravés et la bouche soigneusement bâillonnée. La dernière chose dont elle se rappelait, c'était la charge suicidaire de Hari et la tentative qu'elle avait faite pour lui venir en aide en usant de ses pouvoirs. Une main surgie de nulle part s'était plaquée violemment sur sa bouche, l'en empêchant. Une autre avait injecté le contenu d'une seringue de somnifère dans son bras. Avant de sombrer dans l'inconscience, elle avait juste eu le temps d'apercevoir le visage ricanant et indistinct d'un homme penché sur elle.

Une migraine carabinée lui martelait le crâne, mais elle se força à ouvrir les paupières et découvrit le Magi assis en tailleur à côté d'elle. Les cheveux en bataille, les joues creuses, il l'observait attentivement.

— Bienvenue à la maison ! railla-t-il d'une voix rauque.

D'un regard circulaire, Dela embrassa la pièce. Les mains menottées autour d'un des trois piliers de bois qui en soutenaient le plafond, elle se trouvait dans une cave nue et humide qu'éclairait chichement une unique ampoule. Dans le dos du Magi, un escalier de bois menait au rez-de-chaussée.

S'efforçant de rester calme, elle étudia son geôlier avec attention. Les traits tirés, le visage pâle, il avait tout d'un homme rongé par la souffrance. Il tendit le bras derrière lui et le ramena armé d'une seringue.

— Je vais enlever ce bâillon, annonça-t-il. Mais si tu t'avises de crier, je vais devoir t'envoyer de nouveau au pays des rêves...

Dela se retint de mordre la main avec laquelle il défit le foulard noué autour de sa bouche. Son ravisseur semblait disposé à parler, et elle était curieuse d'apprendre ce qu'il avait à dire. La première question qu'il posa ne la surprit pas.

— Où se trouve la boîte à surprise ?

— Je n'en sais rien.

Ce n'était pas entièrement faux. C'était Blue qui s'était chargé d'aller déposer l'objet dans un coffre, à la banque. Elle n'en possédait ni la combinaison ni la clé.

Sous le regard suspicieux du Magi, Dela sentit quelque chose effleurer son esprit. Ce fut un frôlement aussi léger que celui d'une aile de papillon, mais infiniment plus froid.

— Tu ne me dis pas toute la vérité ! lança-t-il durement.

— Je ne sais pas où elle se trouve, répéta-t-elle d'un air buté.

Le regard du Magi s'assombrit. Au terme d'un long silence, il reprit d'un ton inquisiteur :

— Dans ce cas, qui sait où elle se trouve ?

Exactement la question à laquelle elle ne devait pas répondre... Fortifiant ses barrières mentales, Dela resta de marbre. Il ne faisait pour elle pas l'ombre d'un doute que le magicien pouvait sonder ses pensées. Son silence ne fut pas à son goût. Il se pencha vers elle, l'air menaçant.

— Voilà quelque temps que je vous surveille, toi et tes amis. Tu ne t'imagines pas tout ce qu'on peut apprendre rien qu'en interrogeant des voisins. Je connais ton nom, Dela Reese !

À ces mots, Dela sentit sa bouche devenir pâteuse. Sa vision se troubla. Une torpeur étrange s'empara d'elle. Les échos de son nom prononcé par les lèvres cruelles du Magi se répercutaient sous son crâne. Une mise en garde de Hari lui revint en mémoire: Un mage qui connaît le nom d'une personne a déjà un pouvoir sur elle. C'est une faille par laquelle il peut s'insinuer dans son esprit.

— Qui sait où se trouve la boîte qui m'appartient, Dela Reese? insista-t-il. Est-ce un de tes amis?

Dela ferma les yeux et s'absorba dans la récitation d'un mantra tout particulier – *mon nom n'est pas ce que je suis, mon nom n'est pas ce que je suis* – pour ne pas craquer, pour ne pas écouter cette voix insidieuse à laquelle il aurait été si doux d'obéir.

— Dis-moi son nom, Dela Reese!

Dela n'est pas mon vrai nom. Hari m'appelle toujours Delilah. Jamais Dela. Mon nom n'est pas ce que je suis...

— Dis-le-moi!

Je peux changer de nom, si je le veux. Prendre un nom d'artiste. Je plie le métal à ma volonté. Et je peux être qui je veux aussi. Mon nom n'est pas ce que je suis...

Avec un grognement de dépit, le Magi renonça à son harcèlement mental. L'ombre qui avait obscurci l'esprit de Dela se dissipa. La terrible pesanteur qui engourdissait ses membres disparut aussi.

— Raté! lança-t-elle en luttant pour reprendre son souffle. Il va vous falloir faire mieux que ça.

Fou de rage, le Magi la gifla si fort que les oreilles de Dela tintèrent. Mais, loin de l'effrayer, ce déferlement de violence la fit sourire. Dans sa bouche se mêlaient le goût du sang et celui du triomphe.

— Que s'est-il passé? demanda-t-elle en le narguant du regard. Pour pouvoir enfermer Hari dans cette boîte, quel prix avez-vous dû payer?

C'en fut trop pour son kidnappeur, qui se rua sur elle en hurlant dans plusieurs langues que Dela ne comprenait pas. À coups de pied et de poing, il se mit à la battre comme plâtre. Autant qu'elle le put, elle se roula en boule pour se protéger. Pour seule arme, elle disposait de son don d'apprivoiser le métal, mais le déluge de coups qui pleuvait sur elle – ainsi peut-être que les derniers effets du somnifère puissant qu'il lui avait injecté – l'empêchait de s'en servir. Cette fois, il lui faisait peur, et elle ne pouvait que craindre pour sa vie tant sa fureur confinait à la folie.

Enfin, après ce qui lui parut durer une éternité, le Magi se lassa de la frapper et s'éloigna d'elle en titubant. Dela avait l'impression que son corps n'était plus qu'une immense plaie, que seuls ses yeux fonctionnaient encore. Elle le regarda s'éloigner en direction de l'escalier et remarqua avec stupeur les taches écarlates qui maculaient sa chemise, son pantalon, ses doigts.

— Je te laisse réfléchir, lança-t-il par-dessus son épaule. N'oublie pas que tes amis ne peuvent plus rien pour toi.

Avant de gravir les marches, il éteignit la lumière.

Ils fouillèrent méticuleusement les buissons, appelant Dela sans relâche, jusqu'à ce que Hari les fît taire pour se mettre à l'écoute de ce que lui dictait son cœur. Le sort qui le liait aux propriétaires de la boîte à surprise constituait pour lui un indicateur plus fiable qu'une boussole. Et la direction que lui soufflait son instinct d'esclave le poussait sans conteste vers l'est.

— Nous perdons notre temps, dit-il à ses compagnons réunis autour de lui. Elle ne se trouve plus ici.

À grandes enjambées, il rejoignit celui de leurs assaillants étendus sur le sol qui était le plus proche. Il s'accroupit auprès de lui, enserra son cou dans sa main et opéra une métamorphose partielle. Ses bras se couvrirent de fourrure rayée. Aux commissures de ses lèvres, des canines acérées apparurent. Son visage s'allongea, lui conférant une physionomie à mi-chemin entre celle de l'homme et celle du tigre.

Le Chinois terrifié lâcha un cri inarticulé. Une odeur d'urine se répandit dans l'air nocturne. Avant de poser sa question, Hari prit bien soin de faire jaillir ses griffes.

— Où est-elle ?

Tétanisé par l'horreur, l'homme baragouina en mandarin quelques mots incompréhensibles.

Artur s'approcha à son tour. Il ôta ses gants, s'accroupit et serra le crâne de l'homme entre ses mains. Au bout de quelques secondes, satisfait, il se redressa et expliqua :

— Tous ces gentlemen viennent de New York. Ils sont arrivés dans les bagages de Wen Zhang. La nuit dernière, après la disparition de leur patron, une vieille femme aux yeux dorés est venue les trouver pour leur demander de laisser Dela tranquille. Quand ils se sont mis à rire d'elle, elle a commencé à les tuer l'un après l'autre, à mains nues.

— Dis-nous plutôt ce qu'il en est de Delilah ! intervint Hari, indifférent à tout ce qui ne concernait pas la femme qu'il aimait.

— Je ne pense pas qu'ils l'aient kidnappée, déclara Dean, se substituant à Artur pour répondre.

Les mains posées sur ses tempes, il ferma les yeux et poursuivit :

— Elle est enfermée… dans un coffre… un coffre de voiture, une Jeep. Le chauffeur… c'est un homme, genre play-boy. Âge et race indéterminés. Cheveux très noirs.

— Le Magi ! s'exclama Hari en se redressant. C'est lui qui l'a kidnappée.

Blue logea le canon de son revolver contre la tempe de l'homme de main qui se trouvait près de lui et se mit à lui expliquer d'un ton menaçant :

— C'est notre dernier avertissement… Si jamais nous vous retrouvons dans nos jambes, je jure que ce qui s'est passé tout à l'heure ne sera rien à côté du sort que nous vous ferons subir ! Rentrez à New York et restez dans ce trou à rats qui vous sert de repaire. Si jamais vous vous risquez à en sortir, nous le saurons, et alors, je ne donne pas cher de vous !

Ce qui restait de la garde rapprochée de Wen Zhang ne se le fit pas dire deux fois. En quelques secondes, les tueurs se mirent à courir au hasard sur la route.

— Bon débarras ! commenta Blue en les regardant se fondre dans la nuit.

Artur vint lui taper sur l'épaule et dit en grimaçant :

— Ne te réjouis pas trop vite. À présent, c'est nous qui sommes dans de beaux draps. Au cas où tu ne l'aurais pas remarqué, plus aucune des voitures qui nous entourent n'est en état de marche…

Eddie, qui était allé faire le tour de tous les moteurs, acquiesça d'un hochement de tête découragé.

— J'ai bien peur que nous n'en soyons réduits à faire du stop, ajouta-t-il. Et à cette heure, sur cette route déserte…

— Je dispose d'un moyen de locomotion plus rapide, déclara Hari en commençant à se métamorphoser. Vous allez devoir vous débrouiller seuls.

Artur, qui avait compris son intention, fut le premier à reprendre ses esprits.

— Attends ! lança-t-il. Comment ferons-nous pour nous retrouver ?

Hari, qui n'avait déjà plus tout à fait forme humaine, eut juste le temps de lui répondre :

— Dirigez-vous vers l'est… Et servez-vous de vos petits talents cachés !

L'instant d'après, un tigre bondit dans le sous-bois et se mit à courir entre les arbres de toute sa puissance de fauve.

Après le départ du Magi, Dela essaya de mesurer l'ampleur des dégâts sur son corps martyrisé et comprit qu'elle devait avoir une ou plusieurs côtes cassées.

Chaque inspiration était un supplice. Le moindre geste lui donnait envie de vomir.

Refoulant sa souffrance, elle se redressa de son mieux et s'adossa au pilier autour duquel ses poignets étaient attachés par des menottes. Elle avait beau écarquiller les yeux, les ténèbres étaient totales autour d'elle. Si totales qu'elles lui donnaient le vertige... En désespoir de cause, elle préféra fermer les paupières pour oublier sa douleur et se concentrer sur ce que son don avait à lui apprendre.

Ses menottes étaient vierges de tout passé, de toute histoire à raconter. Dela fit le vide en elle et se laissa envahir par le chant familier de l'acier sous son crâne. Et dès qu'elle se sentit suffisamment en phase avec le métal, elle attaqua mentalement sa structure, tout en tirant aussi fort qu'elle le pouvait sur ses poignets. Cet effort lui causa une souffrance intolérable, qui faillit la faire crier. Essoufflée, le front en sueur, elle dut faire une pause et se reposer durant plusieurs minutes.

Elle s'apprêtait à effectuer une nouvelle tentative quand des bruits de pas se firent entendre au-dessus de sa tête, accompagnés de grognements étouffés. L'oreille aux aguets, elle sursauta en percevant deux coups sourds et violents, aussitôt suivis d'un gémissement lancé par une voix féminine. Le Magi cria quelque chose, mais sa voix était trop assourdie par le plancher pour être compréhensible. Il y eut de nouveaux coups, et Dela, le cœur serré, entendit la même voix gémir de plus belle.

Peu après, la porte de la cave s'ouvrit à la volée. Un flot de lumière se répandit dans l'escalier, révélant le Magi qui tentait d'entraîner derrière lui une frêle jeune fille. La pauvre pleurait et se débattait tant qu'elle pouvait pour lui échapper, mais étant donné qu'il la tirait fermement par les cheveux pour l'obliger à le suivre, ses efforts étaient voués à l'échec.

Elle ne devait pas avoir plus de seize ans. De longs cheveux noirs et bouclés encadraient son visage en forme de cœur. Un bleu impressionnant se formait déjà sur sa joue droite. Sa jupe en jean remontait haut sur ses cuisses, et son corsage déchiré laissait voir son soutien-gorge. Quand leur tortionnaire alluma la lumière dans la cave, Dela lut dans les yeux noisette de l'inconnue un concentré de rage et de désespoir. Dans la situation désespérée qui était la leur, leurs regards se croisèrent et, instantanément, un lien très fort s'établit entre elles.

Comme s'il ne s'agissait pour lui de rien d'autre que d'attacher un chien enragé, le Magi alla menotter la jeune fille autour du pilier voisin de celui de Dela.

— Mademoiselle Reese, dit-il, j'ai l'honneur de vous présenter ma fille.

De sa part, rien n'aurait dû l'étonner, mais Dela en resta un instant stupéfaite.

— Quant à la boîte à surprise, poursuivit-il en venant se camper devant elle, il m'importe peu que vous ne soyez pas décidée à me la rendre. Mon plan réussira tant que Hari acceptera d'obéir aux ordres que je lui donnerai. Ce que, bien sûr, il va s'empresser de faire dès qu'il nous aura retrouvés. À moins qu'il n'aime me voir vous torturer !

— Vous n'en aurez pas le temps ! lança-t-elle avec un regard de défi. Il vous tuera avant !

Les yeux brillants d'une lueur mauvaise, le Magi éclata d'un rire tonitruant.

— Des hommes plus puissants que lui s'y sont essayés, dit-il en lui pinçant le menton entre le pouce et l'index. Et comme vous pouvez le constater, je suis toujours vivant. L'essentiel est qu'il accoure comme un chien pistant sa maîtresse, tous vos autres amis en remorque. Ce qui ne saurait tarder, selon moi.

Refusant de laisser transparaître la joie que lui procurait cette perspective, Dela s'étonna :

— Cela ne semble pas vous inquiéter outre mesure.

Son regard se fit distant, et ce fut d'une voix lointaine qu'il répondit :

— Vous verrez... Un homme comme moi n'est jamais sans ressources.

Sur ce, après avoir lancé à celle qu'il disait être sa fille un dernier regard cruel, il éteignit la lumière et regagna le rez-de-chaussée. L'obscurité venait à peine de se refermer autour d'elles, oppressante, totale, étouffante, que Dela entendit sa compagne de captivité chuchoter :

— Comment vous appelez-vous ?

— Dela Reese. Et toi ?

— Lise. Lise Amarro.

— Tu es vraiment sa fille ? reprit Dela sans cacher son incrédulité.

Un petit rire nerveux salua cette question.

— Autant qu'on puisse être sûr de ce genre de chose, je suis hélas la fille de ce psychopathe sadique... À côté de lui, Ted Bundy fait figure d'enfant de chœur !

Dela sourit dans le noir. Pour parvenir à plaisanter en de telles circonstances, la jeune fille ne manquait pas de cran. Une nouvelle fois, elle fit une tentative pour tester la solidité de ses entraves et grimaça de douleur. Une quinte de toux rauque la secoua, amenant le goût du sang sur sa langue et un tintement persistant dans ses oreilles. Mais elle préféra ne pas s'appesantir sur ces symptômes inquiétants et se concentra sur les confidences que Lise, d'elle-même, lui faisait.

— Je vous rassure tout de suite, ce n'est pas lui qui m'a élevée. En fait, la première fois que je l'ai vu, c'était il y a trois semaines. Et étant donné la suite des événements, j'aurais préféré ne jamais le rencontrer. Ma mère est morte peu de temps après ma naissance. Tout ce qu'il a fait pour remplir son rôle de père, c'est de me trouver une nourrice, chez qui j'ai toujours vécu, et de payer toutes les factures. Depuis que je suis toute petite, je rêve de le rencontrer. Je ne m'attendais certes pas à un père modèle, mais là…

Dela, qui sentait ses forces revenir peu à peu, fit une nouvelle tentative pour mordre mentalement le métal. Cette fois, sous la traction exercée par ses poignets, l'acier se tordit légèrement.

— Que t'a-t-il dit depuis qu'il t'a récupérée ? s'enquit-elle, sans cesser de se concentrer sur ses menottes.

— Rien du tout, murmura Lise. Enfin, rien d'important. Il me dit de manger, de dormir, de me tenir tranquille, de ne pas espérer m'échapper. Il me dit d'être une gentille fille obéissante…

Un rire amer ponctua ces paroles. La jeune fille marqua une pause, comme pour se reprendre, et poursuivit d'une voix plus ferme :

— Je ne pense pas qu'il habite dans cette maison depuis longtemps. Il n'y a pas de meubles, pratiquement rien à manger. J'y suis restée enfermée depuis le premier jour, mais d'après ce que j'ai pu voir par les fenêtres, on dirait que nous sommes en pleine forêt. À la montagne, peut-être.

S'efforçant de faire abstraction de la douleur qui lui poignardait les côtes, Dela serra les dents et se concentra sur les menottes, tout en tirant autant qu'elle le pouvait sur les bracelets. Brusquement, la chaînette qui les reliait céda, lui arrachant un hoquet de surprise.

— Il y a un problème ? s'inquiéta Lise.

— Au contraire ! répondit Dela avec un petit rire joyeux. Je viens de réussir à me libérer.

— Vous libérer ? répéta la jeune fille, incrédule. Mais… comment ? Vous étiez menottée, comme moi !

Dela fit une tentative pour se relever, mais dut y renoncer tant sa souffrance était grande. Progressivement, centimètre par centimètre, elle entreprit de se redresser en grimaçant de douleur.

— As-tu jamais... fait des choses étranges ? demanda-t-elle. Tu sais, le genre de choses qu'on ne voit que dans les films ? Ton père n'a pas fait... des tours de magie devant toi ?

Le long silence qui suivit était en lui-même une réponse. Tout en poursuivant ses efforts pour se relever, Dela insista :

— Je ne sais pas pourquoi il t'a amenée ici, ni pourquoi il te traite ainsi, mais...

Alors qu'elle était enfin parvenue à se mettre à genoux, une souffrance atroce lui traversa la poitrine, et elle gémit de douleur.

— Dela ? fit Lise, paniquée. Qu'est-ce qu'il y a ?

Dela entendit cliqueter les menottes de la jeune fille, et aussitôt après, le sous-sol fut baigné par une douce lumière. Comme autant de lunes en miniature, de petits globes lumineux opalescents flottaient dans les ténèbres.

— Qu'est-ce que c'est ? demanda Dela, émerveillée.

— Surtout, n'ayez pas peur ! dit Lise, l'air inquiet. Ils sont inoffensifs. Je n'avais pas l'intention de m'en servir, mais quand je vous ai entendue crier, j'ai cru que...

— Ce n'est rien, assura Dela. J'ai quelques petits talents cachés, moi aussi. Tu vas voir...

Elle ferma les yeux et se concentra sur les menottes de Lise. Cette fois, il ne lui fallut que quelques secondes pour en venir à bout. Éberluée, la jeune fille demeura un instant interdite, laissant errer son regard de ses poignets libérés au visage de Dela, auprès duquel les petits globes opalescents étaient venus flotter. Ils ne dégageaient aucune chaleur, remarqua-t-elle, mais attiraient à eux ses cheveux, comme s'ils étaient chargés d'électricité statique.

Revenue de sa surprise, Lise se précipita vers elle.

— Que dois-je faire pour vous aider ? s'enquit-elle en l'observant d'un œil soucieux.

Dela lui sourit. Cette gamine avait beau être la fille d'un fou criminel, elle lui plaisait de plus en plus.

— Donne-moi ton bras et laisse-moi m'appuyer dessus pour me relever, répondit-elle. Je crois que j'ai quelques côtes cassées.

— Le salaud ! Il aurait pu vous tuer...

Comme elle prenait appui sur le bras que la jeune fille lui tendait, Dela remarqua que le visage de Lise était bien plus marqué par les coups qu'elle ne l'avait d'abord cru.

— Apparemment, répondit-elle, il ne t'a pas épargnée non plus.

Avec l'aide de Lise et au prix de gros efforts et d'un luxe de précautions, Dela parvint à se redresser. Elle sentit ses jambes chanceler, mais fut surprise de constater que la station debout ne lui était pas aussi pénible qu'elle l'avait craint. Précédées par l'essaim de globes argentés, elles gagnèrent l'escalier et frémirent lorsque la première marche craqua sous leur poids. Elles se figèrent et retinrent leur souffle, mais elles eurent beau tendre l'oreille, aucun bruit ne leur parvint du rez-de-chaussée. Soit le Magi était sorti, soit il avait deviné leurs intentions et se tenait tapi pour les surprendre. Dans un cas comme dans l'autre, elles n'avaient d'autre choix que d'aller de l'avant.

Serrées l'une contre l'autre, Dela se mordant les lèvres jusqu'au sang pour ne pas crier de douleur, elles gravirent les marches une à une. Enfin, elles se retrouvèrent devant la porte de la cave. Lise, après avoir pris une profonde inspiration, abaissa la poignée et ouvrit doucement.

Le cœur battant à ses oreilles comme un tambour, Dela retint de nouveau son souffle. Elle s'attendait à moitié que le Magi tire d'un coup sec la porte à lui et les envoie valser tête la première dans l'escalier. Mais rien de tel ne se produisit. Un silence complet régnait dans la cuisine, à peine éclairée par un faible néon au-dessus de l'évier. Enfin, au terme de quelques secondes d'expectative, Lise se risqua à achever son ascension et tendit le bras pour aider Dela à faire de même. Dès qu'elles furent réunies, les globes opalescents se volatilisèrent derrière elles, comme par magie.

Avec son linoléum usé et abondamment troué, ses murs lépreux sur lesquels la peinture partait en lambeaux, sa cuisinière hors d'âge recouverte d'une épaisse pellicule de graisse, la cuisine qui les entourait était miteuse. Et la faible odeur d'encens qui flottait dans l'air n'était pas de nature à masquer sa décrépitude. Heureusement, la porte de service ne se trouvait qu'à quelques pas. Pour la première fois depuis le début de cette aventure, Dela eut vraiment peur, peur que leurs espoirs de s'en sortir ne soient vains, peur de ne trouver derrière cette porte qu'elles n'osaient pas ouvrir qu'une issue qui leur serait fatale. En quelques jours, sa vie était devenue un thriller dont les dernières scènes pouvaient la mener aussi bien au *happy end* qu'à la désolation et à la mort.

Par miracle, rien ne vint s'opposer à leur fuite. Aucune alarme ne se mit à ululer dans la nuit. Aucune ombre menaçante ne fondit sur elles quand elles se furent décidées à poser le pied dehors. À la clarté de la lune, Dela aperçut derrière une étendue de hautes herbes l'orée d'une forêt.

— Vas-y, cours ! ordonna-t-elle à Lise en essayant de la pousser en avant. Je ne veux pas être un boulet pour toi.

— Certainement pas ! protesta sa compagne en lui lançant un regard indigné. Je ne partirai pas sans vous.

— J'apprécie ta loyauté, crois-moi, mais c'est l'efficacité qu'il faut viser. Le Magi t'a amenée ici dans un but précis, même si nous ne savons pas lequel. En lui faisant faux bond, tu le prives de sa victoire.

Sur le visage de la jeune fille, Dela devinait le conflit qui l'agitait. Elle acheva de la convaincre en la poussant de nouveau gentiment.

— Ne perds pas de temps, file !

— Je vais chercher de l'aide, promit Lise en détalant comme un lièvre en direction des arbres.

En la regardant disparaître dans la nuit, Dela comprit que ce n'était pas une parole en l'air et que Lise ferait tout son possible pour lui porter secours.

À son rythme, sans un regard en arrière, elle entreprit de la suivre. Chaque pas lui causait une souffrance intolérable. Il lui fallait faire appel à toutes les ressources de sa volonté pour ne pas céder au vertige qui s'était emparé d'elle et glisser dans l'herbe, inconsciente. Soudain, la chair de poule lui hérissa les bras, mais elle décida de ne pas prendre en compte cet avertissement. De l'autre côté de la prairie, Lise se mit à crier. L'instant d'après, Dela percuta de plein fouet une barrière invisible qui venait de se dresser devant elle. Elle retomba pesamment en arrière, sur le dos.

À moitié évanouie tant la douleur était forte, elle vit une silhouette indistincte et noire courir vers elle depuis la maison. Aussitôt après, un feulement de rage, sauvage et puissant, emplit la nuit. Dela tenta de se redresser, mais une botte noire s'enfonça sans merci dans ses côtes, décuplant sa souffrance.

— Enfin ! s'écria le Magi au-dessus d'elle, en scrutant intensément l'obscurité. Ce n'est pas trop tôt...

Dela entendit Lise crier. Au prix d'un gros effort, elle parvint à relever la tête et vit la jeune fille marteler de ses poings la paroi immatérielle qui semblait à présent les séparer, elle et son tortionnaire, du reste du monde. Derrière elle, un fauve bondit soudain hors des ténèbres de la forêt. En le voyant courir vers elle, Lise demeura muette de stupeur et recula. Le tigre, en quelques bonds, traversa la prairie. Ses yeux fendus flamboyaient comme deux astres dans la nuit.

— Sa peau… lâcha le Magi dans un souffle. Tu es donc parvenue à lui rendre sa peau de tigre !

Comme pour l'en punir, il accentua de nouveau la pression de sa botte contre la cage thoracique de Dela, lui arrachant un cri. Le feulement de Hari lui répondit. Se ramassant sur lui-même, il voulut bondir sur le Magi et vint percuter de plein fouet le mur invisible.

En un instant, le changeforme se remit sur ses pattes et feula de plus belle. À coups de griffes, il s'attaqua sans succès à l'obstacle magique qui l'empêchait d'atteindre son adversaire. Puis, constatant l'inutilité de ses efforts, il recula, et une lumière dorée l'enveloppa tout entier. Un instant plus tard, Hari se dressait devant eux sous sa forme humaine, les yeux étincelants de colère, le corps ruisselant de sueur.

— Tu as retrouvé ta peau, mais le sort n'a pas été levé, déclara le Magi en l'observant tranquillement.

— Relâche-la ! gronda Hari d'une voix rauque.

— Une vie pour une vie, Hari. Il en a toujours été ainsi.

— Ma vie ? demanda-t-il en tendant ses mains ouvertes devant lui. Prends-la si tu peux. Si tu rends sa liberté à ma maîtresse, je ferai tout ce que tu voudras.

— Tout ? répéta le Magi d'un air narquois. Alors, voici ce que j'exige. Ma fille est là, derrière toi. Je veux que tu la possèdes.

18

Les traits déformés par l'horreur, Lise contempla son père comme s'il était le diable en personne. Puis, en voyant Hari se tourner vers elle, elle tendit les bras en un geste de défense dérisoire et lança d'un ton suppliant :

— Par pitié ! Je vous en prie, ne faites pas ça...

Hari se retourna pour faire face au Magi et le dévisagea avec un profond dégoût.

— Tu ne reculeras donc devant aucune infamie, fit-il d'une voix sifflante. Quel genre de père peut exiger que l'on viole sa fille sous ses yeux ?

Le Magi rejeta la tête en arrière et lança vers le ciel un rire sardonique.

— Le genre de père qui a conçu sa fille spécialement dans ce but ! répondit-il.

Il pressa un genou dans les côtes de Dela, qui grimaça de douleur.

— Le choix t'appartient, homme-tigre... conclut-il. J'ai cru comprendre que tu étais devenu très intime avec ta maîtresse. Que penses-tu de la façon dont je l'ai traitée en ton absence ? Tu ne te demandes pas si je ne lui ai pas fait autre chose, que tu ne peux pas voir ?

Le Magi se pencha et passa lentement la langue tout le long du visage de Dela. Immobilisée comme elle l'était, elle ne put exprimer sa révolte et sa répugnance que par un faible grognement.

Hari ne put en supporter davantage et commença à se métamorphoser en tigre presque sans s'en rendre compte. Son visage s'allongea. Une lueur meurtrière passa dans ses yeux dorés. Ses doigts se rétractèrent. Des griffes jaillirent. Ce ne fut pas un cri, mais un feulement rauque et puissant qui déchira le silence nocturne. De toute sa masse et de toute sa force, il se jeta contre la barrière invisible, qui le renvoya au sol. Immédiatement, il se redressa et bondit de nouveau, avec le même résultat. Sans cesser de feuler de rage et de désespoir, il se jeta encore et encore sur l'écran immatériel, jusqu'à l'épuisement.

Dela aurait voulu lui crier de se calmer, de préserver ses forces, de ne pas donner au Magi la satisfaction d'une victoire facile, mais elle n'en avait plus le courage. Et quand Hari, pantelant, à bout de forces lui aussi, cessa ses assauts et reprit forme humaine, le Magi émit un rire triomphant avant de conclure :

— Honore ma fille, Hari… Sinon, le seul viol qui sera perpétré ce soir le sera sur la personne de Mlle Reese.

Le dilemme qui se posait à Hari était insupportable. Même dans ses pires cauchemars, il n'avait jamais été amené à prendre une décision aussi difficile : se rendre coupable d'un viol, ou devoir regarder la femme qu'il aimait se faire violer sans pouvoir intervenir. Mais même s'il se résolvait à sacrifier la fille du Magi, Dela aurait-elle pour autant la vie sauve ? Il y avait deux mille ans de cela, son ennemi n'avait pas hésité à assassiner sa sœur sous ses yeux…

— Hari !

Dela était parvenue à crier son nom, mais la douleur que reflétait son visage disait suffisamment ce qu'il lui en avait coûté. Ses traits n'étaient plus qu'une masse confuse de plaies, de chair tuméfiée et ensanglantée. Ses vêtements déchirés pendaient comme des oripeaux rougis autour d'elle, révélant une peau blanche, meurtrie d'autres plaies encore, d'autres bleus. Mais ses yeux... ses yeux restaient libres et vivants, emplis d'amour et d'humanité. Ce qu'ils lui enjoignaient de faire était évident – *ne fais pas ça ! Si tu m'aimes, ne fais surtout pas ça...*

Avec une certitude implacable, Hari comprit que s'il se résignait à commettre un acte aussi vil, il condamnerait par la même occasion l'amour qui l'unissait à Dela. Ni l'un ni l'autre ne s'en remettraient jamais. Son choix était fait.

— Je t'aime ! lança-t-il de tout son cœur.

Il ne pouvait rien dire d'autre pour lui indiquer qu'il avait compris le message qu'elle avait voulu lui faire passer, que, quoi qu'il dût lui arriver, il serait avec elle, qu'il souffrirait avec elle, qu'il mourrait avec elle s'il le fallait. S'ils devaient dire adieu à la vie et fermer les yeux à jamais, au moins le feraient-ils les mains propres, le cœur tranquille, sans avoir trahi leur amour ni s'être couverts de déshonneur.

Hari cessa de lutter. Ses épaules s'affaissèrent, ses bras retombèrent le long de son corps. Le visage de marbre, il soutint le regard que le Magi posait sur lui et vit dans ses yeux l'inquiétude succéder à la certitude de la victoire.

Malgré ses lèvres tuméfiées, Dela parvint à sourire. Hari l'imita. Alors, le Magi laissa ses yeux errer de l'un à l'autre et comprit qu'il venait de perdre la partie. Son visage se tordit en un masque inhumain de fureur. Écumant de rage, il brandit lentement un poing menaçant au-dessus de la tête de Dela, qui parvint à lever ses deux mains devant elle pour se protéger.

Avec un long cri de protestation, Hari se jeta une nouvelle fois contre l'écran invisible qui l'empêchait de lui porter secours. Mais avant que le Magi ait pu frapper, une masse sombre fondit sur lui du haut du ciel et l'envoya valser à plusieurs mètres de Dela. Hari, qui venait de s'élancer une fois encore, eut la surprise de constater que la barrière immatérielle avait disparu. Déséquilibré, il retomba à genoux juste à côté de Dela.

— Delilah... gémit-il.

Il la couvait du regard, n'osant la toucher, désespérant de trouver sur son corps un seul endroit épargné par la folie de son tortionnaire. Dela lui prit la main et la porta à ses lèvres. Au-dessus de leurs têtes, un battement d'ailes se fit entendre. Machinalement, ils levèrent les yeux. Muets de stupeur, le souffle coupé par la beauté de ce spectacle inimaginable, ils regardèrent le dragon atterrir en douceur.

La lune posait sur ses écailles un reflet argenté. Ses ailes se replièrent dans un bruissement, et ses serres, en touchant le sol, s'enfoncèrent profondément dans la terre. Deux yeux dorés brillaient comme deux astres dans sa gueule fine et anguleuse. Ployant gracieusement son long cou, le dragon pencha la tête pour observer de plus près Dela et Hari, serrés l'un contre l'autre. Puis il fit pivoter son regard jusqu'au Magi, tétanisé par la stupeur, et émit un sifflement menaçant.

Soudain, une lueur dorée se mit à vibrer autour du corps du dragon. Quelques instants plus tard, au terme d'une fascinante métamorphose, une vieille Chinoise nue apparut devant eux.

— Long Nü... murmura Dela.

Revenu de sa surprise, le Magi se dressa sur ses jambes en brandissant un poing vengeur.

— Que fais-tu là ? hurla-t-il à l'intention de la vieille femme. Nous avions conclu un marché !

Un fin sourire glacial étira les lèvres de Long Nü.

— J'avais promis de ne pas aider Hari, répondit-elle. Tu ne m'avais rien fait promettre concernant la jeune femme.

Posément, la femme-dragon rejoignit l'homme-tigre et lui tendit la main pour l'aider à se redresser.

— À toi de jouer, frère, lui dit-elle d'une voix dénuée de toute passion. Je crois que l'heure est enfin arrivée de mettre un terme à l'existence de ce monstre...

Hari déposa un baiser sur le front de Dela, avant de se lever et de se camper devant le Magi. Celui-ci, les yeux réduits à deux minces fentes, fredonnait à voix basse une mélopée aux intonations menaçantes.

Un souffle caressa le cou de Dela. Lise l'avait rejointe et venait de s'accroupir près d'elle, ses yeux écarquillés emplis d'ombre et d'effroi.

— Tu ne devrais pas rester là, lui conseilla Dela.

La jeune fille secoua la tête d'un air buté.

— Si Hari doit tuer mon père, je veux y assister, pour me convaincre qu'il est bien mort.

Long Nü apparut à côté d'elles. Lise sursauta et fit une tentative pour se redresser, mais la vieille femme-dragon la retint par le poignet.

— Ne bouge pas ! lui ordonna-t-elle. Je ne te ferai aucun mal.

D'une brusque secousse, Lise libéra son bras, mais elle lui obéit. Dela ne se serait pas risquée à lui tenir tête, elle non plus. La vieille marchande affable du marché aux puces de Pan Jia-Yuan n'était plus qu'un souvenir. Une créature sortie d'un conte de fées avait pris sa place, nettement plus autoritaire et impressionnante.

Long Nü laissa ses doigts noueux courir le long des côtes brisées de Dela, qui sentit aussitôt la douleur refluer dans sa poitrine.

— Je serais venue plus tôt, murmura la vieille femme, si je n'avais pas été occupée à t'aider sur un autre front.

— À m'aider ? s'étonna Dela. Mais...

Soudain frappée par une évidence, elle laissa sa phrase inachevée et lui lança un regard soupçonneux.

— C'est vous qui avez tué Wen Zhang ! reprit-elle. Et vous qui pourchassez ses hommes également... Quand ils me demandaient de « la » rappeler, c'était de vous qu'ils parlaient !

Sans quitter des yeux les deux hommes qui se préparaient à combattre, Long Nü répondit en haussant négligemment les épaules :

— Par ses agissements, Wen Zhang mettait en péril un équilibre délicat. Ce qui est en jeu ici est trop important pour être menacé par une bande de voyous. Tu pourras me remercier plus tard.

Hari et le Magi s'observaient à distance en décrivant un large cercle. Une métamorphose partielle épaissit les bras de l'homme-tigre et fit jaillir des griffes acérées à leur extrémité. Les mains de son adversaire, dans l'obscurité, brillaient d'une lueur qui gagnait progressivement en éclat.

Long Nü s'accroupit à côté de Dela, et quand leurs regards se croisèrent, celui de la femme-dragon lui parut inhabituellement grave.

— Il ne peut y avoir qu'une issue à ce combat, dit-elle. L'un et l'autre vont mourir.

Un sombre pressentiment assaillit Dela, qui secoua la tête, refusant de comprendre.

— Mais... de quoi parlez-vous ?

— Je n'ai pas le temps de tout t'expliquer en détail. Chacun d'eux est le talon d'Achille de l'autre, et leur destin est lié par le sort qui les unit. Hari est le seul à pouvoir tuer le Magi. Mais en le tuant, il trouvera lui aussi la mort.

Hari sentait bouillonner en lui deux mille ans de haine à l'égard du Magi. Mais le fait que son ennemi juré ait osé porter la main sur la femme qu'il aimait plus que la vie même était ce qui attisait le plus sa rage.

— J'attends ce moment depuis bien longtemps, gronda-t-il sans quitter son adversaire des yeux. Depuis le jour où tu as tué ma sœur.

Un rire amer s'échappa des lèvres du Magi.

— J'en ai autant à ton service ! s'exclama-t-il. Tu n'as pas quitté mes pensées depuis deux mille ans. Plus que le temps nécessaire pour regretter ce gâchis…

De ses doigts qui rougeoyaient comme du métal en fusion jaillirent des étincelles. Hari vit son visage se crisper, comme si l'utilisation de son pouvoir lui était douloureuse.

— N'entretiens pas de faux espoirs, reprit le Magi avec un rictus mauvais. J'ai également eu le temps de me blinder contre la souffrance. Et à présent, le moment est venu pour moi de faire usage de toute ma puissance…

De ses mains tendues devant lui fusèrent deux boules de lumière crépitantes. Hari eut juste le temps de se jeter sur le côté pour les éviter. Aussitôt, il se redressa et bondit sur le Magi. Ses griffes ne ratèrent la gorge de son adversaire que de quelques centimètres. Une dague, qu'il avait dû garder cachée dans sa manche, apparut soudain dans la main du mage. Hari sourit et se prépara à une nouvelle attaque.

Enfin, le premier sang jaillit.

— Je ne vous crois pas !

Dela lutta pour se redresser, mais ne parvint qu'à éveiller en elle une tempête de douleur qui lui coupa le souffle et lui fit tourner la tête. Soutenue par Lise, elle dut fermer les yeux un instant avant de pouvoir demander à Long Nü, d'une voix implorante :

— Hari est-il au courant ?

— Non, répondit-elle. Et il ne doit pas l'être, sinon tout serait remis en cause.

— C'est tellement injuste… gémit Dela. Il doit exister un moyen de le sauver !

— Naturellement. Si c'était pour le voir mourir, crois-tu que j'aurais investi tant de temps et d'énergie pour le tirer des griffes du Magi ?

Un souvenir effleura la mémoire de Dela. Le souvenir d'un rêve – ou plus exactement d'un cauchemar – qu'elle avait fait en Chine. Un bain… la sensation de glisser dans les ténèbres… de rendre son dernier souffle…

— Expliquez-vous, lança-t-elle d'une voix déterminée.

Avant de lui répondre, Long Nü étendit ses mains sur le visage de Dela, sans la toucher mais d'assez près pour qu'une odeur de santal et de pierre lui assaille les narines.

— Une vie pour une vie… murmura la femme-dragon. Tel était le prix à payer, le ressort même du piège qui s'est refermé sur Hari. Il a accepté de donner sa vie pour sauver sa sœur. Il n'existe pas de plus grand cadeau, mais le Magi a réussi à changer son sacrifice en maléfice.

À vingt pas de là, Dela vit Hari lacérer de haut en bas la poitrine de son adversaire, de toute la force de ses griffes. Le Magi hurla et lança aussitôt sa contre-attaque. Hari ne dut qu'à sa souplesse et à sa rapidité d'échapper à sa dague. Il dansait une danse de mort qui se refermait peu à peu autour du mage et à laquelle celui-ci paraissait ne pas devoir échapper. Nouveau coup de griffes – au visage, cette fois. Nouveau hurlement. Nouveau flot de sang.

— Assez ! s'écria-t-elle, paniquée par l'issue prochaine du combat. Comment peut-on briser le charme ?

Un sourire sans joie passa brièvement sur les lèvres de Long Nü.

— En faisant le bon choix, répondit-elle. La seule façon de mettre un terme au maléfice, de détruire le lien qui unit Hari au Magi, c'est de faire un autre don d'amour. Et ce don, tu es la seule à pouvoir le faire, car seul l'amour peut l'emporter sur les ténèbres.

Avec la certitude que l'homme qu'elle aimait pourrait vivre, une grande paix descendit sur Dela.

— Une vie pour une vie… murmura-t-elle, soulagée.
— Comprends-tu ? insista la femme-dragon. Saisis-tu réellement le prix à payer ? Une vie pour une vie. Ta vie pour sa vie.
Sans la moindre hésitation, Dela hocha la tête.

Bien qu'en grande difficulté, le Magi ne s'avouait pas vaincu. Les yeux écarquillés, emplis de rage et de peur, il envoyait au hasard des coups de sa dague, que Hari parvenait sans mal à éviter. Sans l'aide de ses pouvoirs, le mage faisait un piètre combattant et n'avait aucune chance de l'emporter face à un adversaire aussi aguerri.

Hari était décidé à en finir. Après avoir une nouvelle fois esquivé une attaque, il contourna vivement son adversaire et lui assena un grand coup du plat de la main sur la nuque. Après avoir chancelé un court instant, le Magi chuta lourdement sur le dos, lâchant sa dague, qui tomba à terre. Déjà, Hari le chevauchait. Il s'empara de l'arme et la ficha dans la paume ouverte du mage, l'épinglant tel un papillon sur le sol.

Le Magi hurla, se cabra pour tenter de se libérer, puis se figea lorsque les griffes de l'homme-tigre se posèrent sur sa gorge.

— Allez-y… lança Dela dans un souffle. Je suis prête.

Les yeux embués de larmes, elle jeta un dernier regard empli d'amour à Hari, qui s'apprêtait à donner le coup de grâce au Magi.

Long Nü ferma les yeux et étendit ses mains longues et osseuses sur le cœur de Dela, qui vit palpiter devant ses yeux toutes les couleurs du crépuscule. Avant qu'elles ne s'éteignent, une dernière pensée réconfortante eut le temps de traverser son esprit. *Je t'aime, Hari ! Je t'aime…*

En voyant le Magi lever vers lui deux yeux suppliants emplis de la terreur de la mort, Hari fut surpris d'éprouver pour celui qui avait fait de sa vie un enfer un sentiment de compassion. L'espace d'un instant, il se demanda comment les choses auraient tourné si le Magi avait été un homme bon. La sœur de Hari aurait vécu. Son bébé serait né. Il n'aurait quant à lui pas connu les deux mille ans d'esclavage qu'il venait de vivre... mais il n'aurait pas non plus pu faire la connaissance de Dela.

— Merci, murmura-t-il. Pour cela au moins, je dois te remercier.

Une lueur d'étonnement flamba dans le regard du Magi. Puis Hari trancha d'un coup de griffes le dernier lien qui le retenait à la vie, et les yeux de son ennemi se figèrent tandis que sa bouche exhalait un ultime et faible souffle.

En hâte, Hari s'écarta pour échapper au flot vermeil qui coulait de la gorge béante. La main dégoulinante de sang, il se releva, un peu hébété, étonné de se sentir soudain bien plus dépossédé que libéré. Incapable du moindre geste, de la moindre pensée, il regarda fixement le cadavre du Magi étendu à ses pieds, jusqu'à ce que des pleurs plaintifs attirent son attention.

Surpris, il se retourna et découvrit la fille de sa victime, accroupie sur le sol près de Dela. Tassée sur elle-même, elle semblait verser toutes les larmes de son corps. Il crut d'abord que Lise pleurait son père, puis que ses larmes étaient dues au soulagement d'être libérée de lui. Mais en se rapprochant de la scène, il découvrit qu'elle gardait la main de Dela dans la sienne et que c'était elle qu'elle ne quittait pas des yeux.

— Delilah ! s'écria-t-il en se hâtant de les rejoindre.

Elle ne fit pas un geste, ne tourna pas la tête pour le regarder. Un sentiment de panique s'empara de lui lorsqu'il vit que Long Nü l'observait, les yeux aussi sombres qu'un lac en hiver.

— La malédiction est levée, dit-elle d'une voix grave. Une vie pour une vie.

Il soutint son regard un instant en secouant la tête. C'était impossible… Mais lorsqu'il remarqua le visage pâle de Dela, ses yeux aussi vitreux que ceux du Magi, sa poitrine que ne soulevait plus aucun souffle, un gémissement sourd monta de sa gorge, et il se laissa tomber à genoux à côté d'elle. De ses doigts fébriles, il caressa ses joues et fut épouvanté de les trouver déjà froides. Posant l'oreille contre sa poitrine, il chercha en vain le battement de son cœur.

— Tel était son choix, expliqua la femme-dragon en le regardant faire. À cause du maléfice lancé sur toi par le Magi, ton sort était irrémédiablement lié au sien. Si Dela ne s'était pas sacrifiée, tu serais mort à l'instant même où il aurait rendu son dernier souffle.

— J'aurais préféré mourir !

Saisi d'une rage soudaine, Hari bondit sur ses pieds et attrapa violemment Long Nü par les épaules.

— Tu l'as tuée ! cria-t-il en la fixant droit dans les yeux. N'est-ce pas ? C'est toi qui as fait ça !

— Pour te sauver, répondit-elle sans hausser le ton. Pour briser le cercle vicieux. Il y a un prix pour toute chose, Hari. Pour toute chose…

— Y a-t-il également un prix pour la ramener à la vie ? Que dois-je faire pour cela ? Je donnerai ma vie, s'il le faut !

— Un fragment de ton cœur suffira, glissa-t-elle dans un souffle. Ta peau de tigre. Donne-lui ta peau de tigre, et elle vivra…

— Alors, prends-la ! lança Hari en la secouant durement. Je lui donnerais mon cœur tout entier, s'il le fallait, puisqu'il ne bat que pour elle…

Long Nü resta silencieuse un long moment, à le scruter d'un regard intense. Puis, apparemment satisfaite de ce qu'elle avait découvert au fond de ses yeux, elle hocha la tête et dit :

— Embrasse-la, Hari. Rends à Dela le souffle de la vie en lui offrant ta peau de tigre.

Le cœur battant d'un espoir démesuré, Hari se jeta à terre et couvrit de ses lèvres celles de la femme sans qui, pour lui, la vie ne valait plus la peine d'être vécue. En priant de toutes ses forces pour que cela suffise à la ressusciter, il mit dans ce baiser toute sa passion et tout l'amour qu'il éprouvait pour elle. Les larmes dévalaient ses joues et mouillaient celles de Dela, qui demeurait inerte.

En désespoir de cause, il la prit dans ses bras et la serra contre lui, comme pour lui communiquer le torrent de vie qui bouillonnait en lui et dans lequel il voulait l'entraîner. Il respira pour elle, lui transmit ses rêves, ses espoirs, son désir, partagea son âme en deux pour lui en donner la moitié. S'il ne parvenait pas à la ramener de ce côté-ci de la vie, ce serait à lui de la suivre où elle s'en était allée, il le savait.

Venue du centre de son être, une lumière dorée déferla en lui et l'envahit tout entier, l'éblouissant de sa beauté. Il la sentit atteindre ses lèvres et passer de son corps à celui de Dela. L'espace d'un instant, un halo d'or entoura sa tête, et elle tressaillit entre ses bras. Le cœur empli d'une joie sans limites, il comprit que sa peau de tigre vivait à présent en elle. Elle ne lui manquait pas. Il ne se sentait nullement diminué, mais enrichi de s'en être séparé. Quel plus beau territoire aurait-il pu offrir au tigre qui était en lui, pour s'y ébattre en toute liberté, que le cœur de la femme qui donnait un sens à sa vie ?

Enfin, les lèvres de Dela bougèrent sous les siennes. Entre ses bras, il sentit son corps retrouver le tonus familier de la vie. Avec des sanglots de joie, il la serra fort contre sa poitrine, savourant la chaleur que dégageait de nouveau sa peau, s'abreuvant au souffle qui passait le seuil de ses lèvres.

Hari sentit les mains de Dela se perdre dans ses cheveux et trouva sous sa bouche le goût de ses larmes.

— Je t'aime… murmura-t-il. Oh, Delilah, pourquoi avoir fait cela ? Je serais mort, sans toi…

— Je voulais que tu vives, répondit-elle d'une voix voilée par l'émotion. Je voulais que tu vives pour moi. Et Dieu merci, j'ai été exaucée…

19

Comme Artur et les autres l'expliquèrent ensuite à Dela, il fallut un miracle pour les tirer de la situation délicate dans laquelle ils s'étaient retrouvés. Après avoir essayé en vain de réparer le Land Cruiser hors d'usage, leurs tentatives pour arrêter les rares voitures de passage s'étaient révélées tout aussi infructueuses. Résignés à partir pour une longue marche sans but dans la nuit, ils s'apprêtaient à se mettre en route lorsqu'un van bariolé et hors d'âge était venu se garer à côté d'eux. Tout de suite, le visage du conducteur leur avait paru familier.

— Vous avez de la chance que je sois curieux comme une pie ! leur avait lancé Koni d'un ton jovial, nu comme un ver sur le siège du conducteur.

Curieux, le changeforme l'avait été suffisamment pour se métamorphoser après leur rencontre au Kosmo Klub et pour suivre à distance leurs moindres faits et gestes depuis cet instant. Mais il s'était également montré assez vif pour voir le Magi kidnapper Dela, assez rapide pour les suivre tous deux jusqu'au repaire montagnard du mage et pour revenir sur les lieux de l'enlèvement en un temps record, et assez habile pour s'emparer du premier véhicule qui avait bien voulu se laisser dérober.

Ce fut Long Nü qui, la première, entendit le van approcher. Elle lança un avertissement bref et strident, avant de déserter la zone faiblement éclairée par les fenêtres du chalet. Hari resta assis sur le sol. Il avait pris Dela dans ses bras et ne cessait de l'admirer, de la caresser, de presser ses lèvres dans ses cheveux, sur ses lèvres, ses joues, ses paupières. Non loin d'eux, Lise se tenait assise par terre, elle aussi. Dela ferma les yeux, savourant la chaleur de la flamme qu'elle sentait brûler au fond de son cœur. Comme un fauve arpentant son territoire, une force indomptable, sauvage, tournait au centre de sa poitrine.

— Je... j'étais morte... murmura-t-elle. Qu'as-tu fait ?

Avant de lui répondre, il déposa sur ses lèvres un baiser empreint d'une infinie tendresse et d'une grande douceur.

— Je t'ai offert ma peau de tigre.

— C'est donc cela. Je la sens qui vit en moi.

Dans ses yeux, Hari dut lire le conflit qui l'agitait. Pour la rassurer, il prit son visage en coupe entre ses mains et déclara :

— Un changeforme n'existe pas que par son aptitude à se métamorphoser, Delilah. Ce qui compte, c'est l'âme qui vibre en chacun de nous. Le tigre reste en moi, comme il fait dorénavant partie intégrante de toi. Une vie pour une vie... C'est ainsi que cela devait être, et je ne regrette rien.

— Hari... reprit Dela, hésitante. Je voulais te dire... le Magi... il ne m'a pas touchée. Pas comme ça.

Hari poussa un bref soupir et lui caressa la joue du bout des doigts, en hochant la tête avec soulagement.

Après avoir remonté à vive allure le chemin qui menait au chalet, le van vint s'arrêter près d'eux dans un crissement de pneus malmenés. Artur fut le premier à en descendre et à les rejoindre. En découvrant le visage tuméfié de Dela, il ne dit pas un mot, mais son regard trahit son inquiétude avec éloquence.

— Ne crains rien... dit-elle pour le rassurer. Ce n'est pas aussi grave qu'il y paraît.

Elle ne mentait pas. Quoi que Hari ait pu lui faire pour la ramener à la vie, cela avait suffi à soigner ses côtes cassées et les pires de ses blessures. Son corps demeurait douloureux, mais elle allait vivre, et c'était tout ce qui comptait.

Blue, Dean et Eddie arrivèrent à leur tour, plus inquiets qu'une bande de mères poules. Hari se releva, puis aida Dela à faire de même.

Derrière les hommes attroupés, Dela vit que Lise tentait de refermer les pans de son corsage, mal à l'aise. Comme attiré par un aimant, son regard ne cessait de revenir se fixer sur le Magi mort, dont le cadavre gisait à quelques mètres d'eux.

— Lise ? appela Dela.

La jeune fille s'approcha et baissa la tête quand les hommes remarquèrent sa présence. Une expression étrange flotta quelques instants sur les traits d'Eddie, avant qu'il ne s'empresse d'ôter sa veste en jean.

— Tenez, dit-il doucement en lui tendant le vêtement. Couvrez-vous avec ça.

La jeune fille soutint en rougissant le regard d'Eddie et s'accrocha à sa veste comme à un gilet de sauvetage.

— Y a-t-il quelqu'un que nous pourrions prévenir et qui pourrait prendre soin de toi ? demanda Dela gentiment.

De nouveau, Lise baissa piteusement la tête et avoua à mi-voix :

— Non. Cet homme... était ma seule famille.

Dela lui souleva le menton pour l'inciter à la regarder et reprit d'une voix rassurante :

— Ne t'inquiète pas. Tu n'es pas seule. Nous veillerons sur toi.

— Absolument !

Eddie, qui avait manifesté son approbation avec enthousiasme, s'empourpra en voyant les regards de ses compagnons converger vers lui. Dean, qui se mordait la lèvre pour ne pas éclater de rire, tendit à Hari un paquet de vêtements pour qu'il se rhabille.

— Tiens, dit-il. Tu as oublié ça, tout à l'heure.

Puis il désigna du regard le cadavre du Magi et ajouta :

— Qu'allons-nous faire de ce dingue ?

— Je peux m'en occuper.

Long Nü, faisant sursauter les nouveaux venus, émergea de la nuit comme une apparition.

— Je peux cacher son corps dans un endroit sûr, reprit-elle, où jamais personne ne le trouvera.

Formant des vœux pour que l'endroit en question ne fût pas l'estomac de la femme-dragon, Dela se rembrunit.

— Pourquoi le Magi affirmait-il que vous aviez conclu un marché avec lui ? s'enquit-elle. À quel jeu jouez-vous ?

Avec un sourire mince et glacial, Long Nü la dévisagea un instant, puis répondit :

— Quand je t'ai vendu la boîte à surprise et qu'il n'a pas réussi à te retenir, le Magi est revenu me voir. Il savait que j'étais un changeforme et craignait que je ne vienne en aide à Hari par solidarité. Pour endormir ses soupçons et garder les coudées franches, je lui ai promis de ne pas le faire.

— Un changeforme ? répéta Dean sans dissimuler son scepticisme. Vous seriez vous aussi un changeforme ?

Une lueur de colère flamba dans le regard de Long Nü, qui leva en l'air une main au bout de laquelle saillaient déjà des griffes. Progressivement, la chair de son bras se couvrit d'écailles.

— OK, d'accord... bredouilla Dean, affolé. Inutile de vous donner tant de peine, je vous crois !

— Pourquoi m'avoir vendu la boîte ? reprit Dela, qui, elle, ne se laissait pas impressionner. Et que faisiez-vous ce jour-là au marché aux puces ? Quand j'ai essayé de vous y retrouver, on m'a affirmé que vous étiez morte. Plus tard, j'ai découvert qu'une femme y avait pris votre place sous une fausse identité...

— Chère enfant ! s'exclama Long Nü avec un sourire carnassier. Tu es donc décidée à dépouiller une vieille femme de ses derniers mystères ?

Les dents pointues qui scintillaient entre ses lèvres pâles ne suffirent pas à venir à bout de la détermination de Dela, qui soutint son regard sans piper mot. Après quelques secondes d'affrontement muet, la vieille femme s'inclina.

— Il y a de cela bien des années, raconta-t-elle, j'ai eu une vision de la personne à qui je devais vendre la boîte à surprise. Ma patience coutumière a fait le reste. Pour ce qui est de ton autre question...

Elle lui adressa un nouveau sourire, empreint cette fois de gentillesse et de bienveillance, avant de conclure :

— Il y a heureusement toujours dans ce monde quelques humains prêts à rendre service à une vieille femme-dragon.

— Je vous connais ? demanda soudain Hari, en plissant les yeux pour la dévisager attentivement. Il me semble avoir déjà vu votre visage...

— Tu connaissais mon grand-père, mon garçon. Il était ton ami. Il est venu te rendre visite un jour et a trouvé à ta place le Magi, en possession d'une drôle de boîte à surprise d'où émanait une odeur familière de tigre. Mon grand-père, après avoir arraché à cet être malfaisant le récit de ses méfaits, a essayé de le tuer pour le punir du sort qu'il t'avait fait subir. Hélas, le Magi était immortel et a réussi à échapper à ses griffes.

Fascinés, les uns et les autres étaient suspendus à ses lèvres. La femme-dragon racontait ces faits vieux de plusieurs siècles avec une telle intensité qu'ils auraient pu tout aussi bien s'être produits la veille.

— Il est parvenu à s'enfuir en emportant la boîte avec lui, et bien que mon grand-père se soit lancé à sa poursuite, il n'a jamais pu retrouver sa trace. Mais, il y a de cela environ un millénaire, le Magi lui-même est entré en contact avec mon père pour réclamer son aide. Il était désespéré, n'en pouvait plus... Tu n'en as jamais rien su, Hari, mais le Magi a passé deux mille ans en symbiose étroite avec toi, à subir tout ce que tu subissais, à souffrir tout ce que tu souffrais. Pire encore, il a vécu la mort de chaque homme que, par sa faute, tu as dû tuer. Dans tes phases de latence, il ne pouvait même pas souffler, anéanti qu'il était par la sensation de ne plus exister. Ses propres pouvoirs s'étaient retournés contre lui, et il souffrait mille morts chaque fois qu'il les utilisait...

À la dérobée, Dela lança un coup d'œil inquiet à Lise, se demandant ce que la jeune fille pouvait penser de tout cela. Manifestement ébranlée, les yeux ronds comme des soucoupes, elle ne perdait pas un mot du récit de Long Nü. Un peu plus loin, elle remarqua pour la première fois la présence de Koni, complètement nu et très embarrassé. Comment l'homme-corbeau était-il arrivé jusque-là, et pourquoi évitait-il soigneusement de regarder Long Nü ?

— Et moi ? intervint Lise d'une voix timide mais ferme, en serrant les pans de la veste d'Eddie autour d'elle. Qu'est-ce que je viens faire dans tout ça ? Pourquoi mon père voulait-il obliger Hari à... à faire... des choses avec moi ?

— Il voulait quoi ? s'exclama Eddie, le visage contracté par la fureur.

— Lise est la fille du Magi, expliqua Dela en réponse aux regards interrogateurs de ses amis. Mais elle n'a rien à voir avec ses manigances.

Pour répondre à la jeune fille, Long Nü vint se placer face à elle et la fixa droit dans les yeux.

— Le Magi en était arrivé à la conclusion que la seule façon pour lui de briser le charme était d'offrir une vie en échange de celle qu'il avait prise. Mais pour je ne sais quelle raison, il était persuadé qu'il lui fallait sacrifier une victime qui porterait son sang aussi bien que celui de Hari.

— Il… il allait me tuer… murmura Lise, épouvantée. Il voulait que je tombe enceinte de Hari, et ensuite, il m'aurait tuée. Mon propre père…

— Depuis mille ans, il s'arrangeait pour avoir toujours une fille de son sang sous la main, précisa Long Nü avec une grimace dégoûtée. Uniquement dans l'espoir que s'il parvenait à mettre la main sur Hari, il pourrait l'obliger à la féconder.

— A-t-il d'autres enfants encore vivants ? s'enquit Dela.

— Je n'en sais rien, reconnut la vieille femme-dragon. Je ne sais pas non plus pourquoi il ne pouvait plus se rendre maître de Hari, ni comment il se fait que la boîte à surprise lui ait échappé à un moment donné. Le Magi emporte dans sa tombe un certain nombre de ses secrets.

— Et vous ? demanda Hari. Comment avez-vous fini par la retrouver, cette boîte ?

Un sourire malicieux fleurit sur les lèvres de la vieillarde.

— Grâce à un concours de circonstances… et à une formidable partie de jambes en l'air, lâcha-t-elle fièrement.

Dean toussa dans son poing. Artur recula prudemment d'un pas. Satisfaite de son petit effet, Long Nü poursuivit :

— J'étais… face au mur. Et c'est alors que j'ai aperçu sur la table de chevet de mon amant une curieuse petite boîte en bois de palissandre que j'ai tout de suite reconnue. Au matin, je l'ai emportée avec moi. C'était il y a plus d'un siècle. J'étais encore assez jeune, à l'époque…

Dela s'approcha d'elle et posa la main sur son bras.

— Merci, lui dit-elle en souriant. Pour tout ce que vous avez fait, depuis si longtemps.

Long Nü inclina la tête et lui rendit son sourire.

— C'est toi qu'il faut remercier, chère enfant… Mon grand-père est mort en formant le souhait que sa famille continue à veiller sur Hari et à lui venir en aide. Nous avons passé ces deux millénaires à le chercher partout, mais toi seule pouvais le délivrer.

Blue, qui avait pendant ce temps exploré les lieux, revint au volant d'une Jeep rutilante. Eddie le suivait dans une autre toute semblable.

— Ce type avait un faible pour les Jeep Cherokee, lança-t-il en les rejoignant. À mon avis, c'est lui qui nous filait le train la nuit où nous avons été suivis en quittant *Le Soleil*.

— Je n'étais moi-même pas très loin, commenta Long Nü. Mais je m'occupais d'un autre de vos poursuivants.

— C'est elle qui a tué Wen Zhang, précisa Dela.

À la grande surprise de la femme-dragon, Dean se rua sur elle et la serra dans ses bras.

— Enfin une femme selon mes vœux ! s'exclama-t-il.

Mais son enthousiasme retomba bien vite quand il la vit considérer son anatomie d'un œil intéressé.

— Bon ! conclut-il en battant prudemment en retraite. Il faudrait peut-être y aller, maintenant.

Tandis qu'ils rejoignaient les Jeep, Long Nü appela sèchement Koni. Le changeforme tressaillit, se figea sur place, puis, très lentement, il tourna les talons pour la rejoindre, tête basse.

— Je me demande ce qu'il y a entre eux... murmura Dean en le regardant s'éloigner.

Blue, occupé à aider Hari à installer Dela à l'arrière d'une des deux Jeep, répondit d'un ton caustique :

— Sans doute ont-ils été amants. Tu vois à quoi tu viens d'échapper...

Dean haussa les épaules et demanda :

— Où est passé Eddie ?

— Il raccompagne la jeune fille dans l'autre véhicule.

En voyant Dean ouvrir la bouche, Dela intervint d'une voix sèche :

— Épargne-nous tes commentaires, s'il te plaît.

Après lui avoir lancé un regard de chien battu, il fit le tour du véhicule en bougonnant et s'installa au volant d'un air maussade.

Alors qu'ils s'apprêtaient à quitter les lieux, Long Nü et Koni les rejoignirent. À l'arrière du véhicule, Dela serrée tout contre lui, Hari abaissa sa vitre.

— Au revoir ! lui lança la femme-dragon.

— Nous nous reverrons ? s'étonna-t-il.

— Oui, promit-elle. Ta famille et la mienne sont alliées.

— Merci, Long Nü. Merci pour tout.

Elle hocha la tête en souriant et recula de quelques pas. Indécis, Koni demeura un instant entre elle et la voiture, puis lança en haussant les épaules :

— Je… euh… reste un peu ici pour l'aider à faire le ménage.

Blue, à l'avant, lui adressa un clin d'œil et conclut :

— Comme tu voudras, vieux. N'oublie quand même pas de nous donner de tes nouvelles.

Avant que le chalet ait tout à fait disparu au détour de la route, Dela jeta un dernier regard par le pare-brise arrière. Une lumière dorée s'élevait dans le ciel nocturne, en dessous de laquelle flottait un corps emmailloté.

En se retournant, elle s'aperçut que Hari la couvait du regard et lui sourit tendrement. Il se pencha pour effleurer ses lèvres des siennes, et tout ce qui n'était pas la douceur de cet instant disparut de ses pensées. Une bienfaisante chaleur se répandit dans son corps, chassant toute fatigue, toute douleur, toute tristesse.

Elle était là, la véritable magie, et Dela se laissa sans remords envoûter par elle.

Épilogue

Six mois plus tard, *Le Soleil* accueillait le grand retour de Dela Reese dans le monde de l'art. Lors de la réception privée qui clôtura le vernissage de l'exposition, un petit nombre d'invités triés sur le volet firent honneur aux plats alléchants concoctés par le maître des lieux. Kit, qui n'avait pas lâché Blue de la soirée, était très en verve.

— Je jure, lança-t-elle gaiement à l'intention de Dela, que Maz Randall a failli en avaler sa langue quand il a découvert tes nouvelles sculptures. Surtout celle de cet homme-tigre... Je l'ai vu, de mes yeux vu, lui passer la main aux fesses !

Rires et sifflements jaillirent autour de la table, et nombre de regards amusés se tournèrent vers Hari. Chacun semblait savoir qui avait servi de modèle à l'étonnante statue, même si certaines caractéristiques impressionnantes de son anatomie ne pouvaient être, selon certains, que le fruit de l'imagination de l'artiste...

— En ce qui me concerne, intervint Pierre en souriant à son amie, c'est ta fantastique femme-dragon que je préfère. Si cela ne te dérange pas, Dela, j'aimerais l'acheter pour l'installer chez moi.

— Elle est à toi, répondit-elle en posant la main sur son bras. Je te l'offre, en remerciement de cette merveilleuse journée. Je ne m'étais pas autant amusée depuis des lustres !

— Allons-nous toujours au *Kosmo Klub* pour finir la soirée ? s'enquit Dean. Si c'est le cas, j'ai intérêt à garer mes fesses ! À moins qu'Artur ne soit assez sympa pour faire diversion pour moi…

L'intéressé, qui buvait une gorgée de vin, sourit, avant de décréter en reposant son verre devant lui :

— Une distraction ne sera pas nécessaire. Je te parie que c'est moi qui ferai la plus forte impression sur Rose…

Dans un brouhaha général, une controverse s'engagea pour déterminer qui était l'homme le plus sexy de leur petit groupe. Dela suivit les débats en souriant et se pressa contre Hari. Il passa un bras autour de ses épaules, l'attira à lui et l'embrassa sur la joue, suscitant en elle une onde de désir difficile à ignorer. Sous la table, elle posa une main possessive sur sa cuisse et lui rendit son baiser, comptant déjà les heures qui les séparaient de leur retour chez eux.

À l'autre bout de la table, Eddie et Lise, penchés l'un vers l'autre, étaient engagés dans une conversation que rien ne semblait pouvoir troubler. La jeune fille s'était révélée plus âgée que Dela ne l'avait imaginé – elle allait bientôt avoir dix-huit ans – et plus que désireuse de vivre sa propre vie loin du souvenir de son père. Trois mois plus tôt, Dela lui avait confié les clés de son atelier. En plus d'y vivre, Lise était à présent sa nouvelle assistante, ce qui constituait un arrangement mutuellement profitable, tant la jeune fille travaillait dur et faisait preuve de flair dans les affaires.

Il était toujours douloureux pour Dela de se rappeler qu'Adam avait tenu ce rôle, mais le passage du temps avait apaisé son cœur, y déposant même une certaine forme de pardon. Il lui était impossible d'en vouloir à un mort.

Si Lise haïssait son père, elle ne le montrait pas. Les premiers jours, elle avait voulu apprendre tout ce que le Magi avait fait à Dela et Hari, mais depuis, elle n'en parlait plus. « Mon père était un psychopathe immortel », avait-elle murmuré en guise de conclusion et d'épitaphe. Elle n'avait plus jamais évoqué ses propres dons surnaturels, et Dela devait parfois lutter contre l'envie de l'interroger à ce sujet. Restait à espérer que son compagnonnage de plus en plus intime avec Eddie l'aiderait à se détendre et à se sentir suffisamment à l'aise pour se confier.

Comment Dela aurait-elle pu ne pas se montrer curieuse au sujet des mystérieux globes lumineux qu'elle l'avait vue créer autour d'elle ? Son père avait beau avoir été fou, il avait été également très puissant. Et s'il avait laissé derrière lui d'autres enfants aussi doués de par le monde…

— Cela te dirait de marcher un peu ? chuchota Hari à son oreille, la tirant de ses pensées.

Pour toute réponse, elle glissa son bras sous le sien et annonça aux autres, en se levant de table en même temps que lui :

— Nous allons faire un tour. Nous ne serons pas longs.

Ignorant les échanges de regards entendus et de sourires amusés, ils gagnèrent la sortie du restaurant. Les lumières citadines brillaient avec éclat sur le ciel noir, et les trottoirs n'appartenaient qu'à eux. L'air nocturne était frais. Hari serra Dela contre lui pour lui tenir chaud.

— J'ai hâte que cette soirée se termine, lui confia-t-elle. Je suis heureuse de revoir tout le monde, mais il me tarde que nous nous retrouvions chez nous, rien que nous deux…

Chez eux, c'était dorénavant un petit nid douillet en forêt, près d'un lac, à l'abri d'une montagne.

— Et moi donc ! renchérit Hari en déposant un baiser sur ses cheveux.

Il se raidit soudain et se figea au milieu du trottoir, la forçant à faire de même. Avec intensité, il scrutait la pénombre d'une allée devant laquelle ils s'apprêtaient à passer. Une odeur minérale, mêlée à celle du santal, flotta jusqu'aux narines de Dela.

— Long Nü... dit-elle avec un sourire joyeux.

Effectivement, ce fut la femme-dragon qui émergea de l'obscurité.

— Je suis heureuse de vous revoir tous les deux, déclara-t-elle avec son sourire si particulier. Je me suis dit que je pourrais faire un saut pour vous saluer en ce jour important pour vous.

— Vous auriez pu vous joindre à nous, lui reprocha gentiment Hari.

— Certainement pas, répondit Long Nü en secouant la tête. J'aurais gâché la soirée en rappelant à chacun des heures plus sombres. Or, ce jour ne devait être consacré qu'à la joie. Mais si je peux partager votre balade, je serais ravie d'apprendre ce que vous devenez.

Ainsi cheminèrent-ils de concert, Dela et Hari faisant part à leur amie des détails de leur vie commune, de leur récent mariage et de ce nouveau foyer dans les montagnes que Hari avait bâti de ses propres mains. Ils lui parlèrent également du succès de l'exposition de Dela consacrée aux changeformes, et de Koni, l'homme-corbeau, qui avait récemment rejoint les rangs de Dirk & Steele.

— Comme c'est heureux pour lui... commenta la vieille femme, qui ne semblait pas surprise d'apprendre la nouvelle. Le corbeau a fini par trouver son perchoir.

Son regard se fit perçant lorsqu'il se posa sur Dela.

— Qu'en est-il de tes pouvoirs, chère enfant ? Ont-ils continué à se fortifier, avec le temps ?

Dela cligna des paupières, étonnée.

— Comment saviez-vous que...

— Ce n'est pas à une vieille femme comme moi qu'il faut espérer cacher quoi que ce soit, coupa Long Nü.

Dela hocha la tête et expliqua :

— Mes pouvoirs semblent s'être stabilisés, mais ce n'est pas moi qui m'en plaindrai. Arrêter les balles et briser des menottes par la pensée me suffit amplement.

Hari l'approuva d'un grognement et renchérit :

— Nous ne comprenons toujours pas pourquoi les dons de Dela se sont emballés après notre rencontre. La boîte à surprise ne doit pas y être étrangère, mais elle ne suffit pas à tout expliquer.

Soudain plus grave, Dela songea à l'antique objet qui avait tout déclenché et était désormais enfermé au fond d'un coffre à la banque. D'un commun accord, ils avaient décidé de l'y laisser – pour l'instant.

— En effet, confirma Long Nü avec un sourire mystérieux. Je pense que tu as toujours possédé un grand potentiel, chère enfant, mais que tu te refusais à l'exploiter. Le fait de côtoyer Hari, pur produit de la magie, t'a permis de te libérer de la censure que tu imposais à ton esprit. Avec lui, tu as commencé à accepter le fait que tout est possible.

— Seriez-vous également clairvoyante ? demanda Dela.

— Juste avisée. Un des seuls avantages que me procure mon grand âge…

— Quoi qu'il en soit, reprit Dela en hochant la tête d'un air entendu, même sans don de clairvoyance, quelque chose me dit que la curiosité ne suffit pas à expliquer votre petite visite…

Long Nü soupira.

— Suis-je à ce point transparente ? Je dois avouer que tu es dans le vrai. Avec l'œuvre qu'il me reste à accomplir, je n'aurais pas entrepris un tel voyage par simple curiosité.

— Quelle œuvre ? s'étonna Dela en fronçant les sourcils.

La vieille femme-dragon fit halte brusquement et, pour la première fois, Dela vit passer au fond de ses yeux d'ordinaire si sereins une inquiétude qui ne lui ressemblait guère.

— Je t'ai dit que je me devais de venir en aide à Hari par fidélité à une obligation familiale, expliqua-t-elle. C'est vrai, mais ce n'est pas ma seule motivation. Ce qui me motive, mes chers enfants, c'est la survie.

Perplexe, Hari répéta :

— La survie ? Je ne comprends pas.

Mais Dela, elle, comprenait, et ce fut sans surprise qu'elle entendit Long Nü expliquer :

— Il ne reste que très peu d'entre nous, Hari. Le monde a changé. Nous devons changer avec lui ou nous résigner à disparaître. Il ne suffit plus de vivre à l'écart, fidèles à nos vieilles habitudes claniques, jaloux de nos petits territoires. Il nous faut à présent nous retrouver, nous regrouper, nous entraider autant que possible, préserver ce qui peut l'être encore. Si nous ne nous adaptons pas, que deviendra cet héritage de légende ? Nous sommes les créatures dont les rêves sont faits.

— Et vous avez besoin de notre aide, conclut Dela.

Long Nü leva la tête pour observer les étoiles. L'espace d'un instant, le long de son cou, un flot d'écailles irisées miroita dans le noir.

— Je me fais vieille, Dela. Bientôt, je le serai trop pour parcourir le monde à la recherche des miens. Ma grande peur est d'avoir à glisser dans les ténèbres sans avoir mené ma mission à bien. Nous autres dragons avons toujours été protecteurs et gardiens. La nécessité de préserver de tout danger les change-formes est depuis toujours inscrite au fond de nos cœurs. Faillir à ce devoir, alors que je suis la dernière de notre race, est un risque que je ne peux courir.

Les yeux plissés en deux fentes reptiliennes, elle les considéra longuement l'un et l'autre et conclut :

— Avant de te rencontrer, chère enfant, il ne me serait jamais venu à l'esprit de solliciter l'aide d'un humain dans une tâche de cette ampleur. Mais toi et tes amis possédez des ressources hors du commun. Qui plus est, le surnaturel ne vous effraie pas… Qui sait ? Peut-être, au bout du compte, cette aide que je vous réclame se révélera-t-elle bénéfique également pour vous.

Dela savait par expérience que les méthodes employées par la femme-dragon pouvaient se révéler expéditives, mais elle devait reconnaître que son intervention avait mis un terme à ses démêlés avec la mafia chinoise. La famille de Wen Zhang ne s'était plus manifestée, mais il était vrai que les manœuvres de Dirk & Steele avaient elles aussi porté leurs fruits. Récemment, les garde-côtes avaient arraisonné dans le Pacifique des navires chargés de clandestins réduits en esclavage, événement qui avait fait la une de tous les journaux.

Pensifs, ils reprirent leur promenade le long de l'avenue, jusqu'à ce que Long Nü se fonde dans l'obscurité d'une contre-allée.

— Je dois y aller, leur annonça-t-elle. Soyez-en sûrs, nous nous reverrons. Prends bien soin de toi, Hari. Tu es le dernier des hommes-tigres.

Avec un sourire malicieux, Dela prit la main de l'homme qu'elle aimait et la posa sur le renflement naissant de son ventre.

— Ce n'est plus vrai, dit-elle d'une voix émue. Il y en aura bientôt d'autres.

Le rire cristallin de la femme-dragon jaillit dans la nuit. Avant de les quitter, elle les serra affectueusement entre ses bras couverts d'écailles, que la lune teintait d'argent liquide.

MONDES MYSTÉRIEUX

Retrouvez l'autre roman de la collection en magasin :

Le 3 février :
Le cercle des immortels - 3 : La fille du shaman ☙ Sherrilyn Kenyon (n° 7893)
Talon est un vampire qui a vendu son âme pour venger la mort des membres de sa famille. Son job ? Lutter contre les démons qui luttent contre les humains. La superbe Sunshine, elle, n'a rien de démoniaque. Bien au contraire ! Dans la moiteur de La Nouvelle-Orléans, un corps à corps sensuel les accapare…

Découvrez la prochaine nouveauté de la collection :

Le 10 mars :
Le communauté du Sud - 4 : Les sorcières de Shreveport ☙ Charlaine Harris (n° 7945)
En rentrant de son service de nuit, Sookie trouve un homme nu, affolé et amnésique dans la rue. Il s'agit d'Eric, chef des vampires du coin, poursuivi par la sorcière Harrow, qui le veut mort ou vif. Sookie décide de le cacher, et ne tarde pas à succomber à son charme…

Nouveau ! 1 rendez-vous mensuel aux alentours du 1er de chaque mois.

Retrouvez également nos autres collections :

Romance d'aujourd'hui

Le 17 mars :

Teresa à tout prix ∞ Deirdre Martin (n° 7948)

Dans le cadre de son travail, Teresa doit réhabiliter un restaurant italien. Michael, le manager, ne l'a pas oubliée depuis leur rencontre lors d'un mariage, deux ans auparavant. Et va tenter de la séduire à tout prix. Mais pour Teresa, pas question de tomber dans les bras d'un macho au sang chaud, si séduisant fût-il !

Brûlant comme la braise ∞ Shannon McKenna (n° 7949)

Simon Riley retourne dans la petite ville de son enfance après le suicide de son oncle, et retrouve El, son premier amour. Seulement celle-ci est maintenant fiancée à Brad. Il se résigne donc à renoncer à elle. Mais il semblerait que la famille de Brad ait joué un rôle dans la mort de son oncle...

Nouveau ! 2 titres tous les deux mois aux alentours du 15.

Comédie

Le 17 février :

Baby-sitter malgré lui ∞ Robin Wells (n° 7895)

Quand Holt débarque dans le studio de radio de Stevie pour lui demander de l'épouser, il y a de quoi être dérouté... Elle ne le connaît même pas ! Mais la seule chose capable de calmer le bébé dont Holt vient d'hériter est la voix de Stevie, alors il fallait foncer !

Liz contre-attaque ∞ Jane Heller (n° 7896)

Le jour où vous ne reconnaissez plus l'homme de votre vie, celui qui vous avait éblouie, vous vous dites : « Si seulement il changeait ! Si seulement je pouvais le changer ! » Pour sauver mon mariage, j'étais prête à tout. J'ai fait la plus grosse bêtise de ma vie : j'ai utilisé une potion magique...

Nouveau ! 2 titres tous les deux mois aux alentours du 15.

AVENTURES & PASSIONS

Le 3 février :

L'héritier débauché ☙ Sabrina Jeffries (n° 7890)

Menacé par la ruine, le nouveau comte d'Iversley, Alec Black, doit se marier. Il demande l'aide de ses frères, qui choisissent Katherine Merivale. Dès qu'Alec voit Katherine, il est charmé. Mais Katherine veut se marier par amour et ne voit en Alec qu'un débauché. Le jeu de la séduction commence...

Sous chacun de tes baisers ☙ Laura Lee Guhrke (n° 7891)

Cela fait cinq ans que la violoniste Grace Clairval a sauvé la vie du célèbre compositeur Dylan Moore. Depuis, sa beauté et sa compassion le hantent. Aussi est-il aux anges lorsque Grace devient la gouvernante de sa fille. La passion grandit mais, si ses secrets sont révélés, elle perdra tout.

Le 17 février :

Désirs fous ☙ Karen Robards (n° 2928)

Défiante, la ravissante Lilah soutient le regard scandalisé du responsable de la vente : une femme qui achète un esclave ! C'est le seul moyen pour Lilah de sauver son capitaine aux yeux d'émeraude... Joss reconnaît tout de suite l'impétueuse jeune fille qui a embrasé ses sens d'un seul baiser volé...

Les frères Malory - 2 : Tendre rebelle ☙ Johanna Lindsey (n° 4003)

Charmé par la beauté de Roslynn, Anthony est prêt à tout pour la séduire. Mais Roslynn veut un mari, pas un coureur de jupons, et surtout pas Anthony Malory, dont elle connaît déjà la réputation ! Seulement... Quand Roslynn manque de se faire enlever, c'est auprès d'Anthony qu'elle court se réfugier...

Scandaleuse comtesse ☙ Jacquie d'Alessandro (n° 7898)

Un petit livre scandalise la bonne société londonienne : *Le guide féminin de la poursuite du bonheur personnel et de l'épanouissement intime*. Andrew Stanton décide de découvrir qui en est l'auteur. En éditant ce délicieux ouvrage, Catherine Ashfield, vicomtesse de Bickley, ne s'attendait pas à mettre sa vie en danger...

Nouveau ! 2 rendez-vous mensuels
aux alentours du 1er et du 15 de chaque mois.

7894

Composition Chesteroc Ltd
Achevé d'imprimer en France (Manchecourt)
par Maury-Eurolivres
le 3 janvier 2006.
Dépôt légal janvier 2006. ISBN 2-290-35027-3

Éditions J'ai lu
87, quai Panhard-et-Levassor, 75013 Paris
Diffusion France et étranger : Flammarion